D1869663

Herzensfreundin

Die schönsten Geschichten

Herausgegeben von
Julia Gommel-Baharov

FISCHER Taschenbuch

Aus Verantwortung für die Umwelt
hat sich der S. Fischer Verlag zu einer nachhaltigen
Buchproduktion verpflichtet.
Der bewusste Umgang mit unseren Ressourcen,
der Schutz unseres Klimas und der Natur
gehören zu unseren obersten Unternehmenszielen.

Gemeinsam mit unseren Partnern und Lieferanten
setzen wir uns für eine klimaneutrale Buchproduktion ein,
die den Erwerb von Klimazertifikaten zur
Kompensation des CO_2-Ausstoßes einschließt.

Weitere Informationen finden Sie unter:
www.klimaneutralerverlag.de

FSC
www.fsc.org
MIX
Papier aus verantwortungsvollen Quellen
FSC® C014496

Originalausgabe
Erschienen bei FISCHER Taschenbuch
Frankfurt am Main, Mai 2020

© 2019 S. Fischer Verlag GmbH, Hedderichstr. 114,
D-60596 Frankfurt am Main

Satz: Dörlemann Satz, Lemförde
Druck und Bindung: GGP Media GmbH, Pößneck
Printed in Germany
ISBN 978-3-596-90399-3

Inhalt

Elke Heidenreich

Freundin

Meine beste Freundin ist sehr viel jünger als ich. Als wir uns kennenlernten, war sie siebenundzwanzig und ich fünfzig. Wir haben uns von Anfang an und bis heute, mehr als zwanzig Jahre später, immer sehr gut verstanden, aber bei ihren vielen sportlichen und körperlichen Aktivitäten konnte ich schon damals nicht mithalten. »Werd du mal fünfzig«, sagte ich, »dann siehst du schon.«

Als ich sechzig war, erklärte ich ihr meine zeitweisen Tiefs und Traurigkeiten mit dem Älterwerden: »Werd du mal sechzig«, sagte ich zu ihr, die jetzt siebenunddreißig war. »Dann wirst du mich schon verstehen.«

Als ich siebzig wurde, sprach ich manchmal vom Sterben und davon, dass ich jetzt mal den Speicher aufräumen und kompromittierende Tagebücher verbrennen müsse. Sie verstand das nicht, ich sagte: »Das verstehst du schon, wenn du mal siebzig bist. Du wirst dann an mich denken.«

Und plötzlich explodierte sie: »Seit über zwanzig Jahren höre ich mir das jetzt an, werd du mal fünfzig, wenn du mal sechzig bist, wirst du mich verstehen, wenn du siebzig wirst, wirst du an mich denken – und? Inzwischen bin ich fast fünfzig, und ich sehe gar nichts und ich verstehe nichts und ich denke auch nicht dauernd an dich.«

Jetzt sage ich nichts mehr in der Richtung, werde vergnügt achtzig und sehe ihr beim Sechzigwerden zu.

Meine beste Freundin heißt Käse

Meine beste Freundin heißt »Käse«. Das ist der Name unserer Chatgruppe. Unsere Freundschaft ist ein bisschen wie Gott, nämlich dreigeteilt: Luisa, Julia, Ronja. Was uns eint, sind eine Vorliebe für Feta und Brie, eine gemeinsame Schulzeit, ein Mann, mit dem wir alle geschlafen haben.

Das klingt unromantisch, aber das ist ja das Gute an der Freundschaft, im Gegensatz zur Liebe zehrt sie nicht von der Romantik. Macht sie meist auch langlebiger.

Luisa habe ich mit drei kennengelernt. Meine Familie war gerade nach Bayern gezogen. Erster Tag im neuen Kindergarten. Ich heulte, weil ich dachte, dass ich wegen des hässlichen gelblila Pullis, in den meine Mutter mich gestopft hatte, weil er »so schön fröhlich« aussehe, niemals Freunde finden würde. Dort traf ich Luisa, genauso blond wie ich, aber in einem schönen, einfarbigen Pulli mit Einhorn vorne drauf.

»Bist du neu?«

»Ja.«

»Dein Pulli sieht beknackt aus. Willst du was malen?«

Freunde, das sind Leute, denen man Ehrlichkeit verzeiht.

Mit Julia bin ich seit der siebten Klasse befreundet, als wir gemeinsam den Französischlehrer fertigmachten. Bei den Prüfungen ließen wir die Bücher offen auf dem Tisch stehen, und einmal stapelten wir im Unterricht sämtliche Arbeitsblätter zu einem schönen, hohen Haufen und zündeten ihn an.

»Hast du gesehen, wie geil das gebrannt hat?«

»Hat so geil gebrannt.«

Freunde, das sind Leute, mit denen man Sachen erlebt, auf die man später nicht stolz ist.

Die Abiturzeit verschwendeten wir zu dritt, wie es sich für junge Menschen gehört. Unwichtig waren die Noten, wichtig waren Trips in klapprigen Autos zum nächsten McDonald's.

Physik spielte keine Rolle, aber Anziehungskräfte eine große, es wurde viel geküsst, viel getrunken, viel eingeschmissen, in Fords gekotzt, in fremden Armen aufgewacht. Alles war groß, weil alles Neue immer groß ist, und vom Neuen hat das Leben während der Abiturzeit noch eine Menge zu bieten.

Am Tag teilten wir die Croissants vom Pausenverkauf und die Verachtung gegenüber den meisten Mitschülern.

»Ich pack die Leute hier nicht.«

»Nur noch ein Jahr.«

Freunde, das sind Menschen mit gemeinsamen Feinden.

Abends leuchtete verlässlich mein Handy auf, »See?« schrieb Luisa dann, und eine Dreiviertelstunde später hörte man penetrantes Hupen vor dem Haus. »See« bedeutete niemals schwimmen, segeln, Sonnencreme, sondern zu dritt im Wagen auf das Wasser starren. Dabei rauchten wir Luisas Ford voll, der Chiemsee lag schwarz vor uns. Wir blieben im Wagen, hörten die immer gleichen Lieder. Laura Marling. The National. Fleet Foxes. Nie wieder waren Lieder so ergiebig wie damals, sie reichten für Jahre. Wir sprachen nicht mal besonders viel.

»Drehst du mir eine, Ronja?«

»Ich drehe dir die schönste Zigarette der Welt.«

Denn das teilten wir am Abend: Drehtabak und eine vage Sehnsucht nach Zeiten, die uns noch enttäuschen sollten.

Seit dem Abitur habe ich mit keiner der beiden je wieder am gleichen Ort gewohnt. Wir wurden auseinandergewürfelt. Aus dem Dreierpasch wurde eine große Straße, auf der alle schnell in verschiedene Richtungen verschwanden. München. Berlin. Amsterdam. Grafikdesign. Psychiatrie. Architektur. Praktikum. Ausbildung. Zusammenbruch. Die erste große Liebe. Das dritte geschmissene Studium. Die zweite große Liebe. Aber in »Käse« teilen wir noch immer: Fotos, Videos, lustigen Kram aus dem Internet. Durch die Chatgruppe ist der Kontakt nie abgebrochen, die Unmittelbarkeit noch genauso, die Wortwahl die gleiche. Ich weiß immer, wo die beiden gerade sind. Ich weiß, wie malträtiert Julias Füße aussahen, als sie den Jakobsweg lief, ich weiß, wie orange die Augen von Luisas Katze leuchten, und eine Menge anderer Dinge, die auf gar keinen Fall hier veröffentlicht gehören.

Freunde, das sind Leute, die Fotos von einem auf dem Handy haben, für die man schnell seinen Job verlieren würde.

Wir sehen uns selten. An Weihnachten, wenn es alle wieder nach Hause treibt. Vielleicht zweimal im Jahr besuchen wir uns. Wenn wir uns sehen, sind wir wieder 17. Wir hören die gleiche Musik wie damals, und nur mit ihnen schmeckt mir Drehtabak immer noch besser als die fertigen Zigaretten, die ich sonst rauche.

Freunde, das sind Leute mit zotteligen Haaren, die länger bleiben, als sie ankündigen, den Kühlschrank leer fressen, das Shampoo aufbrauchen, und wenn sie fahren, ist man traurig.

Wie viele Freundschaften lebt auch unser Dreier-Clübchen von der Nostalgie. Wer weiß, ob die Nächte wirklich so geleuchtet haben. Ob die Lieder wirklich so gut waren. Ob wir kaum Worte brauchten oder einfach nichts zu sagen hatten.

Aber die Erinnerung ist gnädiger als die Gegenwart, besser im Beleuchten. Vieles verdrängt man, wenn man über Freundschaften schreibt, vor allem über solche, die schon so lange halten. Doch irgendwas muss es sein, das uns auf allen elektronischen Kanälen einander kleinste Erschütterungen unserer Leben mitteilen lässt, sei es ein neues Tattoo oder ein neuer Freund. Oft hört man den Vorwurf, das Internet könne Freundschaften nicht aufrechterhalten.

Freunde, das sind Leute, die das Gegenteil beweisen.

Silvia Bovenschen

Meine Freundin Sarah Schumann

Vielleicht beginnt das Unglück in dem Augenblick,
in dem einer den anderen zu durchschauen glaubt.
Solange wir wissen, dass wir unerkundbar sind, ist Liebe.
(Ilse Aichinger)

Das Ereignis

Meine Freundin Sarah Schumann hatte Geburtstag gestern.

Zu den Gerüchten, die ich verwerfe, gehört, dass sie achtzig Jahre alt geworden sein könnte. Gestern soll das gewesen sein. (War unsere erste Begegnung nicht vorgestern erst?)

Zu den Wundern, die ich ehre, gehört ihre Regie, die kluge und barmherzige Lenkung unseres gemeinsamen Lebens. Woche für Woche, Tag für Tag, Stunde für Stunde – so lange es gehen mag.

Wohl gemerkt! Liebe und Klugheit führen Regie (mit einer sanften Beimischung preußischen Pflichtempfindens).

Ja, ich will erzählen von meiner Freundin Sarah Schumann.

Das habe ich heute, an diesem Tag, vor einer Stunde erst, beschlossen.

An diesem Tag, dem 13. August 2013, ist der Himmel blau. Ich sehe nur einen Fensterausschnitt davon. Ich hätte gerne mehr Blau.

An diesem Tag liege ich im Bett. Daran ist nichts außergewöhnlich.

Ich war oft, sehr oft, genau besehen immer krank während der gemeinsamen Jahre. Mal mehr, mal weniger. Jetzt, in diesem Sommer des Jahres 2013, ein Sommer, den ich versäume, hat es mich wieder hart getroffen. Jetzt bin ich sehr krank, sehr schwach und sehr dünn, ein Skelett geradezu.

Als ich Sarah kennenlernte, das ereignete sich (nach menschlich verabredeter Zeitmessung) vor vierzig Jahren, war ich auch schon krank. Unheilbar. Aber für Unvoreingenommene noch nicht sichtbar. Einige Zeit nach diesem Ereignis (anders kann ich den Zufall unserer ersten Begegnung im Rückblick nicht nennen) habe ich ihr von diesem dauerhaften Kranksein gesprochen.

Ich habe die Szene in ihrer Wohnung im alten Westberlin – Steckschlüssel – vierter Stock – Kohleöfen – noch genau vor Augen.

Der große hölzerne Arbeitstisch, der zu einem kleinen Teil auch als Esstisch dient und übersät ist mit Farbspuren. Wir löffeln ihre Möhrensuppe. Die Suppe ist angereichert und gekräftigt mit Fleisch aus einer »Senatskonserve«. Eine Notversorgung, die zurückweist auf die Erfahrung der Blockade 1948/49.

(Im Zuge der zyklischen Erneuerung des verderblichen Vorrats werden die Dosen kostengünstig an die Stadtbevölkerung verkauft.)

Vor mir steht die Suppe. In einem tiefen Teller. Ich bewundere den Teller. Der stamme, so sagt Sarah Schumann, noch aus der Zeit, als sie in London lebte, viele Jahre bevor wir uns begegneten. Ein schöner Teller. Ich studiere das Dekor unter der Glasur. Ein zartes Ornament in Rot und Blau.

Ich spüre, sie nimmt fälschlich an, dass mir die schlichte Suppe nicht schmeckt. Und bald schon (sagen wir: drei Monate später) werde ich ahnen: Sie hält mich, die Jüngere, für eine verwöhnte Bürgertochter, die teure Restaurants bevorzugt. Wenig (sagen wir: ein Jahr) später werde ich wissen, dass sich in ihrem mentalen Haushalt solche Annahmen leicht zur Gewissheit steigern und verhärten können. So auch in diesem Fall. Sie hat lange daran festgehalten. Gegen jede Evidenz. Schließlich hätte sogar sie (sie, die arme Künstlerin, die damals oft nicht wusste, ob sie die Miete und den Kohlenhändler wird zahlen können) jede Gelegenheit gehabt zu bemerken, dass ich (zu dieser Zeit mit einem Promotionsstipendium ausgestattet) zwar besser situiert bin, aber doch auch sparsam sein muss, dass auch ich am Monatsende klamm bin, dass auch ich keineswegs im Luxus lebe und dass ich überdies auch kein Luxusleben ersehne. Erst als ich nach ein paar Jahren erduldeter Fehleinschätzungen die Causa gezielt aufrufe, eine Art Privatgericht erzwinge, vehement Empörung an den Tag lege, einen harten Indiziennachweis aufbaue und die Ungerechtigkeit an vielen Beispielen veranschauliche, erst dann wird sie schleppend eine inwendige Korrektur herbeiführen. Solche Korrekturen sind mir nicht in allen Fällen gelungen.

Zurück zu dem Winter des Jahres 1975 in Berlin-Charlottenburg. Zurück zum Arbeitstisch und zur Möhrensuppe. Wir sind uns fremd. Ich lege den Löffel ab und schaue verlegen aus dem Fenster. In dem gegenüberliegenden Altbau wird der Dachboden ausgebaut. Überall in Westberlin werden jetzt die Dachböden ausgebaut, in den alten Häusern, die zwei große Kriege bestanden haben.

Ich frage Sarah Schumann, um ein wenig ins Gespräch zu kommen, ob auch ihr Hausbesitzer Derartiges angekündigt habe. Sie sagt: *Nein.*

Iss, sagt sie. Ich fahre zusammen. Gut, dass ich den Löffel abgelegt habe, er wäre mir sicher aus der Hand gefallen. Nie, wirklich nie, nie hat jemand bei Tisch einen so nackten Imperativ auf mich gerichtet. Sie aber schaut freundlich aufmunternd bei diesem strammen Wort.

Ich führe den Löffel zum Mund. Ich will mich in ein gutes Licht stellen (Warum eigentlich?) und überlege, was ich sagen könnte. Es müsste etwas sein, das sie beeindruckt. Mir fällt nichts ein. Um die Verkrampfung zu lösen, rede ich, rede ungewollt Belangloses, und schließlich – ganz gegen die Gewohnheit! – rede ich von meiner Krankheit.

Sie legt den schönen Kopf etwas schief und sagt:

Ist in Ordnung.

Ich weiß, sie meint nicht, dass es in Ordnung sei, von solch einer Krankheit befallen zu sein, sie meint, dass sie damit zurechtkommen wolle. Jedenfalls etwas in der Richtung.

Ich freue mich.

Die verpasste Micky Maus

Meine Freundin Sarah ist zwölf Jahre älter als ich.

»Das spielt keine Rolle«, sagte einmal einer, der uns kennt.

»Doch! Das spielt eine Rolle«, sagte ich damals.

»Meine Freundin Sarah – nur mal so zum Beispiel – hat in ihrer Kindheit niemals ein Micky-Maus-Heft gelesen. Ich weiß gar nicht, wie man sich mit einem Menschen verständigen soll, der nie ...«

Das war, sagt die Erinnerung, meine frivole Antwort. Auch erinnere ich, dass ich sie bereute. Zu Recht. Ich weiß nicht mehr, was mich in diese törichte Äußerung trieb, hatte ich doch immer schon Freunde, die erheblich älter waren als ich.

Einen größeren Blödsinn habe ich selten von mir gegeben. Da könnte meine Freundin Sarah weitaus Trennenderes ins Feld führen.

Meine Freundin Sarah war in Nöten, die ich – geboren 1946, als der große Krieg gerade vorbei war – nicht kennenlernen musste.

Sie hingegen hat als Kind den Krieg noch erlebt. Sie kennt den Schrecken von Bombennächten und den einer langen Flucht. Sie musste auf dieser Flucht – elf Jahre alt erst – durch einen Fluss (die Mulde) schwimmen. Ihre Mutter hatte bei dieser Tortur Sarahs einjährige Schwester auf dem Rücken festgebunden. Ein junger Mann, dem die Mutter die letzten Zigaretten dafür gab, lud sich den Kinderwagen auf den Buckel. Da hieß meine Freundin Sarah noch Maria.

Ja, sagt Sarah, *da hat meine Mutter einmal funktioniert. Das hat sie gut gemacht. Einzig das hat sie gut gemacht.*

Und meine Freundin Sarah hat in den Nachkriegsjahren den Hunger kennengelernt. Ihm war ich nie ausgesetzt.

Es gibt eine Fotografie (ein kleines Schwarzweißbildchen mit einem gezackten Rand) von meiner nahezu ausgezehrten Mutter. Sie musste den Hunger nach dem Zweiten Weltkrieg auch kennenlernen. Vor ihr sitzt der vergleichsweise gutgenährte Säugling, der ich einmal war. Wenn ich die Fotografie ansehe, schäme ich mich.

Ich erinnere mich. Sarah hat einmal, das ist schon einige Jahre her, von ihrem Hunger erzählt.

Sarah erzählt:

Ich war noch ein junges Mädchen, eine Schülerin. Ich lebte mit meiner Mutter und meiner Schwester auf einem Dorf. Einmal traf ich am Abend ein Mädchen aus der Nachbarschaft. Das Mädchen war ein oder zwei Jahre älter als ich. Wir gingen eine kurze Wegstecke nebeneinander her. Das Mädchen sagte, dass es nicht mehr zur Schule gehe, dass es kürzlich gegen Bezahlung Arbeit in einem Fischrestaurant angenommen habe und dass es dort den Abwasch mache.

Die Mitteilung des Mädchens war getragen von einer gewaltigen Geruchswolke, einer Ausdünstung von altem Fisch und fauligem Abwaschwasser.

Da überwältigte mich mein Hunger.

Die Flucht I

Sarah erinnert sich an die Flucht 1945. Sie dauerte zwei Jahre. Von Senftenberg in der Lausitz über das zerbombte Dresden weiter nach Hamburg und noch weiter, bis sie schließlich in einem Dorf endete.

Sarah erzählt:

Ich sitze erhöht auf einem Wagen, gezogen von einem müden alten Gaul. Jemand hat uns, meine Mutter, meine kleine Schwester und mich, aufgeladen und mitgenommen. Immer mal werden wir mitgenommen, aufgelesen, aufgeladen – immer mal, immer nur für eine kurze Strecke.

Ich sehe aus hoher Position gebannt, wie ein Rotarmist am Straßenrand eine Frau vergewaltigt. Ich habe kein Wort für das, was ich sehe, keine Vorstellung, um was es sich da handelt, ein Schock ist es jedenfalls. Allein wegen der spürbaren Gewaltsamkeit. Allein wegen der spürbaren Angst der Frau. Allein wegen der Pistole. Ich weiß schon, was eine Pistole kann. Ich bin gefesselt von dem, was ich sehe. Der Rotarmist sieht, dass ich es sehe. Dass ich ihn, die Frau und das, was er tut, anstarre. Er richtet seine Pistole auf mich. Ich tue intuitiv das Richtige: Ich schaue ruckartig weg. Wir fahren vorüber. Ich sehe nicht zurück.

Eigentlich haben mir die Rotarmisten gefallen. Wilde Burschen mit gezwirbelten Bärten. Solche Menschen hatte ich zuvor nicht gesehen.

»Wie hat das alles begonnen?«, frage ich. Und ich schicke gleich noch eine Frage hinterher. »Wie kamst du nach Senftenberg, du bist doch in Berlin geboren?«

Meine Eltern, beide Bildhauer, erhielten dort Aufträge. Du kannst in Senftenberg einen Brunnen besichtigen, den mein Vater gestaltet hat.

»Kann man das, was deine Eltern schufen, einer Kunstrichtung zuordnen?«

Sie kamen aus der Tradition der ›Neuen Sachlichkeit‹, mein Vater hatte zeitweise an der Bauhaus-Hochburg in Dessau studiert.

Manchmal war es meiner Mutter erlaubt, zu helfen bei solchen Aufträgen. Niedere Dienste. Sie durfte zum Beispiel Inschriften meißeln. Aber der Brunnen in Senftenberg hat keine Inschrift. Irgendwann, als ich noch sehr klein war, haben sich meine Eltern getrennt. Und meine Mutter hat den Bürgermeister von Senftenberg geheiratet. Ich glaube, sie wollte aus der Armut raus, eine Armut, die meinen regimekritischen Vater, wie ich weiß, nicht quälte.

Sarah macht eine Pause.

Plötzlich befand ich mich in einer Bürgermeister-Villa.

»Hat dir das gefallen?«

Sarah überlegt.

Die Eingangshalle gefiel mir. Wahrscheinlich war es gar keine Halle. Wahrscheinlich erschien mir dieser Raum damals nur so riesig im Vergleich mit den Behausungen, die ich kannte. Sie gefiel mir auch deshalb so gut, weil das Mobiliar, die Stühle, Tische und der gewaltige Deckenleuchter, zu großen Teilen aus allerlei Spieß, Geweih und Gehörn bestand. Da waren riesige Schaufeln an den Sesseln. – Ob die von Elchen kamen?

Mütter

Sarah hat ihre Mutter nicht gemocht. Ich kann das verstehen. Das wenige, das sie über ihre Mutter sagte, klang gar nicht gut. Traurig war das, was sie erzählte: all die kleinen, auch größeren Gleichgültigkeiten und ja: Grausamkeiten – Nein, erzählen kann man das nicht nennen. Zuweilen warf sie mir ein oder zwei Sätze zu, in unterschiedlichen Zusammenhängen.

Immer log sie mich an, sagte sie nachwirkend empört und verletzt.

Meine Mutter brachte mich ins Bett und versicherte, dass sie in der Nacht anwesend sein werde, aber sie ist dann doch vergnügungssüchtig ausgegangen. Wenn ich nachts aus einem bösen Traum hochschreckte und sie suchte, fand ich mich verlassen. Ich hatte oft Angst. Einmal bin ich sogar auf die Straße gelaufen, um sie zu suchen, und wurde von der Polizei aufgegriffen.

Und schlimmer noch war diese Schilderung:

Mit ihrem scharfen Schnitzmesser ist sie mir, als ich noch sehr klein mit einer Angina im Fieber lag, an die Mandeln gegangen.

Ein anderes Mal sagte sie:

Ein halbes Jahr nach meiner Geburt haben mich meine ungläubigen Eltern für das nächste halbe Jahr zu den Nonnen gegeben, weil sie verreisen wollten. Dort, im Kloster, fand mein erster Geburtstag statt.

Ja, ich kann ihren Zorn verstehen. Und ich glaube ihr, weil eine tiefe Enttäuschung sie begleitet, weil kein Grundvertrauen bei Sarah ist, weil sie, wenn es ihr schlechtgeht, faucht wie ein angeschossener Tiger, als wäre da menschlicherseits nichts Gutes zu erhoffen, ich glaube ihr, weil es aufs Ganze so schwer ist, Sarahs Vertrauen zu gewinnen. Wahrscheinlich ist mir das bis heute nicht vollends gelungen.

Aber ich gebe nicht auf.

Ich vertraue Sarah mehr als mir selbst.

Wie gesagt, ich kann ihren Zorn verstehen; um ihn auch zu erfühlen, muss ich mir das Schnitzmesser und die Bilder von den bösen Müttern aus den Märchen vor die Augen holen.

Ja, ich habe Mühe, mir so eine Mutter zu vergegenwärtigen, weil ich meine Mutter sehr geliebt habe. Meine Mutter hat ihre Mutter auch sehr geliebt. Sie hat gerne von ihr gesprochen. Die Mutter meiner Mutter war bei meiner Geburt schon sechs Jahre tot. In jungen Jahren dachte ich manchmal, ich sollte diese Tradition fortsetzen, weil das gute Mutter-Tochter-Verhältnis, wie mir scheint, so selten ist. Die meisten meiner Freundinnen haben kein gutes Verhältnis zu ihren Müttern, wenn auch nicht so katastrophal zerrüttet wie in Sarahs Fall. Aber ich hatte nicht die Chance einer Traditionsbestätigung, die Ärzte haben mir das Kinderkriegen früh, bevor ich mich in einen hochgradigen Wunsch steigern konnte, verboten.

Manchmal war ich traurig, keine Erinnerungen an meine Großmutter mütterlicherseits haben zu können. Alles, was ich von ihr hörte, hat mir gefallen. Zu Teilen auch imponiert.

In Sarahs Erzählungen kommt keine Großmutter vor. Waren auch ihre Großmütter schon vor ihrer Geburt gestorben? Ich weiß es nicht. Ich muss sie irgendwann einmal danach fragen.

Warum ist mir nicht aufgefallen, dass meine Mutter so gern von ihrer Mutter, aber nie von ihrem Vater sprach? Warum habe ich nie nach ihm gefragt? Warum ist mir die Aussparung nicht aufgefallen? Die Ausrede, dass die Jugend nur Zukunft will und sich in seltensten Fällen für die Vergangenheit Älterer interessiert, greift nicht, denn auch später fragte ich nicht, als ich schon erwachsen war. So konnte es sein, dass ich den Grund, warum sie mir nicht von ihm sprach, erst Jahre nach ihrem Tod erfuhr.

Die Flucht II

Jetzt. Ich frage Sarah: »1945. Die Flucht. Du wolltest doch von der Flucht erzählen. Du hattest neulich begonnen, hattest von der Bürgermeister-Villa erzählt. Wann und wie begann die Flucht?«

Sarah erzählt:

Wir sind aufgebrochen am 5. Mai 1945, drei Tage vor der Kapitulation. Meine Mutter, meine Schwester und ich.

»Ihr wart allein?«

Allein, ja, allein.

»Wo war dein Stiefvater?«

Der war in administrativem Auftrag des NS-Regimes in der Ukraine.

»Weißt du Genaueres darüber?«

Nein. Er kam später in englische Gefangenschaft. Nach dem Krieg ist er entnazifiziert worden. Er wollte mich adoptieren, aber das hat mein Vater verhindert.

»Und wo war dein Vater 1945?«

Der war gleich zu Beginn des Krieges eingezogen worden und war als gemeiner Soldat in Russland. Auch er kam dort in Gefangenschaft.

»Willst du euren Aufbruch beschreiben?«

Die Volksempfänger verkündeten noch immer den nahen Endsieg. Auch in den Briefen, die mein Stiefvater meiner Mutter aus der Ukraine schrieb, stand, dass ›wir‹ bald endgültig siegen würden. Aber das glaubte niemand mehr. Die aus allen Richtungen einflutenden Gerüchte signalisierten Bedrohliches. Ein einziges brodelndes dunkles Gerüchtemeer ringsumher. Immer lauter wurden die Warnungen vor der herannahenden russischen Armee. Da bekamen sie alle Angst. Da packten sie alle ihre Sachen. Meine Mutter packte auch. Wir zogen los. Zwei Koffer schleppten wir, einen großen und einen kleinen, dazu ein oder zwei Taschen, hoch bepackt waren wir, weit über unsere Kraft, und dann war da ja auch noch der Kinderwagen, in dem meine Schwester saß. Am Anfang wurden wir oft mitgenommen in einem Automobil oder auf einem Pferdewagen. Das glückte immer seltener. Immer länger und immer weiter mussten wir zu Fuß gehen. Immer mal warfen wir Gepäck ab. Immer mehr. Stück für Stück. Alle warfen immer mehr Gepäck ab. Viele vor uns hatten auch schon immer mehr Gepäck abgeworfen. Überall lagen sie herum, die abgeworfenen Gepäckstücke. Aufgerissen, aufgeplatzt, meist schon durchwühlt. Das sah merkwürdig aus. Das sah wild aus. Das hat mir gefallen. Wenn wir etwas brauchten, Strümpfe zum Beispiel, Schuhe zum Beispiel oder ein

Handtuch, dann durchwühlten auch wir die Gepäckstücke der Vorangegangenen und oft fanden wir etwas Brauchbares.

Es war ein warmer Mai. Zum Glück. Nachts schliefen wir versteckt im Freien.

»Hattest du Angst?«

Nein.

»Hatte deine Mutter Angst?«

Das denke ich. Denn sie achtete streng darauf, dass unser Nachtlager nicht eingesehen werden konnte, dass es versteckt lag in Büschen oder in sehr hoch bewachsenen Feldern.

Sarahs Gesetz

Wir führen, das behaupte ich, einen soliden Haushalt. Aber in unserem Haushalt gibt es, nach Sarahs Willen, keine Untertassen. Tassen gibt es bei uns nur in der Becherform. Ich habe Sarah gefragt, warum es keine Untertassen geben darf. *Noch etwas, das in die Spülmaschine eingeräumt werden muss*, hat sie gesagt. Ich beschloss, darin kein Problem zu sehen.

Immerhin: Unsere Trinkbecher sind chinesischer Herkunft, und sie schimmern jadegrün. Da muss man sich nicht schämen. Auch zwei weiße von KPM gibt es. Die hat eine Freundin uns geschenkt. Das Porzellan, das ich vor zehn Jahren, als unser gemeinsamer Haushalt entstand, aus meinem Frankfurter Leben einzubringen gewillt war (einschließlich der Untertassen), fand keine Gnade in Sarahs Augen. Ich hing nicht daran, und ich hätte mich auch andernfalls nicht gewehrt, weil ich für die Hausarbeit kaum noch taugte und diese Bürde ganz bei ihr war (und da blieb sie bis zum heutigen Tag). Auch silbernes Besteck war nicht erwünscht, wegen der anstrengenden Putzerei.

Hier ist eine Anmerkung nötig. Es könnte ein falscher Eindruck entstehen. Meine Freundin Sarah ist keine Despotin. Sie sieht sich nicht als Gesetzgeberin. Sie erlässt keine Gesetze.

Sie IST das Gesetz.

Schlaf ist heilig! Sie sagte es nur einmal, und ich wusste: Dies ist ein Gesetz, das geachtet werden muss. Unbedingt! Niemals habe ich ihren Schlaf gestört.

Soweit ich mich erinnere, ist dies auch das einzige Gesetz, das sie wie eine Gesetzgeberin aussprach.

Andere Gesetze fanden und finden sich häufig in beiläufiger Rede. Man könnte sie leicht überhören. Ich muss sorgfältig unterscheiden. Denn es bleibt mir überlassen, das jeweilige Gewicht eines Gesetzes einzuschätzen. Manche haben mindere Bedeutung, ihre Übertretung ist vergleichsweise ungefährlich. *Frauen in fortgeschrittenem Alter sollten keine Jeans und keine Rollkragenpullover tragen.* An das Verbot der Rollkragen, zum Beispiel, habe ich mich nicht streng gehalten.

Größere Schwierigkeiten noch bieten Sarahs Fragen, die in vielen, nicht leicht zu erspürenden Fällen keine wirklichen Fragen sind. Syntax und Prosodie dürfen hier nicht täuschen.

Zum Beispiel bei der Frage:

Findest du dieses Bild gut?

Hier steht die Antwort nicht im Ermessen der Befragten. Hier gibt es nur eine Antwort, nämlich die in Sarahs Augen richtige.

Etwas weniger heikel ist die Frage:

Möchtest du einen Nachtisch?

Für diesen Fall ist es günstig, wenn man weiß oder erahnt, ob Sarah ein Dessert in Vorbereitung hat.

Ist dies so, und man beantwortet ihre Frage leichtfertig mit »Nein, danke«, so hat man sich auf ein strenges *Warum nicht?* gefasst zu machen. Das ist auch keine Frage, eher schon eine Zurechtweisung oder etwas, das in dessen Nähe kommt.

Auch gibt es Fragen, die einfach nur Fragen sind, aber es sind nur wenige.

Im Zuge der Untertassen-Vermeidung entstand, wie man sich denken kann, eine kleine Erschwerung. Wohin mit dem feuchten Kaffee- beziehungsweise Teelöffel? Auch das hat Sarah geregelt. Man kann darin eine fürsorgliche, aber auch eine dirigistische Maßnahme sehen: Unser Gast wird gefragt, ob er Zucker, Milch oder Sahne in sein Getränk haben wolle. Sarah serviert dann die gefüllte Tasse – nicht ohne das Getränk mit der jeweils gewünschten Zutat zu versehen. Auf die Bemessung hat der Gast keinen Einfluss, dafür übernimmt Sarah das Umrühren. Ich weigere mich, das absurd zu finden.

Sarah besteht auf Stoffservietten.

Meine Freundin Sarah war, als ich sie kennenlernen durfte, eine Frau, die ich nicht verstand. Ich glaube, nein, ich bin sicher, ich war nie zuvor einem Menschen begegnet, den ich so wenig deuten konnte. Knapp gesagt: Ich wurde nicht schlau aus ihr.

Nichts fügte sich.

Ratlos.

Von Stund an begann meine Sarah-Hermeneutik, die nun schon an die vierzig Jahre währt. Ich glaube nicht, dass ich zu endgültigen Befunden kommen werde. Ich glaube nicht einmal an die Möglichkeit endgültiger Befunde. Ich glaube nicht, dass wir einander wahrhaft kennen können. Bei aller Liebe nicht. Und wir sollten es auch nicht wollen.

Antrittsbesuche

Aus der Frühzeit unserer Bekanntschaft:

Westberlin. In der Mitte der siebziger Jahre. Ich stehe vor der Wohnungstür. Ein leichter Geruch von Kohle. Die ganze Stadt riecht zu dieser Zeit nach Kohle. Der frisch gefallene Schnee bleibt nicht lange weiß. Schnell schon setzen sich schwarze Rußpartikel auf ihm ab.

Die Stadt steht grau unter tiefhängenden Wolken.

Zu dieser Zeit ahne ich nicht, dass ich später immer einmal wieder viele Tage, Wochen, auch diesen und jenen Monat in

Sarahs Wohnung zubringen werde, dass ich sie mit allen ihren Farben, Fugen und Winkeln kennenlernen werde. Dass mich der monatliche Auftritt der schwarzen Kohlenmänner mit ihren schweren hochgefüllten Kiepen, die sie kopfüber in die Kohlenkammer hinein entleeren, beeindrucken wird. Dass ich die Handhabung des Heißwasserboilers im Bad erlernen werde und den des langen Stangenzugs, mit dem sich über das Dach der Kohlenkammer hinweg das kleine Fenster öffnen lässt.

Ich betrachte erstmals Sarahs Berliner Wohnung. Drei Zimmer, Küche, Bad mit Wanne, vormals vermutlich Speisekammer. Der Zuschnitt dieser um die Wende zum zwanzigsten Jahrhundert entstandenen Wohnung lässt vermuten, dass sie einst gedacht war für ein mittleres Beamtentum.

Sie ist nicht groß, aber geräumig. Sie hat einen plausiblen Schnitt. Die beiden zur Straße gelegenen Räume – der helle Arbeits- und Wohnbereich – sind verbunden mit einer hohen verglasten Flügeltür. Im Schlafzimmer mit dem Fenster zum Hof steht ein großer weißer Kachelofen.

Die Einrichtung macht einen leicht verkargten, aber nicht lieblosen Eindruck. (Den Regency-Sessel gibt es heute noch, so auch die schwarze Wedgwoodkanne.)

Das ist leicht zu erspüren: Es herrscht ein Gefüge in Sarahs Wohnung. Nicht pedantisch, nicht lebensfern erstarrt, eher sinnvoll und stimmig. Eine Fügung von Bild, Staffelei, Tisch, Stuhl, Sessel und Kaffeekanne in Sarahs Handschrift. Aber ich kann sie noch nicht gut lesen. Damit einher geht eine Ordnung, zwanglos, nur in den Arbeitsbereichen gestrafft: sortierte Farbtuben und saubere Gläser, gefüllt mit Pigmentpulver in leuchtenden Farben, gereinigte Pinsel, aufgerollte Leinwände, staubgeschützt verwahrt. Es ist leicht und gleich zu sehen: In dieser Wohnung wird nicht fanatisch, aber doch gründlich auf Sauberkeit gehalten in allen Bereichen.

Das widerspricht dem Klischee einer Künstlerbehausung.

Aber das ist ja auch ein besonders idiotisches Klischee, damit habe ich nichts zu schaffen.

Kurzum: Sauberkeit und Ordnungsliebe würden mich nicht wundern, wäre da nicht, dem zuwiderlaufend, immer plötzlich aufblitzend, etwas Explosives, Wildes, ja Elementares im Verhalten der Sarah Schumann, immer wieder, hier und da, ist es spürbar, in dieser Äußerung, in jener Reaktion – und in nahezu allen ihrer Bilder.

Ich bringe es zunächst auf eine Formel: Ich habe es zu tun mit einer anarchistischen Preußin oder einer preußischen Anarchistin. Aber bitte sehr, das ist noch sehr hilflos, pauschal und ungenau (rückblickend beurteilt sogar primitiv, auch ganz falsch, aber irgendwie musste ich ja ins Vage hinein anfangen).

Lob der Unschärfe

Vage blieb auch über vier Jahrzehnte mein Bild von ihrem vorangegangenen Leben.

Immer mal wieder, meist ganz unerwartet und immer ohne genaue raumzeitliche Angaben, gönnte sie mir eine kurze Erinnerung, eine kleine Vergangenheit, ein Fragment zu ihrem Leben, ihrer Jugend, ihrer Kindheit, einen Erzählsplitter. Darin immer mal eine Ortsangabe: Hamburg, London, Hannover, Piemont, Berlin, Senftenberg.

Wann war wo was?

Eigentlich gefällt mir das Ungefähre.

Es wird nicht einfach sein, in meinem Kopf die Erzählsplitter zu ordnen. Will ich das? Eigentlich nicht. Nein, streng ordnen will ich sie nicht, schon gar nicht sie zwingen in die Säuberlichkeit eines abgespulten Lebenslaufs.

Ich werde es so erzählen, wie ich es in vierzig Jahren erfuhr, verstreut.

Da war eine Sparsamkeit in ihren Mitteilungen, so dass ich die Erzählsplitter nie hätte zu einem großen Bild fügen können. Lag darin eine Absicht? Wollte sie mich wissentlich etwas irritieren, weil auch sie nicht an die Möglichkeit der geschlossenen Darstellung eines Menschenlebens glaubte? Nein, das denke ich nicht. Langatmiges Erzählen war ihre Sache nie. Die kleinen Erinnerungsbrocken, die sie mir zuwarf, dienten wohl der Sättigung meiner Neugier. Obwohl ich intuitiv meine Anfragen stets vorsichtig dosiert habe.

Kurz gehaltene Anfragen.

Kurz gehaltene Informationen.

Gelegentlich waren Nachfragen möglich.

Auch vorsichtig dosiert.

Sehr zurückhaltend war ich mit Fragen nach ihrem vorangegangenen Liebesleben. Es war eine Scheu, die sie vermutlich in mir erzeugt hat. Ich spürte, dass ich in dieser Gesprächsregion nicht forsch werden sollte. Sarah kann sich inmitten einer Zwiesprache bedrohlich verschließen. Ein eiserner Vorhang. Hin und wieder fiel ein Name (… *als ich mit x oder y zusammen war* … Es waren nicht viele Namen, und ich glaube, es waren immer männliche Vornamen). Oder im Nachsatz gab es die Formulierung: … *da war ich noch verheiratet* … Wenn diese Ehe eine kurze Erwähnung fand, war der Ton freundlich. Hier waren keine Abgründe zu vermuten. Deshalb war auch keine weitergehende Neugier bei mir.

Die Gebote der Diskretion. Ich werde sie auch wahren im Zusammenhang mit diesem Buch. Ich werde mich fragend annähern, aber sofort einhalten, spüre ich auch nur geringsten Unmut. (Es gibt genügend Foren, auf denen Menschen in Wort und Bild ihr Liebesleben offenlegen, auch und gerne in allen körperartistischen Details.)

Sie hat mich ihrerseits nie gefragt. Nicht nach meinem vergangenen erotischen Erlebnissen, nicht gefragt nach meiner nicht lange zurückliegenden Liebe zu einem erheblich älteren verehrungswürdigen Mann (eine melancholische Liebe, die nach fünf Jahren ein melancholisches Ende gefunden hatte, unter anderem, weil ich für so viel Melancholie noch zu jung war), nicht gefragt nach einschneidenden Ereignissen in den knapp drei Jahrzehnten, die ja auch schon waren, bevor wir uns kannten. Vielleicht fand sie das nicht nötig, weil ich unaufgefordert immer mal etwas erzählte, von Menschen, die ich liebte, und von Ereignissen, die mich beeindruckten, und von Bildern, die sich in mir einbrannten, und dergleichen mehr. Von meiner Mutter zum Beispiel erzählte ich gerne, gern auch von meinem Vater, von einem Onkel, dem jüngsten Bruder meiner Mutter, der bei uns lebte und der wie ein zweiter, aber so ganz anderer Vater war, gern von meinen Hunden, gern von meinen Freunden, und ach ...

Manchmal fand ich ihr mangelndes Interesse geradezu kränkend, manchmal empfinde ich das heute noch so. Aber immer seltener. Nein, eigentlich gar nicht mehr. Und ich fand ja auch einen Ausgleich. Denn das Ausbleiben ihrer Fragen quittierte ich mit einem übertriebenen Erzählstrom, den sie zunächst etwas unwirsch, dann nur noch irritiert, schließlich duldsam hinnahm. Richtiggehend aufdringlich erzählte ich. Manche Episode aus meiner Jugend erzählte ich ihr sogar mehrfach, zuweilen unabsichtlich, manchmal auch absichtlich. Sie hat sich damit abgefunden. Und jetzt auch mit meiner Fragerei.

Jetzt, 2014 – es ist wirklich verwunderlich –, findet sie sich sogar in der Vorbereitung für dieses Buch bereit zu gebundenen Kurzerzählungen.

Ich habe sie zuvor natürlich gefragt, ob es ihr recht sei, wenn ich ein Buch über sie schriebe. Sie hat gesagt: *Ja.*

Sie schien nicht verwundert.

Ein Freund, Alexander García Düttmann, hatte mich vor vielen Jahren einmal ganz beiläufig gefragt:

»Warum schreibst du nicht ein Buch über Sarah?«

Das war mir abwegig erschienen. Aber es fiel mir immer mal ein, um sogleich für längere Zeiten wieder ins Vergessen zu tauchen. Es war jedoch nicht vergessen. Irgendwann wurde es mir zu einem Auftrag.

Sommer 1977

Sarah hat sich entschlossen, den Sommer bei mir zu verbringen. Es regnet in Frankfurt und Umgebung schon seit dem Frühjahr. Wir arbeiten beide ernstlich und ununterbrochen. Und es regnet ununterbrochen. Im Mai, im Juni, im Juli. Ich hasse diese klamme Atmosphäre. Ich rechne mit einer allgemeinen Verpilzung. Auch mit der meines Denkens und meiner Empfindungen.

»Ich will, ich muss in die Sonne«, rufe ich Mitte August. »Bitte lass uns reisen. In die Sonne, in den Süden. Nach Italien. Ans Mittelmeer.«

Ein Vorschlag, der Sarah gefällt.

Und was machen wir da?, fragt sie.

»Nichts. Wir wärmen uns in der Sonne, wir genießen den Blick aufs Mittelmeer, freuen uns an den südlichen Farben und Klängen, und wir essen und trinken gut. Ein paar Bücher müssen wir mitnehmen.«

Das habe ich noch nie gemacht, sagt Sarah verwundert.

»Sei's drum.«

Hat sie gesagt, dass sie das spießig fände? Nein, das hat sie nicht gesagt.

Ich bin froh, dass sie zugestimmt hat. Ich liebe die Sonne. Ein Sommer ohne Sonne ist für mich ein Leid.

Weil wir wenig Geld haben und um die Gefahr der Spießigkeit noch ein wenig zu steigern, gehe ich in ein Reisebüro und besorge Kataloge. Für günstige Pauschalreisen. Sarah wendet sich mit Grausen. Aber sie ist auch amüsiert.

Sommerliche Reisen in den Süden kenne ich seit meiner Kindheit.

Damals in meinen jungen Jahren gab es noch keine Pauschalreisen. Damals sprach man noch von der Sommerfrische. Damals, in den fünfziger Jahren, fuhren wir mehrfach im mächtigen dunkelblauen Opel Kapitän meines Vaters nach Italien. Auf dem Brennerpass kochte regelmäßig das Kühlwasser. Mein Vater stieg aus und öffnete die Motorhaube, aus der es dampfte. Ich hockte neben meinem Hund am Straßenrand und kotzte. Mein Hund kotzte auch.

Ich mochte das sonnenverwöhnte Land von der ersten Stunde an. Schon als Kind. Ich mochte die Farben, die Wärme, den Klang der Sprache. Deutlich erinnere ich mich an unsere Reise zum Gardasee, an ein – wie mir schien – riesiges Hotel. Ich erinnere mich an lange Gänge, mit Spiegeln, Ölgemälden, Blumenvasen und dunkelroten Samtportieren. Ich erinnere mich an den Speisesaal mit Fenstern zum See.

Ich erinnere mich an den hoteleigenen Holzsteg, der in den See ragte.

Ich sehe mich da sitzen. Unter einer fremden Sonne. Getaucht in ein ungekanntes Licht. Umgeben von neuen Farben. Ich schaue auf den glitzernden See. Ich sehe mich träumen.

So traumhaft, wie ich den See damals wahrnahm, erschien er hernach oft in meinen Träumen. Ein Märchensee.

Obwohl ich das Land noch häufig bereisen sollte, bin ich in späteren Jahren nie wieder dorthin gefahren. Vorsichtshalber. (Gute Erinnerungen sind kostbar.)

Ich erinnere, dass ich mich schämte, weil mein Vater einen altmodischen Badeanzug trug. Halbwüchsige (ein aus der Mode gekommener, aber doch ganz brauchbarer Ausdruck) entwickeln solch absurde Scham, eine spezielle Torheit, von der auch ich damals nicht frei war.

Irgendwo existiert wahrscheinlich noch eine merkwürdig verblasste Farbfotografie von diesem Urlaub: Da hocke ich auf dem noch nicht überfüllten Markusplatz und füttere Tauben. Das gehörte dazu.

In Verona sah ich die Aida.

So war das damals in den Fünfzigern.

Jetzt, im Jahr 2014, vermisse ich die Telefonate mit meiner Freundin Friedel Gerdenitsch. Sie ist in ihrem siebenundneunzigsten Lebensjahr gestorben. Einmal sagte ich zu ihr:

»Ischia vor vierzig Jahren, das war noch schön!«

Da sagte sie zu mir:

»Ischia vor sechzig Jahren, das war noch schön!«

Ja so ist das.

1977. Unsere erste gemeinsame Reise. Also Ischia. Das mit dem Pauschalen und den Katalogen ist neu auch für mich. Ich lerne, die reklamationspräventiven Anpreisungen in diesen Katalogen zu decodieren. Ich mache meine Sache gut. Ich wähle eine auffallend billige Unterkunft. Deren etwas verschwommene Abbildung gefällt mir. Ein altes, alleinstehendes Haus. (Villa Aurora, oder etwas in der Art.) Es liegt außerhalb des Ortes Forio erhöht am Meer. Sarah ist einverstanden.

Drei Wochen später befinden wir uns in dieser schlecht und recht zu einem Hotel umgebauten alten Villa auf Ischia. Die Bezeichnung Villa ist gutmütig. Das Haus bröckelt. Schon im nächsten Jahr wird es nicht mehr im Katalog aufgeführt sein.

Wir bewohnen ein großes Zimmer: altmodische, bräunlich verblasste Tapeten, ein schwerer dunkler Schrank aus der zweiten Hälfte des neunzehnten Jahrhunderts mit einem blinden Spiegel auf der Frontseite, quietschende Betten mit durchgelegenen Matratzen. Nur selten funktioniert der Boiler im Bad. Warmwasser ist ein Glücksfall. Die Gäste: ein wilder Haufen junger Leute, hauptsächlich gutgelaunte Italiener, die vermutlich mit uns ahnen, dass man so billig hier bald schon nicht mehr wird sein können. Am Vorabend lagern sie meist in der Eingangshalle auf mehreren altgedienten Sofas und Sesseln, sehen Trickfilme (sagt man schon Comicfilme?) auf einem knatternden TV-Gerät und lachen in lauten Wellen.

Das Frühstück: na ja. Aber vor unserem Zimmer eine ausladende Terrasse mit einer breiten Steineinfassung, auf der man sitzen und liegen kann. Ein weiter Blick auf das Meer. Der Blick ist ein Glück, und man kann es haben schon gleich nach dem Aufwachen. Tagsüber baden wir in einer nahe gelegenen Bucht, oder wir erkunden die Insel.

Am Abend gehen wir oft zu einem Haus in Forio. Die Mundpropaganda der jungen Italiener hat uns geführt. Dort kocht eine alte Frau an einem alten Herd auf offenem Feuer mit alten Gerätschaften in ihrer Wohnküche für zahlende Gäste. In dem leicht verrußten großen Raum gibt es einen langen Tisch, der für Fremde reserviert ist, und einen zweiten für die Familie der alten Frau. An ihm finden sich wechselnd Angehörige ein. Nur ihr mürrischer Mann ist immer anwesend, schweigend, tiefgebeugt über seinem Mahl. Die alte Frau kocht gut und stellt das Essen wortkarg vor uns hin. Sogar der weiße Wein, der in einem beschlagenen Glaskrug schon auf dem Tisch steht, ist genießbar. Meistens gibt es Fisch. Er glänzt, frisch dem Meer entnommen, im Ganzen auf dem Teller.

Auch hier läuft der Fernseher, von dem der Mann der Köchin, über seinem Teller hängend, kaum ein Auge wendet.

Es geht uns gut auf Ischia.

Ja, wie schon gesagt, das mit dem Vorschlag, in die Sonne zu flüchten, habe ich gut gemacht, denn von nun an kann ich sie jedes Jahr überreden, im September mit mir ans Mittelmeer zu fahren. Ich habe unsere Reisen nicht gezählt, aber es könnte sein, dass sie nahezu dreißigmal stattfanden.

Zsuzsa Bánk

Lydia

Damals sind wir gesprungen, Lydia und ich, so hoch und so oft wir konnten, die Hände über unseren Köpfen, in bunten Kleidern, die Beine angezogen, die Füße in dicken Schuhen, die wir beim Springen anlassen durften und die sich manchmal lösten und hinabfielen. Dort unten am Hafen, wo hinter großen Gittern und Verbotsschildern vier, fünf kleine Boote auf dem Wasser schaukelten, nicht mehr, vielleicht, weil es kein wirklicher Hafen war, nur braunes Wasser vor einem endlosen Platz aus Beton, auf den ein Zirkus seine Wagen und Zelte und Buden stellte, in den Sommermonaten. Und ein Trampolin, ein großes Trampolin, auf dem wir für fünfzig Pfennig springen konnten, Lydia und ich.

Lydia schaute durch das Fernrohr, das man ans Wasser gestellt hatte, neben ein Gitter, lange vor unserer Zeit, als es hier noch Kräne und Schiffe und Hallen und Waggons gegeben hatte, und sie schaute auch durch andere Fernrohre, bei jeder Gelegenheit, wo immer wir waren. Ich begriff nicht, was sie daran mochte, an diesem Schauen durch ein dunkles Rohr, das die Welt verkleinerte, nur einen Ausschnitt zeigte, aber vielleicht mochte ich es bloß deshalb nicht, weil Lydia es so sehr mochte, und weil ich wollte, daß mir einmal etwas nicht gefiel, das ihr gefiel, und wenn es bloß das Schauen durch ein Fernrohr war. Ich verstand nicht, was Lydia sehen konnte, was überhaupt irgendwer sehen konnte – außer der Farbe Grün konnte ich nie etwas erkennen, und bis ich begriffen hatte, wie ich es halten und drehen mußte, klappte die Linse zu, und es wurde schwarz.

Lydia tat jedesmal so, als sehe nur sie, was sie sah, als könne es kein anderer sehen, als sei das Fernrohr, durch das sie schaute, kein einfaches Fernrohr, in das jeder eine Münze werfen konnte, sondern nur für Lydia gemacht, nur für sie da, nur von ihr zu bedienen. Auf unseren Spaziergängen, Streifzügen, Ausflügen ließ sie keines aus, nicht das auf dem Aussichtsturm im nahen Wald, nicht das auf der Besucherterrasse des Flughafens. Jedesmal stellte sie sich auf dieses winzige Podest aus Stahl, mit ihren dicken Schuhen, Sommer und Winter, hielt sich fest an den Griffen, die ein Rot auf ihren Fingern ließen, rechts und links, und zog sich hoch daran.

Irgendwann gefielen Lydia diese Dinge nicht mehr, ohne daß sie oder ich gewußt hätten, warum, nicht das Fernglas, nicht das Springen, nicht die Zuckerwatte, rosa und weiß, aus der wir mit spitzen Fingern zupften und die einen Film aus Kristall auf unseren Zähnen ließ, nicht einmal mehr der Sommerhimmel, weit über uns, mit seinen Wolken, seinen wenigen Möwen und den Spuren der Flugzeuge, dieser Himmel, den Lydia immer gemocht hatte, weil er seine Farbe änderte, jedesmal wenn wir hochschauten. Davor hatte es uns gereicht, auf diesem Beton neben Booten zu liegen, und zum Himmel zu sehen, in dem die anderen Kinder zwischen Quellwolken und Möwen Drachen fliegen ließen, die sie von den Zirkusleuten hatten und die, sobald sich der Wind änderte, neben unseren Köpfen auf den Beton krachten, mit der spitzen Seite nach unten, wie ein Pfeil, den man abgeschossen hat. Wir nannten diesen Sommerhimmel unseren Himmel, weil es uns gefiel, wie er es zuließ, daß wir Drachen hochschickten, hochjagten, hoch zu ihm, und daß er seine Farbe änderte, von Augenblick zu Augenblick.

An ihrem sechzehnten Geburtstag legte Lydia die Kleider ab, die ihre Mutter für uns gekauft hatte, und faßte sie nicht mehr an. Kleider, die Lydias Mutter damals für uns bestellt hatte, mit dem wenigen Geld, das ihr blieb, aus Katalogen, die in den Hauseingängen lagen, im Frühling, im Herbst, und durch die Lydias Mutter tagelang, wochenlang blätterte, um Klammern an die Seiten zu stecken, Büroklammern aus Metall, jedesmal wenn ihr etwas gefiel, wenn sie glaubte, es könnte hübsch aussehen, an Lydia und an mir.

Zwei Jahre später packte Lydia ihre Taschen, die zwei kleinen, die sie hatte, mit dem Nötigsten, zwei Büchern, zwei Heften, einem Foto, nur wenigen Kleidern. Sie hatte uns, ihrer Mutter und mir, lange genug ihr neues Leben angekündigt, und ausgemalt, wie sie es sich vorstellte. Sie kannte es schon, jetzt, da es noch nicht angefangen hatte, selbst ihr neues Zimmer, das sie bald haben würde, richtete sie ein, in Gedanken, mit Möbeln und Teppichen, die anders aussehen würden als die ihrer Mutter. Handschuhe würde sie tragen, sagte Lydia damals, aus hellem Leder, zu jeder Jahreszeit, ihre Kleider würde sie in London kaufen, und nur noch dort, in keiner anderen Stadt der Welt. Und wir, Lydias Mutter und ich, ließen sie reden und glaubten nichts davon, weil Lydia oft von Dingen redete, die sie zu vergessen schien, sobald sie ausgesprochen waren, die auch nie eintrafen, wenigstens nicht so, wie Lydia es sich ausgemalt, wie sie es sich vorgestellt hatte. Vielleicht wollten wir ihr auch nicht glauben, weil wir nicht wollten, daß unser Leben eins ohne Lydia sein würde. Zu mir sagte Lydia, wenn wir alt sind, du und ich, ganz alt, werden wir einander haben, immer noch, oder wieder, und dann wird uns nichts mehr etwas ausmachen, nicht der Herbst, nicht der Winter, nicht unser weißes Haar. Wir werden einander haben, wiederholte sie, zwei Monate bevor sie verschwand und mich zurückließ mit der Frage, wann.

Lydias Mutter saß lange vor dem Fenster auf einem Stuhl, auf einem, den Lydia und ich weiß gestrichen hatten, im Sommer davor, weil wir in jenem Sommer alle Möbel von Lydias Mutter weiß strichen. Lydias Mutter hatte es erlaubt, wie sie alles erlaubte, was Lydia vorhatte, und dann, nachdem Lydia gegangen war, saß sie vor dem Fenster, auf diesem einen Stuhl, auf den Lydia mitten ins Weiß einen Streifen und zwei Blumen in Blaßrosa gesetzt hatte, mit einer selbstgeschnittenen Schablone. Sie zog ihren Mantel nicht mehr aus, ihren alten karierten Mantel, der nicht zu ihrem Rock paßte und den Lydia immer schon hatte verstecken, verbrennen wollen, auch die Handschuhe ließ sie an und hielt sich mit einer Hand fest, an ihrem Mantel, als könne dieses Stück Stoff sie halten.

Wir warteten, Lydias Mutter und ich, und es dauerte, bis wir begriffen, daß Lydia nicht mehr da war, daß sie die Tür hatte hinter sich ins Schloß fallen lassen und weggeschwebt war, in ihrer dunklen Jacke, ihrer Mütze, die Treppe hinab, die Straße hinunter, bis zur Haltestelle, mit ihren zwei kleinen Taschen und ihrem Ticket, für das sie lange gespart hatte und mit dem sie jetzt zum Flughafen fuhr und dann in einer Maschine saß, der wir nicht nachschauen wollten, Lydias Mutter und ich. Aber wir stellten uns all das vor, während wir weiter auf weißen Stühlen am Fenster saßen, auch in den Tagen und Wochen danach, wir stellten uns auch vor, wie Lydia mit ihren zwei Taschen vor dem Einsteigen zur Besucherterrasse geeilt war, in den letzten Minuten, die ihr blieben, bevor ihr Flug aufgerufen wurde, um noch einmal durch dieses Fernrohr zu schauen, die Hände an den Griffen, rechts und links, ein letztes Mal.

Und jetzt liegt diese Karte auf meinem Bett, daneben ein Schlüssel, an einem roten Band, einem feuerroten, und eine Adresse, eine Londoner Adresse, Lydias Kußmund, auch in Feuerrot, den sie auf all ihre Briefe setzt, daneben der Pin-Code, den man eingeben muß, wenn man will, daß sich ihre Haustür öffnet, und sechs Worte, so wie sie immer schreibt, kein Brief, eher eine Parole, die sie ausgibt: Come to see – fall and me.

Es dauert, bis ich anrufe, vielleicht, weil ich zu oft daran denke, daß Lydia nie zu uns gekommen ist, nicht für einen Tag, nicht einmal, um ihre Mutter zu sehen, daß sie jeden Sommer Erklärungen fand, die nie Erklärungen waren, und weil ich immer noch zu oft daran denke, daß sie nicht nur so tat, als paßten wir nicht länger zu ihr, sondern weil sie mich glauben ließ, es habe nie gepaßt, mit uns, es habe sie und mich nie gegeben, keine Kleider aus Katalogen, keinen Platz, den wir Hafen nannten, keinen Zirkus, der ein Trampolin aufstellte und Drachen verteilte, keine Fernrohre, durch die Lydia sehen konnte. Ich bin erleichtert, jetzt, da nur das Band anspringt und Lydias Stimme auf Englisch die Telefonnummer wiederholt, die ich gewählt habe, und ich sage etwas, mit schwacher, zögerlicher Stimme, etwas, das anfängt mit: Hallo, Lydia, ja, mit einem schwachsinnigen, nichtssagenden Ja, das nichts einleitet, und später, wenige Stunden später, ruft Lydia zurück und fragt: Hast du was, du klingst so komisch?

Sie holt mich ab am Flughafen, lacht ihr weites Lachen, hört nicht auf damit, legt den Arm um meine Schulter, nimmt ihn nicht mehr weg, auch nicht später, in der Bahn, nicht auf der Rolltreppe, nicht im Hausflur, neben den Briefkästen, in dem kleinen Aufzug, der seine schwarzen Scherengitter schließt, uns nach oben trägt. Sie läßt mich aufschließen, mit dem Schlüssel an dem roten Bändchen, den sie mir geschickt hat, steht daneben, schaut auf meine Hände, darauf, wie ich den Schlüssel drehe, und sieht aus dabei, als habe sie auf diesen Augenblick gehofft, ihn herbeigesehnt.

Ihre Wohnung ist weiß gestrichen, in einem Weiß, das ins Cremefarbene kippt, ihr Bett mit weißer Wäsche bezogen, die Tücher in Bad und Küche sind weiß. Lydia sagt, eine andere Farbe kann sie nicht ertragen, nicht an Möbeln und Wänden. Ein Foto hat sie an die Wand gesteckt, mit zwei Nadeln, in der Küche, über der Spüle, neben weißen Kacheln, eines, das Lydias Mutter damals von uns gemacht hatte: Lydia und ich, ohne Köpfe. Der Ausschnitt zeigt nicht uns, er zeigt die neuen Kleider an uns, aus einem Stoff voller Blumen, voller winziger Blumen. Jeder kann uns sofort unterscheiden, auch ohne Köpfe, schon weil wir unsere Hände so halten, wie wir sie halten, jede auf ihre Art. Meine Hände sind geballt, es sieht aus, als wollte ich sie verstecken, zurückziehen. Lydias Hände sind offen, selbst beim Stehen in Bewegung. Lydia fragt: Weißt du noch, diese Kataloge?, und versucht ein Lachen, sieht aber aus, als ärgere sie sich, immer noch. Mädchenkleider, sagte Lydias Mutter damals dazu, und Mädchenkleider sagte damals auch Lydia, aber in einem ganz anderen Ton, und ich bin sicher, in dem Augenblick, in dem Lydias Mutter dieses Foto gemacht hatte, wollte sie nicht, daß Lydias Gesicht, ihr Blick zu sehen sein würden, sondern bloß die Kleider, die uns länger als einen

Sommer paßten, mit schmalen weißen Gürteln aus Plastik und grauen Cardigans. Lydia hat mit dickem Bleistift in eine Ecke geschrieben: Lydia und Vicki – schön, auch ohne Köpfe.

Sie geht durch die Wohnung, setzt Kaffee auf, fragt: Trinkst du ihn noch so?, und dann sagt sie, einen Ring habe sie für mich, einen Ring, den sie für mich entworfen habe, nur für mich, in einem blassen Blau, weil Blau doch meine Farbe sei, Blau wie dieses Blau des Himmels, das wir kennen, von damals noch, dieses Blau, das sich immerzu ändern konnte, genau dieses Blau sei es, ob ich mich erinnere? Ich streife den Ring über meinen Finger, frage mich, wie ihr das gelungen ist, nach all den Jahren, einen Ring für mich zu entwerfen, zusammenzusetzen, hier, unter ihrer kleinen weißen Lampe, mit ihrer kleinen Zange, einen Ring aus Drähten und Steinen, durch die ich hindurchsehen kann, der mir sofort gefällt, weil er mein Blau trägt, und der mir paßt, auf Anhieb, und Lydia sagt, schön sieht er aus, dieser Ring, an dir, an deinem Finger, und schaut auf meine Hände, wie nur sie schaut, die Augen etwas kleiner als sonst, den Kopf zur Seite gekippt, die Hände in die Hüften gestemmt.

Lydia sieht aus, wie sie aussieht, weil sie nicht ißt, weil sie sich den Hunger verkneift, weil sie mit Kräutertee getränkte Watte in ihren Mund legt, wenn ich sie nicht davon abhalte. Ihr kleiner Kühlschrank ist leer, fast leer, eine Flasche mit altem Saft, längst abgelaufen, eine Gel-Augenmaske, die Lydia morgens auf ihre Lider legt, wenn sie ihren Kaffee ohne Koffein trinkt, in ihrem weißen Bademantel, ihrem weißen Tuch, das sie sich als Turban um die nassen Haare gewickelt hat, in ihren weißen Schühchen aus Frottee, die ihre Zehen zeigen, die weißlackierten Nägel. Wenn sie morgens so sitzt, mir gegenüber, vor diesem Fenster, das weiße Sprossen zerteilen und das Lydia hochschiebt, nach jeder dritten, vierten Zigarette, kommt mir immer wieder der Gedanke, es wird kein Alter geben für uns zwei, jedenfalls nicht so, wie Lydia es sich gedacht, wie sie es sich ausgedacht hat, damals, kurz bevor sie gegangen war: sie und ich, gebeugt, gebückt, uns festhaltend, aneinander. Später, über den Tag verteilt, ist es immer wieder dieser Satz, der zurückkehrt, in meinen Kopf: Es wird kein Alter für uns geben.

Ich denke es auch, als wir die Wohnung verlassen und Lydia von einem Laden zum anderen jagt, von einem coffeeshop zum nächsten, hinein und hinaus, mit diesem Klingeln an der Tür, das uns ankündigt, und ihrem lauten Hello-o-o, mit einem langgezogenen, ausklingenden o, wie nur Lydia es spricht, dieses Hello-o-o, ein bißchen wie eine Einladung, eine Aufforderung, ein bißchen auch als Drohung, als seien die anderen da, um sie zu unterhalten. Ich denke, es wird kein Alter geben für uns, vielleicht, weil ich glaube, Lydia ist kein Mensch, der alt wird, der irgendwann alt aussieht, der eine Falte im Gesicht zuläßt, ich denke es jetzt, da ich ihr dabei zusehe, wie sie diesen Laden durchquert, in der Diagonalen, mit ihrer Jackie-O.-Brille, mit dieser einen gefärbten Strähne, die auf ihrer Stirn klebt, ihrem schwarzen Kostümchen, mit diesem Rock, der ihr gerade über die Knie reicht und noch so viel Bein zeigt, daß mir ein bißchen schlecht wird davon, vielleicht, weil ihre Beine so sind, wie sie sind, und mit diesen Schuhen, ihren hohen Absätzen und Riemchen, die auf den Knöcheln liegen und Lydias Bein einteilen, in ein Oben und ein Unten.

Damals, mit fünfzehn, sechzehn, siebzehn, als wir einander hatten, jeden Tag, jede Stunde, hat es mich nie gestört, wenn man Lydia und mich für ein Paar hielt. Mir gefiel, daß man glaubte, ich könne mit jemandem wie Lydia zusammensein, und daß man von Lydia dachte, sie wolle jemanden wie mich. Uns machte es Spaß, Gerüchte und Lügen und Geschichten in die Welt zu setzen, und wir lachten, wenn die anderen uns glaubten und hinter uns flüsterten und kicherten und auf uns zeigten. Aber jetzt stört es mich, zum ersten Mal stört es mich, daß man uns für ein Paar halten könnte, in jedem dieser coffeeshops, in jedem dieser Geschäfte stört es mich, jedesmal wenn Lydia die Tür aufstößt, mit diesem Klingeln, und wenn sich die Blicke dann auf uns richten, auf Lydia und mich.

Wir gehen Tee trinken, den sie in einer Kanne aus Silber bringen, dazu Scones, von denen Lydia nicht einen ißt. Später gehen wir durch einen großen Park, weil ich darauf bestehe, und in dem Lydia aussieht, als langweile es sie, ohne Menschen, ohne Geschäfte. Blätter segeln hinab, gelbe, braune Herbstblätter. Du hast ein Blatt in deinem Haar, sage ich, soll ich es wegnehmen? Lydia nickt, ich greife in ihr Haar, zeige ihr das Blatt, ein kleines rotes, und dann segelt es vor uns auf den Boden. Ein Junge in einem dieser dunklen kurzen Mäntel, wie sie die Kinder hier tragen, läuft über den Rasen, über diesen leuchtend grünen, dichten Rasen. Er hält ein Seil in seiner Hand. Sein Drachen flattert in einem farblosen Himmel, weit oben, ein Drachen, wie wir ihn damals gesehen haben, wenn wir auf dem Beton am Hafen lagen, die Arme hinter unseren Köpfen verschränkt. Lydia bleibt stehen, sieht hoch, diesem rosafarbenen Drachen nach, den ein Wind wegträgt und der an dem Jungen, der kleiner wird und immer schneller läuft, zerrt und zieht, und so stehen wir eine Weile, bis Lydia sagt, es sieht aus, als wolle er ihn mitnehmen.

Ruth

(Freundinnen)

Ruth sagte »Versprich mir, daß du niemals etwas mit ihm anfangen wirst«. Ich erinnere mich, wie sie aussah dabei. Sie saß auf dem Stuhl am Fenster, die nackten Beine hochgezogen, sie hatte geduscht und sich die Haare gewaschen, sie trug nur ihre Unterwäsche, ein Handtuch um den Kopf geschlungen, ihr Gesicht sehr offen, groß, sie sah mich interessiert an, eher belustigt, nicht ängstlich. Sie sagte »Versprich mir das, ja?«, und ich sah an ihr vorbei aus dem Fenster, auf das Parkhaus auf der anderen Straßenseite, es regnete und wurde schon dunkel, die Parkhausreklame leuchtete blau und schön, ich sagte »Also hör mal, warum sollte ich dir das versprechen, natürlich fange ich nichts mit ihm an«. Ruth sagte »Ich weiß. Versprich es mir trotzdem«, und ich sagte »Ich verspreche es dir«, und dann sah ich sie wieder an, sie hätte es nicht sagen sollen.

Ich kenne Ruth schon mein Leben lang.

Sie kannte Raoul seit zwei oder drei Wochen. Er war für ein Gastspiel an das Schauspielhaus gekommen, an dem sie für zwei Jahre engagiert war, er würde nicht lange bleiben, vielleicht hatte sie es deshalb so eilig. Sie rief mich in Berlin an, wir hatten zusammen gewohnt, bis sie wegen des Engagements umziehen mußte, wir konnten nicht gut damit umgehen, voneinander getrennt zu sein, sie rief mich eigentlich jeden Abend an. Ich vermißte sie. Ich saß in der Küche, die jetzt leer war bis auf einen Tisch und einen Stuhl, ich starrte auf die Wand, während ich mit ihr telefonierte, an der Wand hing ein kleiner Zettel, den sie dort irgendwann aufgehängt hatte, »tonight, tonight it's gonna be the night, the night«. Ich dachte ständig darüber nach, ihn abzureißen, aber dann tat ich es nie. Sie rief mich an, wie immer, und sagte sofort und ohne zu zögern »Ich habe mich verliebt«, und dann erzählte sie von Raoul, und ihre Stimme klang so glücklich, daß ich aufstehen und mit dem Telefon in der Hand durch die Wohnung laufen mußte, sie machte mich unruhig, in gewisser Weise nervös. Ich hatte mich nie für ihre Männer interessiert und sie sich nie für meine. Sie sagte »Er ist so groß«. Sie sagte all das, was man immer sagt, und auch ein bißchen was Neues, ihre Verliebtheit schien sich nicht unbedingt von anderen, früheren Verliebtheiten zu unterscheiden. Sie waren eine Woche lang umeinander herumgeschlichen und hatten sich Blicke zugeworfen und die Nähe des anderen gesucht, sie hatten sich nachts, nach einem Fest, betrunken in der Einkaufspassage der Kleinstadt zum ersten Mal geküßt, sie küßten sich hinter den Kulissen in den Pausen zwischen zwei Szenen und in der Kantine, wenn die Kollegen gegangen waren und die Kantinenköchin die Stühle hochstellte – er habe so weiche Hände, sagte sie, sein Schädel sei kahlrasiert, manchmal trage er eine Brille, das sehe dann seltsam aus, ein kleines, verbogenes Metallgestell, unpassend für sein Gesicht. Sie sagte »Er ist eigentlich eher *dein* Typ, wirklich, genau dein Typ, du würdest umfallen, wenn du ihn sehen könntest«, ich sagte »Was soll das denn sein, mein Typ?«, und Ruth zögerte, kicherte dann, sagte »Weiß nicht, körperlich eben? Bißchen asozial vielleicht?« Er würde schöne Sachen sagen – »Die Farbe deiner Augen ist wie Gras, wenn der Wind hineinfährt und die Halme ins Weiße kehrt« –, sie zitierte ihn andächtig, er sei auch eitel (sie lachte darüber), in gewisser Weise wie ein Kind, er spielte den Caliban im *Sturm*, das Publikum würde toben, Abend für Abend. Er käme aus München, sein Vater sei schon lange tot, er habe Philosophie studiert, eigentlich, im Sommer fahre er nach Irland, schlafe im Auto, versuche zu schreiben an den Klippen mit Blick auf das Meer. Raoul. Ruth sagte *Raul*.

Als ich Ruth besuchte – nicht wegen dieser neuen Liebe, ich hätte sie ohnehin besucht –, holte sie mich vom Bahnhof ab, und ich sah sie, bevor sie mich sah. Sie lief den Bahnsteig entlang, versuchte mich zu entdecken, sie trug ein langes, blaues Kleid, die Haare hochgesteckt, ihr Gesicht leuchtete, und ihre ganze Körperspannung, ihr Gang, die Haltung ihres Kopfes und ihr suchender Blick drückten eine Erwartung aus, die in keiner Weise, die niemals mir gelten konnte. Sie fand mich auch nicht, und irgendwann stellte ich mich ihr einfach in den Weg. Sie erschrak, und dann fiel sie mir um den Hals, küßte mich und sagte »Liebe, Liebe« – das neue Parfum, das sie trug, roch nach Sandelholz und Zitronen. Ich löste ihre Hände von mir und hielt sie fest, ich sah in ihr Gesicht, ihr Lachen war mir sehr vertraut.

Ruth hatte eine winzige Wohnung in der Innenstadt gemietet, eine Art amerikanisches Apartment, ein Zimmer, eine Kochnische, ein Bad. Vor den großen Fenstern hingen keine Vorhänge, einzig im Badezimmer konnte man sich vor den Blicken der Autofahrer, die ihr Auto im gegenüberliegenden Parkhaus abstellten und dann minutenlang, wie geistesabwesend, herüberstarrten, verbergen. Das Zimmer war klein, ein Bett darin, eine Kleiderstange, ein Tisch, zwei Stühle, eine Stereoanlage. Auf dem Fenstersims das Foto mit dem Blick aus dem Fenster unserer Wohnung in Berlin, das ich ihr zum Abschied geschenkt hatte, auf dem Tisch ein silberner Aschenbecher aus Marokko, ein Paßfoto von mir im Rahmen des Spiegels über dem Waschbecken im Bad. Es muß einen Moment gegeben haben, in dem ich in der Wohnung alleine war – Ruth im Theater, beim Einkaufen, mit Raoul –, und ich erinnere mich, daß ich auf dem Stuhl am Fenster saß, auf Ruths Stuhl, eine Zigarette rauchte und mich den Blicken der Menschen im Parkhaus aussetzte, die Leuchtreklame flackerte, das Zimmer war fremd, das Treppenhaus hinter der Wohnungstür dunkel und still.

Ruth sieht anders aus als ich. Alles an ihr ist mein Gegenteil, was an ihr rund ist und weich und groß, ist an mir hager und knochig und klein, meine Haare sind kurz und dunkel, ihre sehr lang und hell, lockig und knistrig, ihr Gesicht ist so schön, ganz einfach, und es stimmt alles, ihre Augen, ihre Nase, ihr Mund in einem ebenen Gleichmaß. Als ich sie das erste Mal sah, trug sie eine riesige Sonnenbrille, und noch bevor sie sie abnahm, wußte ich, wie ihre Augen sein würden, grün.

Ich wollte drei Tage lang bleiben, dann nach Paris fahren, dann zurück nach Berlin. Ich reiste in dieser Zeit oft in fremde Städte, blieb eine orientierungslose, zähe Woche lang und fuhr wieder ab. Noch auf dem Bahnsteig sagte Ruth »Bleib länger, ja?« Die Stadt war klein und überschaubar, die Fußgängerzone gleich hinter dem Bahnhof, das Theater am Marktplatz, die Spitze der Kirche immer über den Dächern zu sehen. Ruth trug meinen Koffer, beobachtete mich, war besorgt, daß ich zynisch werden könnte, abfällig, hochmütig gegenüber der Fußgängerzone, dem Tchibo, dem Kaufhaus, dem Marktplatzhotel, dem Ort, an dem sie jetzt lebte für zwei Jahre. Ich mußte lachen, ich war weit davon entfernt, zynisch zu werden, ich beneidete sie um diese zwei Jahre in der Kleinstadt, ohne daß ich ihr wirklich hätte erklären können, weshalb. Wir setzten uns in ein italienisches Eiscafé, bestellten Erdbeereis mit Schlagsahne und Kaffee und Wasser, ich zündete mir eine Zigarette an und hielt mein Gesicht in die Spätsommersonne. Ich dachte »In einer Kleinstadt könnte ich sorgloser sein«. Der Kellner servierte Kännchen, Eisbecher, Gläser, sah Ruth andächtig an, sie merkte es nicht, mich ignorierte er. Ruth war unruhig, aß ihr Eis nicht auf, bestellte noch einen Kaffee, sah immer wieder die Fußgängerzone hinauf und hinunter, ein hastiger, eiliger, suchender Blick über die Menschen, zurück in mein Gesicht, wieder fort. Dann lächelte sie und sagte »Es ist schlimm, schlimm, schlimm«, sie sah überhaupt nicht unglücklich aus dabei. Sie sagte »Du mußt mir sagen, was du von ihm hältst, ja? Du mußt ganz ehrlich sein«, und ich sagte »Ruth«, und sie sagte ernsthaft »Das ist mir wichtig«. Es war schwieriger geworden mit Raoul in der vergangenen Woche, es hatte den ersten Streit gegeben, ein sinnloses Mißverständnis, schon wieder vorüber, und dennoch, es schien irgendeine Exfrau zu geben in München, mit der er in Ruths Gegenwart lange Telefonate geführt hatte, er entzog sich von Zeit zu Zeit, hielt Verabredungen nicht ein oder kam zu spät, war schweigsam manchmal, mürrisch und dann wieder euphorisch, ungeduldig, berauscht von Ruths Schönheit. Sie sei nicht sicher, sagte sie, was er von ihr wolle, sie sagte »Vielleicht will er mich auch nur flachlegen«. Bis zu dem Zeitpunkt, zu dem ich sie besuchte, hatte er sie zumindest noch nicht flachgelegt. Aber es gab Gerüchte, irgend jemand hatte gesagt, er habe einen Ruf und nicht den besten, Ruth war eigentlich von so etwas nicht zu verunsichern, und dann doch, sie sagte »Ich will keine Trophäe sein, verstehst du« und sah mich dabei so kindlich und offen an, daß ich mich fast schämte, für mich, für Raoul, für den ganzen Rest der Welt. Ich sagte »Ruth, das ist albern, du bist keine Trophäe, niemand wird dich verraten und niemand wird dich erjagen, ich weiß das«, ich meinte es ehrlich, und Ruth sah für einen kurzen Moment getröstet und sicher aus. Sie nahm meine Hand und sagte »Und du? Und wie geht es dir?«, ich wich aus, wie immer, und sie ließ mich ausweichen, wie immer, und dann saßen wir so, vertraut, schläfrig im Nachmittagslicht. Gegen sieben mußte Ruth ins Theater, ich begleitete sie.

Ruth, schlafend. Als wir die erste Wohnung miteinander geteilt hatten – vor wie vielen Jahren, vor fünf, vor zehn? –, schliefen wir in einem Bett. Wir gingen oft gleichzeitig schlafen, lagen einander zugewandt, Gesicht an Gesicht, Ruths Augen in der Nacht dunkel und glänzend, sie flüsterte halbe Sätze, summte leise, dann schlief ich ein. Mit einem Mann hätte ich niemals so einschlafen können, ob Ruth das konnte, weiß ich nicht. Ihr Schlaf war fest und tief, von einer reglosen Schwere, sie lag immer auf dem Rücken, ihre langen Haare um ihren Kopf herum ausgebreitet, ihr Gesicht entspannt und wie ein Bildnis. Sie atmete ruhig und langsam, immer war ich vor ihr wach und lag dann da, den Kopf auf die Hand gestützt, und betrachtete sie. Ich erinnere mich, daß ich ihr einmal in einem seltenen Streit damit gedroht hatte, ihr im Schlaf die Haare abzuschneiden, ich will nicht glauben, daß ich so etwas jemals gesagt haben könnte, aber ich weiß, es ist wahr. Ruth besaß einen alptraumhaft riesigen Wecker aus Blech, der einzige Wecker, von dessen ohrenbetäubendem Alarm sie tatsächlich wach wurde. Der Wecker stand auf ihrer Seite des Bettes, und obgleich ich immer vor ihr wach war, weckte ich sie nicht, sondern ließ sie durch das wahnsinnige Klingeln aufwachen; sie tauchte sichtbar gequält aus dem Schlaf empor, öffnete die Augen, schlug auf den Wecker und tastete sofort nach ihren Zigaretten, die sie am Abend immer neben das Bett legte. Sie zündete sich eine an, sank in die Kissen zurück, rauchte, seufzte, sagte irgendwann »Guten Morgen«. Später hat sie sich das Rauchen am Morgen abgewöhnt, in anderen Wohnungen und anderen Betten. Vielleicht auch, weil wir dann nicht mehr zusammen aufwachten.

Ruth spielte die Eliante in Molières *Menschenfeind*. Ich hatte sie während ihres Schauspielstudiums an der Hochschule in vielen Inszenierungen gesehen, als Wikingerkönig in Ibsens *Nordische Heerfahrt*, ihre kleine Gestalt in Bärenfelle gehüllt und die Haare zu einer Wolke um den Kopf drapiert, sie wurde auf einem Lanzenmeer auf die Bühne getragen und brüllte sich zwei Stunden lang die Seele aus dem Leib; als Lady Macbeth hing sie an seidenen Fäden kopfüber vor einer weißen Wand und vollführte mit den Händen fischähnlich gleitende Bewegungen; am fremdesten war sie mir als Mariedl in Schwabs *Präsidentinnen*, kaum wiederzuerkennen in einem grauen Putzkittel, zusammengekauert unter einem Tisch. Ruth war eine gute Schauspielerin, eine komische, präsente, sehr körperliche, immer aber war sie für mich Ruth, erkannte ich sie wieder, ihr Gesicht, ihre Stimme, ihre Haltung. Vielleicht suchte ich sie auch immer wiederzuerkennen – Ruth, die sich am Morgen anzog, langsam, sorgfältig, Kleidungsstück für Kleidungstück, dann in den Spiegel sah mit einem besonderen, nur für den Spiegel bestimmten Ausdruck und immer von der Seite. Ruth, wie sie ihren Kaffee trank, die Schale mit beiden Händen hielt und nicht absetzte, bis sie sie ausgetrunken hatte, wie sie rauchte, sich die Wimpern tuschte, beim Telefonieren in den Hörer lächelte mit schräg geneigtem Kopf. Für eine Porträtstudie hatte sie mich spielen wollen, sie lief mir drei Tage lang mit wissenschaftlichem Gesichtsausdruck hinterher und imitierte meine Bewegungen, bis ich erstarrt in der Zimmerecke stehenblieb und sie anschrie, sie solle damit aufhören; später spielte sie ihre Mutter mit einer Exaktheit und Genauigkeit, die mich schaudern ließ. Die *Menschenfeind*-Inszenierung des Theaters war einfach und werktreu, weit entfernt von dem Chaos und der Improvisation der studentischen Inszenierungen, ich war erst gelangweilt, dann fand ich es schön, vielleicht sah ich Ruth auch hier zum allerersten Mal wie aus der Ferne, unbelastet von prätentiösen Aufhängungen an Stahlgerüsten. Sie trug eine Art weißen Kindermatrosenanzug, ihre Haare zu einem Zopf geflochten, sie sah sehr klar aus, besonnen und vernünftig, nur ihre Stimme war für die Eliante vielleicht ein wenig zu zittrig, brüchig, wie unterdrückt und eigentlich ganz anders – »Nein so ist Liebe nicht, sie möchte stets erhöhen und ihren Gegenstand in schönstem Lichte sehen, kein tadelnswerter Zug wird ihren Blick verletzen, sie will begeistert sein, bewundern, rühmen, schätzen, den Fehler wird sie gern als Vorzug anerkennen und obendrein auch noch sehr schmeichelhaft benennen« –, ich war enttäuscht und erleichtert zugleich, sie nicht in der Rolle der Célimène, der unvernünftig, verletzlich Liebenden zu sehen. Das Publikum klatschte ausdauernd nach jedem Akt, ich hatte in einer Kleinstadt nichts anderes erwartet. Ruth verbeugte sich strahlend und tief. Sie hatte die neue Angewohnheit, sofort von der Bühne zu rennen wie ein Kind, in anderen Inszenierungen war sie zögernd und wie unwillig abgegangen. Ich blieb sitzen, bis der letzte Zuschauer den Saal verlassen hatte. Die Bühnenarbeiter begannen, die Kulissen abzubauen, und das Licht wurde ausgeschaltet, auf die Bühne rieselte der Staub. Es hatte Zeiten gegeben, in denen ich Ruth beneidete um ihr Talent, ihren Beruf, den Applaus, die Möglichkeit des Ruhmes, dieser Neid war irgendwann verblaßt vor dem Bewußtsein, für das Theater absolut ungeeignet, geradezu unmöglich zu sein. Ich saß vornübergebeugt in der leeren Reihe und versuchte Ruth zu verstehen, zu verstehen, was sie da tat, wie sie arbeitete, was sie empfand. Ich konnte nicht das Geringste begreifen, und dann stand ich auf und ging in die Theaterkantine, Raouls Vorstellung in der Probebühne war gegen elf zu Ende, Ruth hatte mich gebeten, mit ihr zusammen auf ihn zu warten.

Als sie von Berlin in die Kleinstadt ging und aus unserer gemeinsamen Wohnung auszog, war ich nicht in der Lage, auch nur eine einzige Kiste in den Umzugswagen zu tragen. Ihre gesamte Familie war zum Umzug angereist, ihre Mutter, ihre zwei Schwestern und ihr Bruder und dessen Frau. Wir hatten alle gemeinsam gefrühstückt, es war Januar, und durch die Fenster fiel erbarmungslos ein grelles Wintersonnenlicht, ich hatte versucht, das Frühstück so lange wie möglich hinauszuzögern, und irgendwann war es dann doch vorbei, und alle standen auf und begannen damit, Ruths Sachen zusammenzupacken. Ich blieb sitzen. Ich blieb wie versteinert an diesem Tisch mit den Resten des Frühstücks sitzen, ich klammerte mich an die Stuhllehne, ich konnte mich nicht bewegen, es wäre mir noch nicht einmal möglich gewesen, von diesem Stuhl aufzustehen. Ruths Familie räumte um mich herum, sie schoben Kommoden, Stühle, Kartons durch das Zimmer, trugen Ruths Koffer und Kisten und ihr Bett, ihre Bücherregale, ihren Küchenschrank, ihren Schreibtisch, ihre gesamte Habe die drei Treppen hinunter, sie ließen mich sehr wohl spüren, wie unmöglich und unhöflich sie mich fanden, ich konnte es nicht ändern. Ich saß bewegungslos, stumm, die Wohnungstür stand weit offen, und kalte Luft drang herein, von Zeit zu Zeit blieb Ruth kurz bei mir stehen und legte mir ihre schmutzige Hand an die Wange, dann ging sie wieder weg. Als alles verpackt war, räumte ihre Schwester das Frühstücksgeschirr in den letzten, leeren Umzugskarton und schaffte auch den Tisch hinaus, auf dem Boden blieben Eierschalen, ein Marmeladenglas, eine Kaffeetasse zurück. Ich stand auf. Die Familie verschwand im Treppenhaus, Ruths Bruder unten im Lastwagen drückte auf die Hupe. Ruth zog sich den Mantel an, wir standen im leeren Flur voreinander, dann umarmten wir uns. Sie sagte »Bis bald«. Oder vielleicht war auch ich es, die das sagte. Dann ging sie, ich schloß die Wohnungstür hinter ihr und blieb solange stehen, bis ich sicher war, daß sie fort waren. Ich habe lange nicht gewußt, was ich mit Ruths Zimmer anfangen sollte. Einen Monat lang stand es leer, zwei Monate, drei, irgendwann begann ich damit, mir darin alte Super-8-Filme anzusehen, ich saß auf einem Stuhl, und der Projektor summte, und auf der weißen Wand lief ein Kind, das ich einmal gewesen sein sollte, über eine Sanddüne. Im Mai oder Juni stellte ich mein Bett in Ruths Zimmer, an dieselbe Stelle, an der auch ihres gestanden hatte.

Die Theaterkantine war klein, stickig und verqualmt, Resopaltische, Holzbänke, Kugellampen, verspiegelte Wände, die den Raum nicht größer machten, sondern ihn auf eine labyrinthische, chaotische Art eher verkleinerten. An den hinteren Tischen saßen die Techniker, an den vorderen Schauspieler, hinter dem Tresen zapfte eine dicke, todmüde aussehende Köchin das Bier. Ruth war nicht zu sehen. Ich setzte mich an den einzig freien Tisch, bestellte einen Kaffee, ein Glas Wein, unentschlossen, wach werden zu wollen oder betrunken. Ich hätte gerne gewußt, wo mein Koffer war. Ruth hatte ihn mit in ihre Garderobe genommen oder beim Pförtner abgegeben, ich wollte plötzlich meine Sachen wiederhaben, mein Buch, meinen Kalender, es verunsicherte mich, als Fremde, als jemand, der mit dem Theater absolut nichts zu tun hatte, alleine an diesem Tisch zu sitzen. Ich sah zu den Schauspielern hinüber, da saß niemand, der *so groß* gewesen wäre, mit kahlrasiertem Schädel und einem kindlichen und dennoch männlichen Gesicht, und dann ging die Kantinentür auf, und er kam herein. Ich erkannte ihn sofort. Es war ein zweifaches Erkennen, und es war so deutlich, daß ich mich in einem ersten Impuls tatsächlich duckte. Ich schob die Schultern nach vorne und zog den Kopf ein, ich rückte schnell mit dem Stuhl aus dem Lichtkegel der Lampen heraus, und er lief an mir vorbei, ohne mich zu bemerken, und setzte sich zu den Schauspielern, die ihn erfreut begrüßten. Er zog sich im Sitzen die Jacke aus, eine wildlederne Jacke mit braunem Pelzkragen, er berührte jemanden am Arm, lachte, redete, ich konnte seine Stimme deutlich hören zwischen all den anderen Stimmen. Ich versuchte wegzuhören, ich hätte ihn lieber zuerst mit Ruth zusammen gesehen, Raoul als Ruths Raoul. *Du mußt mir sagen, was du von ihm hältst.* Ich tastete in meinen Manteltaschen nach Zigaretten, die Zigaretten waren nicht da, sie waren in meiner Tasche, in Ruths Garderobe, ich verspürte einen kurzen Anfall von Wut darüber; ich hätte mich gerne überprüft, einen Gedanken überprüft, eine Zigarette hätte mir dabei helfen können. Ich konnte seine Stimme immer noch hören, und ich konnte sein Gesicht im Spiegel sehen, ein waches, klares Gesicht, er trug seine Brille nicht, er sah konzentriert aus, die dunklen Augen zusammengezogen, Reste von weißer Theaterschminke an den Schläfen. Sein Profil dagegen war eher unschön, stumpf, saturiert und gewöhnlich, ein vorgeschobenes Kinn, eine niedrige Stirn. Er war tatsächlich sehr groß, sein Körper schwer und massig, grobe Hände, mit denen er gestikulierte, sich den kahlgeschorenen Kopf rieb. Ich konnte Ruths Stimme hören – *ich weiß nicht, körperlich vielleicht, bißchen asozial* –, ich hatte verstanden, was sie eigentlich sagen wollte, aber so war er nicht. Ich starrte ihn an, ich glaubte alles über ihn zu wissen und noch gar nichts. Ich rückte vorsichtig mit dem Stuhl wieder an den Tisch zurück. Ich atmete flach und leise, ich war ratlos plötzlich. Die Tür ging auf, und Ruth kam herein.

Sie kam herein und sie sah Raoul sofort. Ihr Blick ging zielgenau zu ihm hin, und ihr Gesicht nahm einen Ausdruck an, der mir neu war, dann sah sie über die anderen hinweg durch den Raum, bis sie mich schließlich entdeckte. Sie gab mir mit der rechten Hand ein nicht zu entzifferndes Zeichen, blieb am Tresen stehen und bestellte sich ein Bier, sie hielt den Rücken gerade wie jemand, der sich beobachtet glaubt, aber Raoul hatte sie noch gar nicht bemerkt. Dann kam sie zu meinem Tisch, setzte sich neben mich, trank durstig, stellte ihr Glas wieder ab und sagte »Wie war's?« und dann »Hast du ihn schon gesehen?« Ich sagte deutlich »Hättest du vielleicht eine Zigarette?«, und sie zog irritiert die Augenbrauen hoch, lächelte dann, holte Zigaretten aus ihrer Tasche. Sie trug jetzt wieder ihr blaues Kleid, ihre Haare noch immer in der Eliante-Frisur, sie sah schön aus, müde, sie sagte »Es ist so gut, daß du da bist«, und dann noch einmal »Hast du ihn gesehen?« Sie deutete mit einem Kopfnicken die Richtung an, ich sagte »Nein«, sie sagte »Er ist schon da, er sitzt da«, ich sagte »Wo?«, sie flüsterte »Am dritten Tisch links, in der Mitte«. Ich zündete meine Zigarette an, wiederholte in Gedanken den Wechsel unserer Worte – *hast du ihn gesehen, nein, hast du ihn gesehen, wo* –, dann wandte ich den Kopf und sah zu Raoul herüber, und in diesem Moment drehte er sich zu uns um. Er sah Ruth an und lächelte, und Ruth lächelte zurück, während sie unter dem Tisch ihr Bein an meines drückte, ich rauchte, ich sagte »Das Stück hat mir gut gefallen«, ich sagte es noch einmal, Raoul stand auf. Er schien sich bei den anderen kurz entschuldigen zu wollen, wurde festgehalten, entzog sich, kam zu unserem Tisch herüber, langsam, gelassen, er präsentierte dabei sehr deutlich seinen Körper, seine ganze Person. Ich sah weg und dann sah ich wieder hin, irgend etwas war mir peinlich. Raoul setzte sich, er hätte sich neben Ruth setzen können, aber er nahm den Stuhl uns gegenüber. Ruth stellte uns vor, und wir gaben uns über den Tisch hinweg die Hand, ich zog meine schnell zurück. Ruths Bein unter dem Tisch wich nicht von meinem. Er sagte »Ruth hat mir viel von dir erzählt«, er lächelte dabei, sein Blick verriet nichts, obwohl er meinem lange nicht auswich. Die Köchin rief seinen Namen durch den Raum, »Raauuul«, wie ein Heulen, er stand wieder auf und ging zum Tresen, Ruth sagte »Lieber Himmel«, und dann »Wie ist er, sag's schnell«, und ich mußte lachen und sagte »Ruth. Ich kenne ihn seit noch nicht mal sechzig Sekunden«. Er kam zurück mit einem Teller Suppe, setzte sich wieder, fing an zu essen, sagte nichts. Ruth sah ihm dabei zu, als hätte sie noch nie jemanden essen gesehen, also sah auch ich ihm zu, es blieb mir nichts anderes übrig. Er aß tatsächlich absonderlich, vielleicht hatte er eine bestimmte Rolle dabei im Kopf, ein spezielles Eßverhalten, ein Franziskanermönch am Holztisch im Speisesaal der Abtei, ein Südtiroler Bauer mit dem Blechteller auf dem Schoß oder etwas ähnlich Albernes, er aß vornübergebeugt, in andächtigem Stumpfsinn, er schlürfte und führte den Löffel mit der Regelmäßigkeit einer Maschine zum Mund und wieder zurück zum Teller, er schluckte laut, und bis er fertiggegessen hatte, sagte niemand von uns ein Wort. Er schob den leeren Teller von sich, einen kurzen Moment erwartete ich, daß er laut aufstoßen würde, aber die Vorstellung war beendet, er schien ein Meister der Verknappung zu sein. Er wischte sich mit dem Handrücken über den Mund, lehnte sich zurück, lächelte uns an und sagte »Na wie geht's?« Der Ton, in dem Ruth »Danke, gut« sagte, war mir neu, es lag eine Steifheit und Unsicherheit darin, die ich an ihr nicht kannte, sie wirkte nervös und schwierig, und um ihren Mund lag ein angespannter Zug. »Wie war die Vorstellung?« fragte Raoul, er machte es ihr eigentlich leicht, er fragte freundlich, tatsächlich interessiert, ihr zugewandt, und Ruth antwortete ironisch »Wie immer, ein rauschender Erfolg«. Sie zog ein verächtliches Gesicht dabei, als wolle sie ausdrücken, daß das Kleinstadtpublikum ein anspruchsloses sei, eine Haltung, von der ich weiß, daß sie ihr fremd ist. »Ich habe mich nicht unbedingt verausgaben müssen.« Sie rückte dabei endlich mit ihrem Bein von meinem weg und sah gespielt abwesend in der Kantine herum. Raoul lächelte noch immer freundlich, er machte nicht den Eindruck, als würde er diese Form des Kapriziösen von ihr erwarten oder als fände er sie angemessen. Ruth aber schien davon auszugehen, oder vielleicht konnte sie auch nicht mehr zurück, sie schien ihm irgend etwas beweisen zu wollen. Raoul beachtete mich einfach nicht, es war nicht unhöflich, eher angenehm, er war Ruth sehr zugewandt, er vermittelte mir nur das leise Gefühl, daß diese Haltung mir etwas über ihn sagen sollte. Er fragte sie nach den allereinfachsten Dingen, und sie fand nicht eine normale Antwort, sondern steigerte sich statt dessen in eine derart verspannte Spitzfindigkeit hinein, daß ich irgendwann aufstand und mich entschuldigte, weil es mir unerträglich wurde. Ich ging auf die Toilette, stand eine Weile vor dem Spiegel und betrachtete ratlos mein Gesicht. Ich fragte mich, wie Raoul mich sah. Dann ging ich wieder hinaus, lief den Flur vor den Garderoben hinauf und hinunter, die Vorstellung des dem Theater zugehörigen Balletts war zu Ende, alle eilten in die Kantine, dicke Trompeter, angetrunkene Violonisten, magere, aufgekratzte Tänzer. Ich drückte mich an der Wand entlang, genoß einen Augenblick ihre spürbare Euphorie nach dem Auftritt und war sofort wieder ernüchtert. Das Neonlicht war grell, und die Musiker sahen müde und heruntergekommen aus, »Scheiß Mozart«, sagte eine Tänzerin zu einem Cellisten, der seinen Instrumentenkasten wie einen alten Koffer hinter sich herschleifte. Als ich in die Kantine zurückkam, schienen Raoul und Ruth sich beruhigt zu haben, oder zumindest hatte Ruth sich beruhigt, sie sah entspannter aus, und ihre Wangen waren gerötet. Sie hatte sich weit über den Tisch zu Raoul hinübergebeugt und redete auf ihn ein, als ich mich wieder hinsetzte, brach sie ab und lehnte sich mit leichter Verlegenheit zurück. Beide sahen mich an, und ich wußte nicht, was ich sagen sollte, mir war albern zumute, ich starrte stur auf die Tischplatte. Ich versuchte Ruth zu verstehen zu geben, daß ich nicht zuständig war, nicht kommunikativ, nicht hilfsbereit, zumindest jetzt nicht, aber Ruth lächelte geistesabwesend und selig an mir vorbei, legte mit einer unmöglichen Geste ihre Hand auf meine und sagte »Wollt ihr noch was trinken?« Ich sagte matt »Einen Wein bitte«, dann zog ich meine Hand weg. Raoul sagte »Danke, nichts«. Ruth stand auf, um den Wein zu bestellen, und als sie an ihm vorüberging, drehte er sich nach ihr um und griff ihr plötzlich mit einer Geste, die an Obszönität nicht zu überbieten war, von hinten zwischen die Beine. Sie blieb stehen, ihr Gesichtsausdruck veränderte sich überhaupt nicht, sie stand so in seinem Griff und sah irgendwo hin, er sah sie an, niemand beachtete uns, obgleich beide wie ein Standbild im Scheinwerferlicht wirkten. Sie standen lange so, viel zu lange, dann ließ er sie los. Ruth schwankte leicht, hielt sich wieder gerade, ging weiter zum Tresen. Raoul wandte sich zu mir um und sagte »So was wie dich habe ich in meinem ganzen Leben noch nicht gesehen«.

Wenn Ruth traurig ist, weint sie. Ich erinnere mich an einen Streit mit ihrer Mutter, nach dem sie zusammengekauert vor dem Telefon saß und nicht ansprechbar war, an eine Szene mit einem Freund auf der Straße, nachts, sie stritten fürchterlich, und er schlug sie, und ich erinnere mich an ihr betroffenes, erstauntes Gesicht, ihre Hand an ihrer Wange, nicht theatralisch, sehr echt. Wenn Ruth traurig war aus Gründen, die sie nicht benennen konnte oder nicht benennen wollte, saß sie im Stuhl vor ihrem Schreibtisch, die Hände auf den Lehnen, die Füße auf der Stuhlkante hochgestellt, ihr ganzer Körper entspannt und hingegeben. Sie weinte lautlos, ich stand an der Tür, an den Türrahmen gelehnt und sagte »Ruth, kann ich irgend etwas tun?«, und sie schüttelte nur den Kopf und sagte nichts. Wie oft habe ich sie so gesehen – zwei- oder drei- oder viermal. Ich stieß mich vom Türrahmen ab und ging durch die Wohnung, in mein Zimmer, durch den Flur, in die Küche und wieder zurück, ich war wie gelähmt, wenn Ruth so traurig war. Ich wusch drei Teller ab und rauchte eine Zigarette am Küchenfenster und las eine Seite in irgendeinem Buch, und dann ging ich wieder zurück in ihr Zimmer, und sie saß noch immer so. Irgendwann, viel später, kam sie zu mir und umarmte mich kurz und sagte »Ist schon wieder gut«. Ihre hilflose, wütende, verletzte Art zu weinen, wenn wir uns stritten, war eine andere. Ich selber habe nie vor Ruth geweint.

Ich blieb vier Tage bei Ruth, einen Tag länger, als ich geplant hatte. Ruth hatte kaum Proben, aber jeden Abend Vorstellung, ich hatte erwartet, daß sie ihre freie Zeit eher mit Raoul verbringen wollte, und ich hätte das verstanden, aber Raoul hatte wenig Zeit, und sie sahen sich in diesen Tagen alleine nur an einem einzigen Nachmittag. Wir frühstückten lange, gingen in die Stadt, an den Fluß, am Ufer entlang bis zum Stadtrand und wieder zurück, wir waren so vertraut miteinander wie immer. Ruth redete ständig über Raoul, sie redete wie zu sich selbst, und ich hörte ihr zu, ohne viel zu antworten, sie fragte mich auch nicht wirklich nach irgend etwas. Sie sagte, Raoul hätte sich zurückgezogen, sie käme nicht mehr an ihn heran, es gäbe irgendeine sexuelle Anziehung, alles andere sei rätselhaft. In drei Wochen wäre sein Gastspiel zu Ende, dann würde er nach Würzburg gehen, für ein neues Gastspiel, dann nach München, aber eigentlich würden sie über die Zukunft nicht sprechen. »Vielleicht«, sagte Ruth, »ist es schon wieder vorbei. Was auch immer es war. Aber ich bin traurig darüber, verstehst du.« Ich vermied es, sie anzusehen. In ihrer Wohnung schloß ich, wenn ich im Badezimmer war, die Tür hinter mir und betrachtete mein Gesicht im Spiegel, mein Paßfoto im Spiegelrahmen und wieder mein Gesicht. Wir saßen an den Abenden zusammen mit den Schauspielern und Raoul an den Resopaltischen der Kantine, ich trank ziemlich viel, jedesmal, wenn Ruth vom Tisch aufstand und kurz verschwand, sah Raoul mich an und sagte sehr deutlich »Ich vermisse dich«, niemand konnte es hören außer mir. Er berührte mich nicht. Als Ruth am ersten Abend die Getränke holte, hatte er gelacht, nachdem er gesagt hatte, so etwas wie mich in seinem ganzen Leben noch nicht gesehen zu haben, ein glückliches Lachen, das ich erwidert hatte ohne nachzudenken. Er hatte gesagt »Weißt du, wer du bist?«, und ich hatte zuerst gezögert und dann doch geantwortet – »Ja«. Er sagte »Bist du die, für die ich dich halte?«, und ich sagte »Ich weiß nicht«, und er sagte »Doch. Du weißt«, und dann kam Ruth an den Tisch zurück, und die Worte waren gefallen in eine genau abgemessene Zeit, es waren genug Worte gewesen. Wenn wir einschliefen, abends, drehte ich mich von Ruth weg mit dem Gesicht zur Wand. Mein Schlaf war leicht. »Was wirst du machen, wenn du wieder in Berlin bist?« fragte Ruth einmal, und ich sagte »Ich bin nicht sicher«, wie hätte ich ihr erklären können, daß mein ganzes Leben plötzlich wieder offen war, leer, ein weiter, unbekannter Raum. Ich stand am Fenster ihrer Wohnung und sah auf die blaue Leuchtreklame des Parkhauses, das verspiegelte Hochhaus dahinter, am Himmel stand schon der Mond, Ruth sagte meinen Namen, und ich drehte mich um. Wir kauften Kleider, Schuhe, Mäntel. Ich sagte »Ich würde gerne bleiben, aber morgen muß ich fahren«. Am letzten Abend hatte Ruth öffentliche Probe, vereinzelt saßen Zuschauer, Schauspieler, Musiker auf den Rängen herum, ich saß auf der Treppe, Raoul setzte sich ganz kurz neben mich, und ich rückte von ihm weg. Von der Bühne her blickte Ruth zu uns herüber. Wir sahen sie beide an, Raoul sagte »Du fährst?«, ich sagte »Morgen«. Er sagte »Und wir sehen uns wieder?«, ich sagte »Ja, wir sehen uns wieder«, ohne den Blick von Ruth abzuwenden. Er blieb noch einige Minuten so sitzen, dann stand er auf und ging weg. In der Kantine später saßen wir nicht an einem Tisch. »Worüber habt ihr geredet?« sagte Ruth, »Über das Stück«, antwortete ich, sie sah mitgenommen aus, blaß und angespannt. An dem Nachmittag, den sie mit Raoul verbracht hatte, hatte er in seinem Hotelzimmer auf dem Bett gelegen und ferngesehen, Ruth hatte auf der Bettkante gesessen und darauf gewartet, daß er den Fernseher ausmachen würde, er hatte den Fernseher nicht ausgemacht. Ruth sagte »Ich weiß nicht, was er will«. Wir liefen in der Nacht durch die dunkle, leere Fußgängerzone, unsere Schritte hallten, Ruth hatte ihren Arm unter meinen geschoben, wir waren betrunken und torkelten ein wenig, ich mußte lachen, Ruths Haare zärtlich an meiner Wange. Am nächsten Morgen brachte sie mich zum Bahnhof, es war kalt geworden, windig, wir umarmten uns auf dem Bahnsteig, der Zug stand mit offenen Türen. »Was um Himmels willen«, sagte Ruth, »willst du eigentlich in Paris?« Ich stieg ein und lehnte mich aus dem offenen Fenster, Ruth trug eine kleine, schwarze Kappe, unter der ihre Haare verschwunden waren, ihr Gesicht sah streng aus. Sie steckte die Hände in die Manteltaschen und trat von einem Bein auf das andere, sie sagte »Du hast mir noch nicht gesagt, was du von ihm hältst«. Ihre Stimme klang nicht anders als sonst. Der Schaffner pfiff, die Türen schlugen zu. Ich holte Luft, und dann sagte ich »Ich glaube, daß er nicht der Richtige für dich ist«, Ruth sagte »So«, ich war nicht sicher, ob sie mich wirklich verstanden hatte, der Zug fuhr an. Ruth blieb stehen, ich sah so lange aus dem Fenster, wie ich sie noch erkennen konnte, ihre schmale Gestalt im hellen Mantel, der dunkle Fleck ihrer Kappe, sie winkte nicht, dann war sie verschwunden.

Ich bin niemals mit Ruth zusammen verreist. In irgendeinem Winter fielen die Temperaturen weit unter null, und wir fuhren mit der S-Bahn hinaus in den Grunewald und liefen über den zugefrorenen See, wir hatten beide nicht die richtigen Schuhe dafür an, das war der weiteste Ausflug. Jeden Sommer haben wir im Park gelegen und darüber geredet, nach Griechenland zu fahren, Italien, Sizilien, ans Meer, wir sind nie gefahren. Sie fuhr mit B. nach Portugal und mit J. nach Polen und mit F. nach Italien, ich flog nach New York und London und reiste durch Marokko und Spanien, wir vermißten einander nicht in diesen Zeiten, vielleicht hatten wir auch unterschiedliche Erwartungen und waren für das gemeinsame Reisen nicht gedacht. Ich mietete ein Zimmer in einem kleinen Hotel im Norden von Paris im afrikanischen Viertel, ich lief eine Woche lang von morgens bis abends durch die Stadt, es war kalt, die Seine schlammig und grün, es regnete immerzu, und ich fror, was um Himmels willen wollte ich eigentlich in Paris? Vor dem Louvre stauten sich die Menschenschlangen, und ich verzichtete und ging stattdessen in ein kleines Museum in der Rue de Cluny, in dem die Talismane der Pilgerfahrer aus dem 12. Jahrhundert ausgestellt waren, winzige, schwärzliche Kettenanhänger, ein Rad, eine Madonna, eine gefrorene Träne. Ich stand lange vor den warm beleuchteten Schaukästen und war beruhigt, ohne daß ich hätte sagen können, wodurch. In der Metro roch es nach Tabak, nach Metall und regennassen Mänteln, die Gesichter der Menschen verschlossen und schön, Schwarzafrikaner, Chinesen, Inder. Wenn ich nachts in mein Hotel zurückkehrte, standen Männer in den Hauseingängen und flüsterten in einer fremden Sprache hinter mir her. Ich duschte um Mitternacht im Gemeinschaftsbad auf dem Flur, wenn ich sicher war, nicht mehr gestört zu werden, ich stand auf den glitschigen Fliesen und ließ heißes Wasser über mich laufen, bis meine Haut rot und aufgeweicht war. Ich dachte seinen Namen und versuchte, etwas zu verstehen – ihn, mich selbst, Ruth, das Schwierige der Situation. Ich hätte noch nicht einmal sagen können, was eigentlich schwierig war. *Ich vermisse dich*. Ich vermißte ihn, ich dachte unentwegt an ihn, an jemanden, den ich nicht kannte, aber den ich mir vorstellen wollte, immer und immer wieder, ich konnte noch nicht einmal mehr sein Gesicht in der Erinnerung zusammenfügen, es gab nur Splitter, seine Augen, sein Mund, eine Bewegung mit der linken Hand, seine Stimme, vielleicht am ehesten die. Ich versuchte, eine Karte an Ruth zu schreiben, und kam über die ersten Worte – »Liebe Ruth« – nicht hinaus. Der Regen fiel und fiel auf die silbrigen Dächer. In der Nacht lag ich auf dem Hotelzimmerbett, rauchte eine Zigarette in der Dunkelheit, lauschte auf die fremden, tröstlichen Geräusche der Straße und versuchte, Ruth zu antworten, mit ihr zu sprechen, *was um Himmels willen willst du eigentlich in Paris?* Ich sagte laut »Ruth, vielleicht ist es so, daß du immer dich selbst suchst und dich wirklich wieder und wieder selbst sehen kannst, und daß ich im Gegensatz zu dir mich verlieren will, von mir selber entfernen, und am ehesten kann ich das, wenn ich reise, und manchmal auch, wenn ich geliebt werde«. Niemals hätte ich so zu Ruth gesprochen, und ich dachte, ich müßte erschrecken darüber, aber ich erschrak nicht. Meine Stimme in der Dunkelheit klang fremd. Ich frühstückte am Morgen in der Moschee am Naturkundemuseum, Minztee und klebriges Gebäck, niemand saß dort außer mir, und durch die offenen Fenster regnete es herein, flogen Spatzen, stießen sich von der Saaldecke ab. Ich hatte kein Gefühl für die Zeit. Auf der Place de la Madeleine sprach mich ein Schwarzafrikaner an, er wollte Geld für Briefmarken, um seine Dissertation an die Universität schicken zu können, die Universität akzeptiere nur postal eingehende Dissertationen, er hätte all sein Geld an seine Familie nach Südafrika geschickt. Ich gab ihm zehn Francs, er sagte »Zu wenig«, ich gab ihm zwanzig, dann dreißig, er hielt noch immer seine Hand auf und sah mich an, als müsse ich eigentlich für etwas ganz anderes bezahlen. Ich gab ihm alles Geld, das in meinen Hosentaschen war, viel zu viel, es war lächerlich. Er reichte mir einen Zettel und einen Stift und forderte mich auf, ihm meine Adresse zu geben, er würde mir das Geld zurückschicken, sobald er Arbeit gefunden hätte. Ich schrieb eine Phantasieanschrift auf, die ich sofort vergaß, und er steckte den Zettel wieder ein und sagte lautlos »Wie ist dein Name?« Dann ging er weg, ich sah ihm hinterher, sein Gesichtsausdruck war würdevoll und verächtlich, ich wußte plötzlich, daß ich abreisen mußte, daß ich nicht mehr geschützt war. Auf der Gare du Nord strömten die Menschen, Zigeunerfrauen hockten auf Gepäckwagen, schlafende Kinder auf dem Schoß und über die Schulter gelegt, auf der Anzeigetafel fielen die Buchstaben durcheinander, blitzten Städte auf und Fernen und verschwanden wieder, ich hatte Sehnsucht oder Fieber, es war nichts mehr zu unterscheiden. Ich dachte »Fahr weiter, fahr weiter, fahr weg, so weit wie möglich«, die asiatische Fahrkartenverkäuferin im Glaskasten starrte mich an. »Berlin«, sagte ich, »eine Fahrkarte nach Berlin bitte«, und das Gefühl in meinem Magen war jetzt eindeutig Angst. Ich warf mein letztes Geld in ein Münztelefon und wählte Ruths Nummer, ich wollte sagen »Ruth, ich fahre jetzt nach Hause, und dann wird sich etwas entscheiden«, ich hoffte, daß sie sagen würde »Ich weiß«, und vielleicht noch »Verschwinde«, aber sie nahm nicht ab. Der Anrufbeantworter sprang an, und ich hielt den Hörer in die Bahnhofshalle hinein, in die Stimmen, Lautsprecheransagen und Geräusche der fahrenden Züge, dann legte ich auf.

Seltsamerweise war es Ruth, die den Satz sagte »Ich wäre gerne du«. Nicht umgekehrt. Nicht ich.

Ich kam am späten Abend in Berlin an. Die Wohnung war stikkig und still, mir völlig fremd – wessen Bett, wessen Stuhl, wessen Bücher, Papiere, Teetassen, Schuhe im Flur. Auf dem Anrufbeantworter dreimal Ruths Stimme, beim ersten Anruf zärtlich und sehnsüchtig, »Du fehlst mir«, sagte sie, im Hintergrund schien jemand im Zimmer herumzulaufen. Beim zweiten Anruf war sie kurz angebunden – »Bist du da? Hallo? Bist du schon zurück?« –, dann hatte sie aufgelegt. Beim dritten Mal schien sie geweint zu haben, ihre Stimme klang zittrig, sie sagte, ich solle sie einfach anrufen, wenn ich wieder da wäre, wann immer, auch mitten in der Nacht. Ich packte meinen Koffer aus, hängte die Sachen, die ich mit Ruth zusammen gekauft und noch kein einziges Mal getragen hatte, in den Schrank, öffnete alle Fenster und ging ins Bett. Ich schlief kurz und tief, der nächste Morgen war windig und grau, ich ging einkaufen, zurück in die Wohnung, las eine Zeitung, wusch Wäsche, sah meine Post durch, bei allem was ich tat, konnte ich mich von außen sehen, distanziert, aus weiter Ferne, leicht. Am Abend klingelte das Telefon, ich ließ es viermal klingeln, obwohl es neben mir stand, dann erst nahm ich den Hörer ab. »Du bist ja da«, sagte Ruth. Ihre Stimme war so nah, als stünde sie neben mir. Ich sagte »Ich bin gerade erst wiedergekommen«, sie sagte »Du mußt dich nicht entschuldigen«, ich sagte »Nein. Wofür denn auch?«, dann mußte ich lachen, Ruth lachte nicht.

Sie brach in Tränen aus, und ich ließ sie weinen, ich saß so da und sah aus dem Fenster, Nachthimmel über dem Park, kein Mond, keine Sterne, ich stellte mir Ruth vor in ihrem Zimmer im blauen Licht der Parkhausleuchtreklame, der silberne Aschenbecher auf dem Tisch, das Foto auf dem Fensterbrett, Ruths Haare offen, ihr verweintes Gesicht. Ich sagte »Ruth, ach Ruth«, sie weinte ziemlich lange. Irgendwann hörte sie auf, putzte sich die Nase, wir schwiegen, dann sagte sie »Wie war's in Paris?« Ich sagte »Schön«. Sie sagte »Es ist vorbei, weißt du. Das mit Raoul meine ich. Das ist vorbei«, und ich sagte »Warum denn?«, und sie sagte »Warum denn. Gute Frage«. Ich dachte daran, daß Ruth niemals alleine gewesen war, eine Affäre oder Beziehung oder Freundschaft war in die nächste übergegangen, und am Ende einer Liebe stand immer schon eine neue, eine größere, bessere, mir schien, daß sie jetzt zum ersten Mal alleine sein würde. Ich sagte »Ist es schlimmer als sonst?«, und Ruth lachte jetzt doch, leise, und sagte »Nein. Es ist wie immer. Aber trotzdem ist es beschissen, oder?« Sie hätten sich gestritten, er hätte sich eingeengt gefühlt, fast bedroht, sie sei ihm zu schnell gewesen, zu nah, er sei nicht so verliebt wie sie, im Grunde sei er überhaupt gar nicht verliebt. Sie hätte ihn nachts betrunken und verzweifelt im Hotel angerufen, sie hätte gewußt, daß er da war, und er sei unglaublich lange nicht ans Telefon gegangen und dann doch, er hätte nur »Du bist doch nicht ganz bei Trost« gesagt und einfach wieder aufgelegt. Jetzt würde er ihr aus dem Weg gehen, in drei Tagen sei er ganz weg, sie wüßte nicht, was schlimmer sei, ihn zu sehen und nicht mit ihm sein zu können oder ihn überhaupt nie mehr zu sehen. Sie sagte »Das Fürchterliche ist irgendwie nur, daß ich denke, er hat mich nicht erkannt, verstehst du? Er hat mich weggeschickt, ohne daß ich ihm hätte zeigen können, wie ich eigentlich bin, er hat mich nicht an sich herangelassen, er hat mir keine Chance gegeben, das ist schrecklich, verstehst du?« Ich sagte »Ja. Ich verstehe«, und ich verstand sie wirklich, ich dachte nur, daß er sie sehr wohl erkannt hatte, und vielleicht wußte sie das auch. Ruth schwieg. Dann seufzte sie und sagte »Es war ja auch eigentlich gar nichts. Wir haben uns ein bißchen geküßt, wir haben uns zwei, drei Geschichten erzählt, wir sind einmal Hand in Hand durch die Stadt gelaufen. Mehr war nicht. Aber ich habe mich trotzdem verliebt, und er hat mich nicht gewollt, und das macht mich so wütend. Du hast gesagt, er sei nicht der Richtige für mich«. Ich antwortete nicht, und Ruth wiederholte »Hast du doch gesagt, oder?« Ich mußte lachen, und sie sagte ernsthaft »Warum denn eigentlich nicht?« Ich hätte sagen können – weil er der Richtige für *mich* ist, Ruth hätte unter anderen Umständen vielleicht darüber gelacht. Ich wußte nicht, was ich antworten sollte. Ich sagte dämlich »Vielleicht ist er eine Nummer zu groß für dich«, und Ruth fragte berechtigt verständnislos »Was soll das denn heißen?« Ich stand auf und lief mit dem Telefon in der Hand durch die Wohnung, Ruths Zimmer am Ende des Flurs dunkel und weit, noch immer erwartete ich, wenn ich es betrat, ihr Bett zu sehen, ihren Schreibtisch, den Stuhl, auf dem sie gesessen hatte, wenn sie traurig war. Der Stuhl stand jetzt am Fenster ihres Apartments in einer anderen Stadt. Ich sagte »Ruth, ich weiß auch nicht, ich kenne ihn doch überhaupt nicht, er sieht schön aus, und mehr kann ich nicht sagen, und ich hatte das Gefühl, ihr versteht euch eigentlich nicht«. »Ja. Kann sein«, sagte Ruth einfach. Ich lehnte mich im Flur an die Wand und ging in die Knie, ich war auf einmal vollständig hoffnungslos, Raoul weit weg, sein Gesicht, von dem ich jetzt wieder wußte, wie es aussah. Ich wollte etwas von Ruth wissen, etwas, das mich auf ihn hätte vorbereiten können, ich wußte nicht, wie ich es formulieren sollte, was es eigentlich war, ich sagte »Habt ihr denn miteinander geschlafen?« und fühlte gleichzeitig, wie mir das Blut ins Gesicht schoß. »Nein«, sagte Ruth, sie schien meine Frage nicht komisch zu finden. »Nein, haben wir nicht. Er wollte irgendwie nicht, oder vielleicht wollte er auch nur das, es war seltsam. Wir haben jedenfalls nicht miteinander geschlafen, und ich kann dir gar nicht sagen, wie heilfroh ich darüber bin.« Ich schwieg, und sie schwieg auch, oder vielleicht lauschte sie auf mein Schweigen, dann sagte sie »War das die richtige Antwort?«, und ich lachte verlegen. Sie fragte mich noch einmal nach Paris, ich erzählte ein wenig, der Schwarzafrikaner auf der Place de la Madeleine, das Hotelzimmer, die afrikanischen Märkte in den Seitenstraßen des Viertels, ich dachte, daß ich sie eigentlich hätte trösten sollen, aber ich wußte nicht wie, sie schien auch nicht getröstet werden zu wollen. Sie sagte »Ich rufe dich morgen wieder an, ja?«, ich sagte »Ruth. Gib auf dich acht«, sie sagte »Du auch auf dich«, dann legten wir auf. Ich trank ein Glas Wein in der Küche, der Kühlschrank summte, ich dachte, daß er sich jetzt melden würde, bald. Ich war mir sicher. Dann ging ich schlafen, sehr spät in der Nacht wachte ich noch einmal auf, weil das Telefon klingelte, es klingelte drei- oder viermal, dann war es wieder still. Ich lag auf dem Rücken und hielt den Atem an.

Ich hätte Ruth niemals erklären können, was es war. Ich hätte ihr nicht erklären können, worum es mir ging, was ich fühlte. Ich habe Ruth niemals etwas erklären müssen, sie verlangte das nicht, obwohl sie mich sicher oftmals nicht verstand. Sie war bei mir, in allen Jahren, in den guten Zeiten und den weniger guten, manchmal fragte sie »Warum tust du das denn?«, eine Antwort erwartete sie nicht, ich hätte ihr auch nicht antworten können. Sie beobachtete mich, sie kannte mich genau, manchmal äffte sie mich nach, die Art, wie ich den Kopf schief legte, lächelte, wegsah. Daß ich kein Geheimnis hatte, wußte sie.

Der Brief kam am 20. September, am fünften Tag nach meiner Rückkehr aus Paris. Bevor Raoul nach Würzburg gegangen war, mußte er im Theater irgendwie an meine Adresse gekommen sein, er wußte, daß es Ruths ehemalige Adresse war, er wußte von Ruth ohnehin so ziemlich alles über mich. Er war nach Würzburg gefahren, hatte wahrscheinlich seinen Probenplan organisiert und sein neues Quartier bezogen, war einen Abend lang alleine gewesen oder auch nicht und hatte am Tag darauf einen Umschlag an mich adressiert und abgesandt. Er war schnell. In dem Umschlag war eine Hin- und Rückfahrkarte zweiter Klasse nach Würzburg, die Hinfahrt datiert für den Mittagszug am 25. September, und ein Blatt Papier, auf dem nur der Satz stand »Es wäre schön, wenn du kämest«. Merkwürdigerweise hatte er anstatt einer Unterschrift eine kleine, comicartige Zeichnung seines Gesichts daruntergemalt, sein Gesicht von der Seite, im unschönen Profil. Ich legte den Brief auf den Tisch, es sah seltsam aus und auch nach gar nichts, ein schmaler, weißer Umschlag, auf dem mein Name stand. Ich hatte drei Tage Zeit, um mich zu entscheiden, aber es gab nichts zu überlegen, daß ich fahren würde, wußte ich. Ich fühlte mich auch nicht mehr anders als sonst, nicht mehr getragen von einer großen Erwartung, ich schlief sehr viel, stand spät auf, saß am Mittag in dem Café vor meinem Haus herum, trank Kaffee, las die Zeitung, sah die Straße hinauf und hinunter, niemandem ins Gesicht. Das Telefon klingelte mehrmals, manchmal nahm ich den Hörer ab und manchmal nicht, immer war es Ruth, meist gegen Abend. Es ging ihr nicht gut, aber auch nicht wirklich schlecht, sie hatte ziemlich viel zu tun und schien abgelenkt, redete trotzdem viel über Raoul, lauter Fragen, auf die sie sich selbst die Antwort gab. Es hatte keine klärende Situation mehr gegeben, er sei abgereist, ohne daß sie noch einmal miteinander gesprochen hätten, »Sei froh, daß er weg ist, der Idiot«, hätte die Maskenbildnerin zu ihr gesagt, mehrmals. Sie sagte »Ich würde ihm gerne einen Brief schreiben, meinst du, ich sollte ihm schreiben?«, und als ich nicht antwortete, sagte sie »Wahrscheinlich ist es sinnlos, völlig sinnlos, ich weiß«. Ich lehnte mich aus dem Fenster, während wir telefonierten, und ließ sie die Straße hören, den Verkehr auf der Kreuzung, die Leute vor den Cafés, Bruchstücke von Gesprächen, Ruth mochte das eigentlich, jetzt flüsterte sie »Hör mal auf, ja, ich bekomme sonst Heimweh«. Es war nicht schwierig, mit ihr zu telefonieren. Bei unserem letzten Telefonat, bevor ich nach Würzburg fuhr, sprachen wir überhaupt nicht mehr von Raoul, ich fragte nicht nach ihm, und Ruth erwähnte ihn nicht, es war, als hätte es ihn nie gegeben. Sie erzählte, daß sie einen Anruf bekommen hätte von einem Theater in Hamburg, sie würde wohl aus dem Vertrag gehen und wieder umziehen, sie schien glücklich darüber zu sein und aufgeregt, sie sagte »Dann sind wir wieder viel näher beieinander«. Wir telefonierten lange, ich trank Wein dabei, war am Ende betrunken, wehmütig, ich sagte ehrlich »Ruth, ich vermisse dich sehr«, und sie antwortete »Ja, ich dich auch«. Dann legten wir auf, ich ging ins Bett und konnte nicht einschlafen, die Straße war auch laut und bis spät in die Nacht voller Menschen, ich lag da und lauschte und hatte nur ein einziges, absurdes Bild im Kopf – Raoul, der mich durch eine dunkle, fremde Wohnung trug, durch einen Flur und viele Zimmer hindurch, bis er mich schließlich in ein Bett legte, sachte, als wäre ich ein Kind. Am Morgen des 25. September stand ich verunsichert vor meinem Kleiderschrank, ich wußte nicht, wie lange ich bleiben würde – eine Nacht, ein paar Tage, für immer? –, ich wußte nicht, was er wollte, und was ich wollte, wußte ich eigentlich auch nicht. Schließlich nahm ich außer meiner Zahnbürste, einem Buch und einem Nachthemd überhaupt nichts mit, ich schaltete den Anrufbeantworter aus, verschloß die Wohnungstür und fuhr zum Bahnhof, viel zu früh.

Was gibt, was gäbe es noch zu sagen, über Ruth und mich? Ein einziges Mal haben wir uns geküßt, nachts, in einer Bar und eigentlich auch nur, um jemanden, der nicht von Ruth lassen wollte, zu vertreiben, Ruth beugte sich zu mir und küßte mich auf den Mund, innig und zärtlich, sie schmeckte nach Kaugummi und Wein und Rauch, und ihre Zunge war seltsam süß, sie küßte mich schön, und ich erinnere mich, daß ich sehr erstaunt dachte »So ist das also, wenn man Ruth küßt«. Ich dachte, wir müßten verlegen sein danach, aber wir waren es nicht, wir haben auch nicht mehr darüber gesprochen. Ruths Verehrer verschwand ohne ein weiteres Wort. Als wir jünger waren, war Ruth exaltierter und ausgelassener, sie trank viel und tanzte mit Vorliebe auf Bartresen und Tischen, ich mochte das und forderte sie dazu auf, drängend – »Ruth, tanz auf dem Tisch, ja!« –, sie schob ohne Umschweife die Gläser beiseite, kickte mit hochhackigen Schuhen die Aschenbecher vom Tisch und tanzte aufreizend. Erst viel später wehrte sie mich ab, wurde manchmal ärgerlich, sagte »Ich bin nicht dein Ersatzleben oder so was Ähnliches«. Wir trugen die gleichen Kleider, lange Röcke, Mäntel mit Pelzkragen, Perlenketten um den Hals, wir sahen uns niemals ähnlich. Aber irgendwer sagte »Ihr seid wie Lovebirds, wie diese kleinen, gelben Kanarienvögel, ihr sitzt immer gleich und bewegt eure Köpfe im immerselben Rhythmus hin und her«, ein Vergleich, den wir mochten. Manchmal, wenn wir etwas gefragt wurden, antworteten wir auf einmal und exakt das gleiche. Aber wir lasen selten die gleichen Bücher und haben niemals zusammen über etwas geweint. Die Zukunft, die anfangs gar nicht vorhanden war und später immer mehr ein Raum wurde, in dem wir uns einrichten mußten, war eine gemeinsame, Ruth und ich, Ruth scheute sich nicht, es zu sagen »Wir trennen uns nicht«. Ich habe sie oft angesehen und versucht mir vorzustellen, wie sie aussehen würde, wenn sie alt wäre, es ist mir nie gelungen. Wenn sie lacht, ist sie am schönsten. Wenn sie dasitzt und schweigt, weiß ich nicht, was sie denkt. Ihre Augenbrauen sind zu schmalen, silbernen Sicheln gezupft, ihre Hände sind sehr klein. Es gab Momente, in denen sie mir eindeutig nicht zuhörte, wenn ich ihr etwas erzählte. Es gibt kein Foto, auf dem wir beide abgebildet sind. Kannte ich Ruth?

Die Fahrt von Berlin nach Würzburg dauerte sechs Stunden, und in diesen sechs Stunden war ich glücklich. Ich las und ich schlief, und in den Schlaf, der leicht war, woben sich Sekundenträume, Ruth auf einer Treppe, sich nach mir umsehend, stumm, Raoul am Tisch der Theaterkantine, allein, ein Fremder, mein leeres Zimmer in der Berliner Wohnung, Sonnenlicht auf dem Holzfußboden, die Stimme des Schaffners, »In wenigen Minuten erreichen wir Braunschweig«, Ruth flüsterte, meine Beine schliefen ein, in irgendeiner Stadt stand Raoul unter dem Vordach eines Hotels im Regen, ich wachte wieder auf, mein Gesicht verquollen und heiß. Ich ging eine Zigarette rauchen im Zugbistro, da saßen krumme Gestalten vor Biergläsern, schweigend, die Landschaft vor den getönten Fensterscheiben hügelig und grün, die Felder schon abgeerntet, auf den schwingenden Telegrafenleitungen kleine Vögel in einer langen, dunklen Kette. Der Zug fuhr und fuhr und maß die Zeit ab, die Entfernungen, er näherte sich unweigerlich, und ich wünschte mich zurück, nach Hause, und weiter zurück in ein Früher, und gleichzeitig war ich so ungeduldig, daß mein Magen schmerzte, mein Kopf und meine Glieder, Ruth, dachte ich, Ruth, ich würde dir so gerne erzählen. Ich lief zurück an meinen Platz, den Gang entlang durch die mir zugewandten Gesichter, die Blicke hindurch, ich las und konnte nicht mehr lesen und sah aus dem Fenster und wurde so müde, meine Hände zitterten und meine Knie waren weich, noch eine Stunde bis Würzburg, noch eine halbe, noch zwanzig Minuten, gleich. In den Vorstädten gingen die Straßenlaternen an, die Lichter in den Wohnungen, kleine, helle Fenster in der Dämmerung. Vielleicht dieses Leben? Dieser Tisch unter dieser Lampe in diesem Zimmer mit diesem Blick auf den Garten, verblühte Astern, mit Zweigen für den Winter abgedeckte Beete, eine Kinderschaukel, eine betonierte Terrasse, was denn, dachte ich, was denn, meine Sehnsucht war schrecklich und blödsinnig zugleich. Der Zug wurde langsamer, sein Ausrollen war unbestimmt tröstlich, ich stand auf, mit meiner kleinen Tasche, meinem Mantel, meinem heißen Gesicht, ich dachte »Raoul, ich bin fürchterlich traurig«, der Zug hielt an, mit einem einzigen, entschlossenen Ruck, er stand still. Würzburg Hauptbahnhof, 18 Uhr 22. Ich reihte mich in die lange Schlange der Aussteigenden ein, Schritt für Schritt für Schritt, und niemand hielt mich auf, und dann stand ich auf dem Bahnsteig und ging los, Richtung Ausgang, und als ich Raoul endlich sah, wußte ich sofort und mit auswegloser Sicherheit, daß ich mich getäuscht hatte. Er stand am Ende des Gleises an eine Anzeigetafel gelehnt, er trug einen Mantel, den ich im Theater nie an ihm gesehen hatte, er hatte seine Brille auf, er sah ein wenig hochmütig und gelangweilt aus, die Arme vor der Brust verschränkt, die Schultern hochgezogen. Er stand da wie jemand, der jemanden vom Zug abholt, wartend, in Erwartung, vielleicht auch unruhig, er stand da, wie alle anderen auch, und er hatte keine Angst. Ich ging auf ihn zu und ich konnte sehen, daß er keine Angst hatte, daß er wohl unsicher war und aufgeregt, aber Angst, diese Angst, die ich empfand und die mich schüttelte, die hatte er nicht. Als er mich sah, veränderte sich sein gelangweilter Gesichtsausdruck in Sekunden zu einem freudigen, überzeugend glücklichen und gleichzeitig ungläubigen; er ging mit zwei, drei raschen Schritten auf mich zu, und bevor ich ihn noch hätte abwehren können, zog er mich an sich und umarmte mich fest. Ich wußte nicht, wohin mit meinen Händen, meinen Armen, meinem Gesicht, ich umarmte ihn auch, wir standen so, er roch nach Rasierwasser, die Haut seiner Wange war weich, sein Brillengestell drückte ein wenig an meine Schläfe, es war fast unmöglich, ihn so plötzlich, erst jetzt zu spüren. Er ließ mich lange nicht los, er sagte »Schön, schön, wie schön, daß du tatsächlich gekommen bist«, ich wußte nicht, was ich antworten sollte, und er zog mich an der Hand hinter sich her durch die Bahnhofshalle. Er sagte, wir würden etwas essen gehen, er hätte einen Tisch beim Chinesen bestellt, er sei hungrig, ob ich hungrig sei. Ich war nicht hungrig. Wir stiegen auf dem Bahnhofsparkplatz in sein Auto, einen kleinen, roten Alfa Romeo, ich hatte noch nie in einem Alfa Romeo gesessen, und ich hätte das gerne gesagt, dann kam es mir albern vor, und ich sagte nichts. Er startete, fuhr halsbrecherisch los, sah mich an, schüttelte den Kopf, lachte immer wieder, irgend etwas schien ihn maßlos zu belustigen. Hast du eine gute Reise gehabt? Wie war das Wetter in Berlin? Was von Ruth gehört? Auf die letzte Frage antwortete ich nicht, auf die beiden ersten eigentlich auch nicht. Er parkte vier Straßen weiter im Halteverbot. Der Chinese, bei dem er einen Tisch reserviert hatte, war gähnend leer, eine chinesische Familie hinter dem Tresen, die uns reglos und unheimlich anstarrte, bis sich einer von ihnen in Bewegung setzte und uns eine abgegriffene Speisekarte überließ. Raoul bestellte Vorspeisen und Hauptgerichte, ich wollte einen Salat, wenn überhaupt, mir war schlecht, mein Magen wie zugeschnürt. »Jasmintee bitte«, sagte ich in das abweisende Kellnergesicht hinein. Wir saßen uns gegenüber und schauten uns an, etwas anderes schien nicht möglich zu sein, eigentlich, dachte ich, war ich nur nach Würzburg gefahren, um ihn anzusehen, so wie man jemanden ansehen will, den man beschlossen hat, zu lieben. Raoul konnte das gut, er hielt meinem Blick stand oder ich seinem, seine Augen waren groß, weit geöffnet, sie schienen braun zu sein, bernsteinfarben, in den Augenwinkeln ein Lächeln, das nicht weichen wollte. Wir sahen uns an, und es kostete mich alle Kraft, die mir zur Verfügung stand, bis der Kellner endlich einschritt und den Jasmintee auf den Tisch stellte, die Vorspeisen, meinen Salat. Ich wandte den Blick von Raouls Augen ab, in denen auch kein Licht mehr war, keine Ferne und kein Versprechen, und beschloß, ihn nicht noch einmal so anzusehen, es würde nichts ändern. Raoul aß, anders als in der Theaterkantine aß er jetzt wie ein normaler Mensch, er benutzte geschickt die chinesischen Stäbchen, sezierte das Gemüse, den Fisch, redete zwischendurch, erzählte mit einer Selbstverständlichkeit, die ich atemberaubend fand. Wir hatten eigentlich überhaupt nicht gesprochen in diesen vier Tagen mit Ruth, nur unzusammenhängende Worte gesagt, deren absolute Sinnlosigkeit ihn genauso zu berauschen schien wie mich. Er hatte den Satz »Ich vermisse dich« in das Gesicht einer völlig Fremden hineingesagt, in die Utopie hinein, mit dem Wunsch, daß der Satz ankommen werde und sich dann auflösen würde in nichts oder allem. So war es gewesen, und jetzt saß er vor mir und aß chinesische Nudeln und trank einen kleinen Schluck Bier zwischendurch und lächelte mich an und erzählte von der Musil-Inszenierung, den Kollegen, den Zerwürfnissen am Haus. Und ich nickte artig und sagte »Aha« und »Nein, wirklich«, was hatte ich mir vorgestellt? Etwas anderes? Gar nichts? Was denn, wie hätten wir das fortführen sollen? Ich drückte unter dem Tisch meine Handflächen gegeneinander, die kalt waren und feucht, ich hatte Herzklopfen, mir war schlecht, ich dachte an Ruth, an Ruth, »Hast du ihr gesagt, daß du hier bist?« fragte Raoul. Ich schüttelte den Kopf, und er sah mich abwartend an, es schien, daß er mit mir darüber reden wollte, daß ihn dieser Verrat, den ich seinetwegen an ihr begangen hatte, erregte und beglückte, daß er ihn noch ein wenig auskosten wollte, aber zumindest diesen Gefallen tat ich ihm nicht. Ich schüttelte noch einmal den Kopf, und er zuckte mit den Schultern und wandte sich wieder seinem Essen zu, er aß gerne, das konnte ich sehen. Wir saßen vielleicht zwei Stunden an diesem Tisch, in diesem Restaurant, in dem sich die ganze Zeit über kein weiterer Gast blicken ließ, es war, als wäre die Welt draußen untergegangen und als seien nur wir übriggeblieben – er und ich und die chinesische Familie, die, nachdem sie uns bedient hatte, wieder hinter den Tresen zurückgekehrt war, manchmal konnte ich sie leise mit den Füßen scharren hören. Er redete viel während dieser zwei Stunden, ich redete wenig, manchmal unterbrach er sich und starrte mich an, und bevor wir in die Gefahr geraten konnten, uns wieder so anzusehen wie Liebende, oder bevor er mich etwas fragen konnte, fragte ich ihn. Ich fragte ihn nach seinem Vater, seiner Jugend, Irland, seiner Exfrau, und er ließ sich auch gerne fragen und antwortete ohne zu zögern. »Glück gehabt«, hätte einmal ein Freund gesagt, als er vom frühen Tod seines Vaters erzählte, und da hätte er diesem Freund über den Tisch hinweg eins in die Fresse geschlagen, heute täte ihm das leid, und er würde verstehen, was gemeint gewesen war, die Festigkeit nämlich, die Unverwundbarkeit, die Reife, die der frühe Tod des Vaters mit sich gebracht hätte. Am Theater würde ihn niemand erkennen, er sei nämlich eigentlich gar kein Schauspieler, sondern nur ein Hochstapler, ein Einsamer, lange würde er auch nicht mehr bleiben, eigentlich wolle er Geschichten schreiben, Theaterstücke, Gedichte, sich zeigen, er sagte »Zeigen will ich mich«. Die Exfrau mit Kind in München, schwierige Beziehung und nicht ganz zu

Ende zu bringen, dazu seien sie auch zu lange beieinander gewesen. Und das Licht in Irland sei so großartig, die Weite, die Farbe der Graswiesen, wenn der Wind in sie fährt und die Halme ins Weiße kehrt – dieselbe Beschreibung, die er Wochen zuvor benutzt hatte, um die Farbe von Ruths Augen zu bestimmen, aber das verwunderte mich schon nicht mehr. Irgendwann glaubte er mir genug von sich gezeigt zu haben, jede Antwort war eine Anekdote gewesen, die mir das Bild eines Menschen zusammenfügen sollte, es schien ihm fürs erste zu reichen. Ich hatte ihm mein schönes Schweigen gezeigt, meinen Mund, meine Hände, meinen zur Seite geneigten Kopf. Mein Nacken schmerzte. Er winkte dem Kellner, der brachte die Rechnung und zwei kleine Porzellanbecher mit Reisschnaps darin, auf ihrem Boden war eine nackte Frau zu sehen, die die Beine spreizte und verschwand, sobald ich den Schnaps ausgetrunken hatte. Er bezahlte, wehrte mein Geld ab, nickte den Chinesen zu, die sich nicht rührten, dann gingen wir, draußen war es schon dunkel, windig auch. Wir stiegen wieder in das kleine Auto, er sagte »Fahren wir nach Hause, ja?«, eine Formulierung, die mich vielleicht trösten sollte. Wir fuhren in übertriebenem Tempo durch die ausgestorbene Stadt, dann verlangsamte er, bog in eine Seitenstraße ein, parkte das Auto vor einem kleinen Haus, das zwischen zwei großen Villen stand. Das Theater hatte ihm dieses Quartier anstelle eines Hotelzimmers zur Verfügung gestellt, zwei Zimmer, Küche, Bad und ein Garten; er sagte, ihm sei das lieber als ein Hotelzimmer, ohnehin hätte er die Heimatlosigkeit satt. Wir stiegen aus dem Auto, ich taumelte ein wenig, hielt mich am Gartenzaun fest und atmete tief ein. Ich wäre gerne kurz in diesem dunklen Garten stehengeblieben. Aber er schloß sofort die Tür auf, zog mich ins Haus hinein, machte Licht, stellte meine Tasche in den Flur, holte Wein aus der Küche, schob mir einen Stuhl hin. »Setz dich«, sagte er, »setz dich hin, ich muß noch was machen, und wir trinken was, ja?« Ich setzte mich, zog mir den Mantel aus, zündete mir eine Zigarette an. Das Zimmer war winzig und niedrig, ein Tisch, zwei Stühle und ein Schreibtisch, auf dem die Dinge lagen, die er, wie er sagte, immer bei sich hätte – zwei, drei Bücher, ein kleiner Elefant aus Messing, ein Pelikanfüllfederhalter, ein großer, grauer Stein. Vom Zimmer führte eine schmale Stiege ins Obergeschoß, vermutlich ins Schlafzimmer. Ich saß so da und sah ihm zu, wie er durch den Raum lief, seine Tasche auspackte, Theatertexte auf dem Schreibtisch sortierte, selbstvergessen oder auch nicht, er goß mir Wein ein, sich auch, ich trank sofort, mir war auf eine schreckliche Art und Weise alles völlig egal. Es gab nichts. Es gab kein Wort, das zwischen uns hätte stehen können, kein Schweigen und keine Vertrautheit, noch nicht einmal ein Entsetzen über den anderen, auch meine Angst war weg, meine Vorstellung, all die Bilder, Raoul im Regen, Raoul, der mich zu Bett bringt, keine einzige Bewegung rührte mich mehr. Ein großer, schwerer Mensch, der durch ein Zimmer geht, in dem eine Lampe einen goldenen Lichtkegel über den Holztisch wirft. Die Zigarette schmeckte rauh und bitter und schön. Ich trank meinen Wein und goß mir immer wieder nach, und er setzte sich noch kurz zu mir an den Tisch und redete was, und dann sagte er »Gehen wir schlafen«. Ich putzte mir die Zähne vor dem Spiegel im Bad und wusch mein Gesicht, bis es rosig war und zart, Wassertropfen in den Wimpern, Wasser an den Schläfen, dann zog ich mein Nachthemd an, stützte mich mit den Händen an den Badezimmerkacheln ab und holte Luft. Ich kletterte die schmale Stiege hoch und in das winzige Schlafzimmer hinein, Raoul lag schon im Bett, er schien nackt zu sein, lag auf dem Bauch, rückte beiseite und hielt die Decke hoch. Ich legte mich darunter und wandte mich ihm sofort zu, er würde es falsch verstehen, ich wußte das, aber es gab keine andere Möglichkeit, als ihn sofort zu berühren, zu umarmen, mich an ihm festzuklammern, sein Körper war überraschend weich und warm, viel Haut, viel seltsame Fläche, ungewohnt, was für eine ungeheure Zumutung. Ich berührte ihn, und er verstand es tatsächlich sofort falsch und verkannte meine Übelkeit, meine Furcht und meinen Schrecken, ich sagte »Ich will nicht«, und er sagte »Warum denn nicht?«, und ich sagte »Ich weiß nicht«, das stimmte, ich wußte wirklich nicht, warum, ich wußte nur, daß ich nicht wollte, und da sagte er »Aber früher oder später würden wir es doch ohnehin tun«. Er hatte recht, nicht wahr? Ich lag unter der kühlen Decke, es war dunkel, er hatte das Licht gelöscht, sein Gesicht war in der Dunkelheit unkenntlich. Er sagte »Aber früher oder später würden wir es doch ohnehin tun«, und ich sagte »Ja« in dieses unkenntliche Gesicht hinein, »natürlich würden wir das«. Das Wissen darum, daß er recht hatte, das Einsehen dieser absurden Folgerichtigkeit und ihre gleichzeitige Unmöglichkeit erfüllten mich mit einer unvermuteten, verrückten Heiterkeit. Er sagte nicht »Na also«. Aber er dachte es, und während er tat, was er ohnehin irgendwann getan hätte, lag ich und mußte lachen, leise und heftig und nicht enden wollend, und er lachte auch, aber anders, und ich hielt mich mit den Händen an der Bettkante fest und dachte an Ruth. Wie sie morgens in die Küche kommt und sich einen Kaffee macht und sich zu mir an den Tisch setzt und den kleinen Zettel durchgeht, auf dem sie aufgeschrieben hat, was sie an diesem Tag tun muß – zur Post, zum Spar, zum Drogeriemarkt, H. anrufen und D., Geschenk für M., Telefonrechnung überweisen –, und dann war es vorbei und auch wieder nicht und schließlich doch, und wir rollten auseinander, er drehte sich um, sein Rücken war wie eine weite Landschaft, dann schlief ich ein.

Am Morgen erwachte ich vom Klingeln eines Weckers, es mußte sehr früh sein, das Licht im Zimmer war noch grau, meine linke Hand war eingeschlafen, und meine Schultern taten mir weh. Ich war sofort wach, sofort angespannt, auf der Hut. Raoul neben mir stöhnte, schlug die Decke von sich, machte den Wecker aus und stand auf, sein nackter Körper war schwer und massig und wirkte in dem Dämmerlicht seltsam diffus. Er fing umständlich an, sich anzuziehen, irgendwann sah er sich plötzlich nach mir um, als wäre ihm erst jetzt eingefallen, daß ich da war, daß da noch jemand in seinem Bett lag. Als er sah, daß ich wach war, lächelte er mich an und sagte »Ich muß jetzt

Text lernen, und die Probe beginnt um neun, du kannst noch ein wenig weiterschlafen«, ich sagte »Wie spät ist es denn?«, er sagte »Kurz vor sieben«, unsere Stimmen waren rauh und kratzig. Er machte das kleine Dachfenster auf, kalte Morgenluft drang ins Zimmer, Feuchtigkeit, fast greifbar. Auf der Stiege kehrte er noch einmal um und kam zurück, blieb an der Türschwelle stehen und sagte »Wann fährt dein Zug?« Ich glaube, er versetzte mir diesen Hieb ganz bewußt, aber ich war wach und schnell genug, um nicht fassungslos auszusehen oder verletzt oder überrascht, ich hatte keine Ahnung, wann mein Zug fuhr, ich hätte nicht gedacht, daß es überhaupt irgendeinen Zug zurück geben würde. Ich sagte freundlich »Um 8 Uhr 42«, und er sagte ebenso freundlich »Dann kann ich dich ja noch zum Bahnhof bringen«. Dann verschwand er, ich hörte ihn in der Küche Wasser aufstellen, die Kühlschranktür klappte auf und zu, er schien kurz in den Garten zu gehen, er stellte ein Radio an. Ich setzte mich auf die Bettkante, stellte meine nackten Füße nebeneinander, presste die Knie zusammen, legte meine Hände an die Hüften und drückte das Kreuz durch. Ich dachte kurz und verwundert an den Ausdruck *seine Knochen einsammeln*. Dann zog ich mich an und kletterte die Stiege hinunter, Raoul saß am Schreibtisch und las leise vor sich hin, er schaukelte dabei mit dem Oberkörper vor und zurück. Er sagte »In der Küche ist Kaffee und irgendein Obst, ich habe leider kein richtiges Frühstück da«, ohne sich nach mir umzusehen, und ich nahm mir eine Mandarine vom Küchentisch, goß mir einen Becher Kaffee ein, »Es ist sieben Uhr dreißig«, sagte die Radiosprecherstimme. Ich wußte nicht, wohin ich sollte, ich wollte ihn nicht stören, in der Küche gab es keinen Stuhl, zurück ins Bett zu gehen war unmöglich, also trat ich hinaus in den Garten. Der Garten ging zur Straße hin, ein schmales Rechteck ungemähter Wiese, zwei Obstbäume, verwahrloste Beete, eine Mülltonne, ein altes Fahrrad, auf der Wiese vor dem Gartenzaun eine Schaukel an einer Teppichstange. Das Gras war dunkel und feucht von der Nacht, um die Obstbäume herum lagen Laubhaufen, in denen es raschelte. Es war jetzt hell geworden, der Himmel war klar und von einem wäßrigen Blau. Ich ging einmal den Gartenweg hinauf und hinunter, dann setzte ich mich auf die Schaukel. Der Kaffee war heiß und stark, ich hätte ihn gerne so getrunken, wie Ruth ihn immer trank, in einem einzigen, langen Schluck, aber mein Magen rebellierte dagegen. Ich schaukelte ein wenig vor und zurück, ich wußte, daß Raoul mich durch das Fenster sehen konnte, und ich befürchtete, daß dieses Schaukeln und überhaupt mein Sitzen auf der Schaukel ein bestimmtes Bild ergeben könnte, etwas Plakatives, eine Metapher, aber dann war es mir egal. Die Straße war still, ein Einfamilienhaus neben dem anderen, teure Autos am Straßenrand unter fast kahlen Linden. Es war kaum jemand zu sehen, aber von weitem hörte ich jetzt Stimmen, Kinderstimmen, die sich näherten, und dann sah ich sie auch, Schulkinder mit bunten Ranzen auf dem Rükken, Sporttaschen, zusammengebundene Turnschuhe über die Schultern geworfen, die die Straße entlangkamen auf dem Weg zur Schule auf der anderen Straßenseite. Ich konnte die breite Einfahrt zum Schulhof sehen, in die Fensterscheiben geklebte Papierfiguren, die Schuluhr im Dachgiebel. Die Kinder liefen am Garten vorbei, sie bemerkten mich nicht. Ich beobachtete sie, sie liefen in kleinen Gruppen, manche einzeln, langsamer und noch ganz verschlafen, in Gedanken, andere Hand in Hand und laut und eifrig aufeinander einredend. »Warte! Waaarte!« rief ein Kind dem anderen hinterher und rannte dann los, der Ranzen auf dem Rücken klapperte. Ich schälte meine Mandarine und sah ihnen zu, aus der Mandarine stieg ein fruchtiger, süßer Geruch auf, der mich fassungslos machte. Raoul saß hinter mir im Haus, er las Musil, er arbeitete, er war wach, es hätte anders sein können, als es war, aber auch so war es gut. Ich aß die Mandarine Stück für Stück, die Schulglocke läutete, und auch die langsamsten Kinder liefen jetzt los, durcheinander, sich stoßend oder nach der Hand eines anderen greifend, kein einziges sah sich nach mir um. Ich schaukelte ein wenig schneller. Die Schulglocke läutete noch einmal, verstummte dann wie abgerissen. Die Haustür ging auf, und Raoul rief meinen Namen, ich drehte mich nach ihm um. Vielleicht wünschte ich mir noch einmal etwas, noch ein letztes Mal, aber nicht wirklich. Er sagte »Wir müssen los«, und ich stand auf und ging ins Haus zurück, stellte meinen Kaffeebecher auf den Küchentisch, legte die Mandarinenschalen daneben, zog mir den Mantel an. Wir stiegen ins Auto und fuhren los, auf den großen Straßen war der Verkehr schon dicht, und an den Ampeln standen die Menschen auf dem Weg zur Arbeit, ins Büro, in die Fabrik, mir war so leicht ums Herz. Ich glaube, wir redeten nicht mehr viel, er wirkte auch schlecht gelaunt und sagte, er könne seinen Text nicht richtig, und überhaupt seien die Proben fürchterlich, er redete eher so vor sich hin. Er hielt direkt vor dem Bahnhof in der zweiten Reihe und sagte »Ich kann dich nicht mehr zum Zug bringen, ich komme ohnehin schon zu spät«, und ich sagte ehrlich »Das macht nichts«. Wir umarmten uns im Auto, schnell, flüchtig, er küßte mich auf die Wange, dann stieg ich aus. Ich lief in den Bahnhof hinein, ohne mich umzudrehen, ich konnte hören, wie er Gas gab und davonfuhr. Um 9 Uhr 04 fuhr der Zug nach Berlin, ich setzte mich auf einen Fensterplatz, schlug mein Buch auf und las bis Berlin-Zoologischer Garten, ohne mich später auch nur an eine einzige Zeile entsinnen zu können.

Später habe ich gedacht, ich hätte ihm nur richtig zuhören müssen. Ich weiß nicht, ob das etwas geändert hätte, ob ich mich anders entschieden hätte, dennoch, ich hätte ihm richtig zuhören müssen. Er hatte gesagt »Bist du die, für die ich dich halte?«, und ich hatte etwas völlig anderes verstanden als das, was er gemeint hatte. Erkannt hatte er mich trotzdem. Er hatte eigentlich gesagt »Bist du eine Verräterin, eine, für die nichts gilt und von der man kein Versprechen fordern kann?« Er hatte gefragt »Würdest du Ruth verraten für mich?«, ich hatte geantwortet »Ja«. Ruth, die vor mir sitzt, nackt, die Beine an den Körper gezogen, um die nassen Haare ein Handtuch geschlungen, ihr Gesicht, sie sagt »Versprich mir«, sie hätte es nicht sagen sollen. Ich habe niemals zu Ruth gesagt »Ruth, ich mußte das wissen, es hatte mit dir nichts zu tun«. Ich habe ihr auch niemals von den Schulkindern, ihren Gesichtern, dem Geruch der Mandarine, dem Morgen erzählt. Als wir noch zusammen gewohnt haben, hatten wir die Angewohnheit, uns kleine Briefe zu schreiben, wenn wir getrennt voneinander kamen oder gingen. Wann immer ich ohne Ruth nach Hause kam, lag, wenn sie schon schlief, ein Zettel mit einem Gruß auf dem Küchentisch, eine kurze, zärtliche Nachricht, mal mehr, mal weniger Worte, Ruth vergaß es nie. Heute habe ich einen dieser Briefe wiedergefunden, ein Lesezeichen in einem Buch, ein wenig zerknittert, zusammengefaltet, Ruths große, schön geschwungene Schrift, »Liebe, geht es Dir gut? Ich hatte einen langen Tag und gehe jetzt schlafen – 22 Uhr –, meine Füße sind völlig zerschunden von den gottverdammten neuen Schuhen. Ich habe eingekauft, Obst und Milch und Wein, mehr Geld war nicht da. A. hat angerufen und gefragt, wo Du wärst, und ich habe gesagt, die ist draußen und sucht mal wieder unter jedem Pflasterstein nach einer Botschaft, hätte ich das nicht sagen sollen? Gute Nacht und bis morgen, ich küsse Dich, R.«

Mir nichts, dir nichts

Es klingelt zweimal kurz hintereinander. Vielleicht ist es der Postbote oder die Müllabfuhr, ich drehe den Wasserhahn zu, gehe zum Fenster und schaue hinunter auf die Straße, weit und breit kein Müllwagen und auch kein Briefträger zu sehen, es klingelt wieder, meine Haare sind in Unordnung, ich ziehe ein Hemd über den Kopf, noch hatte ich keine Zeit zu duschen, mir die Nacht vom Körper zu waschen, schon höre ich ein Klopfen, streife den Rock über, der auf dem Küchenboden liegen geblieben ist, es wird Paul sein, der zurückkommt, weil er etwas vergessen hat, sein Feuerzeug oder ein Kleidungsstück, vielleicht ist ihm auf der Straße eingefallen, dass er mich wiedersehen muss, sofort, dass er meine Lippen vermisst und meine Hände, das Klopfen an der Tür wird dringend, vielleicht umfängt ihn noch mein Geruch wie seiner mich, erträgt er den Anblick der vielen fremden Menschen in der U-Bahn nicht, die Vorstellung, dass in seinem Büro nur die tägliche Post wartet, und er hat es sich anders überlegt, möchte den ganzen Tag mit mir zusammen sein. Ich reiße die Tür auf.

Draußen steht Emily, eine Plastiktüte in der einen Hand, eine Zigarette in der anderen.

»Hallo, ich hoffe, ich stör dich nicht?«

»Hast du ...?« Um ein Haar hätte ich gefragt, ob sie Paul noch auf der Straße getroffen hat, aber ich beiße mir auf die Zunge, weil ich weiß, dass Emily hier nicht stünde, wenn sie ihm begegnet wäre. Sie tritt von einem Bein aufs andere, die Hand mit der Zigarette hält sie gekrümmt, als müsse sie die Glut vor einem Sturm in meinem Treppenhaus schützen.

»Hab ich was?« Fragend schaut sie mich an.

»Hast du geweint?« Ich zögere, Emily in den Arm zu nehmen.

»Paul war die ganze Nacht nicht zu Hause«, ihre Stimme ist leise, »ich hab vor seiner Tür gewartet, aber er ist nicht gekommen.« Emily schluckt, sie drückt die Zigarette an der Wand des Treppenflurs aus, sie hat keine Zeit, mein Zögern zu bemerken, stürzt auf mich zu, schluchzt und klammert sich an mich, und ich weiß nicht, wie fest ich sie halten soll. Sie zerrt an mir, zerrt an meinem Hemd, ich streiche ihr durch die kurzen, klebrigen Haare, das Hemd rutscht mir von der Schulter, ihre Haare kitzeln, die Wange drückt sich an meine nackte Schulter, der Rauch kriecht zu mir, ihr Schluchzen wird leise, immer leiser, so leise, dass ich es nur noch unter meinen Händen fühlen kann, ich spüre ihre Tränen über meine Brust rinnen. Paul hat mich dort geküßt, er hat mich gestreichelt, und seine Lippen haben mit meiner Haut geflüstert. Wir hatten Emily vergessen. Emily würde ihn riechen können, sie würde ihn riechen müssen, seine Spuren an mir entdecken, ihnen folgen, Kuss um Kuss, seine Gegenwart auf meiner Haut wittern. Emily drückt mir ihr Gesicht an den Hals, ich spüre ihren Atem, ein Schnüffeln, ein Schniefen, und sie legt meine Haare zur Seite, wendet sie, wie man einen Stein wendet, unter dem sich ein Nest von Asseln und Würmern befindet, und während die Asseln zu neuen Verstecken krabbeln, mit feinen Beinchen ihren noch frischen oder schon rauen Panzer in Sicherheit bringen, dem plötzlichen Lichteinfall entfliehen, krümmen sich die Würmer ohne Richtung, winden ihre nackten, lichtempfindlichen Körper, stoßen mit Kopf und Schwanz zugleich in die Erde. Emilys Atem steht, ich drücke sie an mich, damit sie das Atmen nicht vergisst, sie wird Paul unter meinen Haaren riechen, seine Nacktheit, seine Lust – ein Verlangen, das vor wenigen Wochen noch ihr galt, vielleicht, sie wird ahnen, wie wir uns gewunden haben, wie unsere Körper sich ineinanderbissen, wie Paul sein Gesicht in meine Haare presste, ich meine Beine um seinen Körper schlang, es wird ihr Ekel bereiten – wie der Blick unter einen von der Sonne gewärmten Stein, und ich müsste ihren Ekel ertragen, zuerst, und später ihr Weinen. Emily reibt ihren Kopf an meinem Hals. Ihr Haargel duftet nach Zitrone, es schmiert an mir mit jeder Berührung, am Hals, an meiner Schulter, meinen Haaren – meine Hände sind fettig davon, Emily schüttelt sich, ich spüre ihren Schmerz unter meinen Händen. Aber sie sagt nichts. Und ich beruhige mich, denke mir, dass ihre Nase geschwollen sein wird, dass sie Paul an mir nicht riechen und erst recht nichts wissen kann.

Ich schließe die Tür hinter Emily, mein Blick fällt auf die Schuhe, die am Boden liegen, zwischen denen sich bis eben noch seine befanden. Mit den Augen suche ich den Raum ab – eine Sonnenbrille, ein Feuerzeug, ein Gegenstand, der mir nicht auffällt, aber ihr –, ob es die Spur seiner Anwesenheit gibt. Wir gehen an der Tür zum Schlafzimmer vorbei, und meine Hand macht eine unbestimmte Bewegung. Emily fasst meine Hand, ihre Haut klebt an meiner, und sie drückt ihre knochigen kleinen Finger zu, als wolle sie sich meiner versichern, doch meine Hand bleibt reglos in ihrer. Ich gehe Emily voraus in das große Zimmer. Auf dem Tisch steht die Teekanne und daneben eine Tasse, die noch lauwarm sein muss. Ich versuche die zweite Tasse zu entdecken, seine, oder meine, die einer von uns benutzt und irgendwo abgestellt haben wird. Sie steht auf dem Boden neben dem Teppich, und unweit davon liegt ein roter Schnipsel. Es dauert eine Sekunde, bis ich weiß, dass er von der Kondomverpackung stammt. Ich mache einen großen Schritt zur Seite, stelle meinen nackten Fuß auf den Schnipsel und drehe mich zu Emily um. Sie wirft gerade einen Blick in ihre Plastiktüte, vielleicht sucht sie ein Taschentuch, findet aber nichts und legt die Tüte auf den Tisch.

»Du hast deine Tanzschuhe hier vergessen.« Ich zeige auf den Beutel, den ich an die Klinke der Zimmertür gehängt habe.

»Nicht so schlimm, ich hab noch welche an der Oper.« Emily lässt sich in den Sessel fallen, sie stützt das Gesicht in die Hände. Sie hört mit dem Weinen nicht auf. Ich bücke mich, der Schnipsel klebt an meiner Fußsohle, ich ziehe ihn ab und hebe ihn zusammen mit der Tasse auf, ich mache, dass ich an Emily vorbeikomme, die noch immer nicht aufschaut, eine Hand krallt sich an meinem Rock fest, ihre kleine knochige Hand, der Rock rutscht, wenn sie weiter so zieht, sieht sie, dass ich nichts darunter anhabe, denke ich und frage sie, ob sie einen Tee trinken will. Emily nickt. Ihre Nägel bohren sich in meinen Schenkel. »Ich weiß, dass du ihn nicht magst, ich weiß, ich weiß, du hast ihn von Anfang an nicht gemocht.« Sie schluchzt, und ich erinnere mich. Ich mache ihre Hand von meinem Rock los. »Schwarz oder grün?«

»Weiß nicht.« Sie schluchzt.

Ich möchte mir die Ohren zuhalten.

In der Küche setze ich Wasser auf und hebe dabei den Arm, ich prüfe, wie mein Schweiß riecht. Paul hat eine selbstgefällige Art, mit mir und Emily spazieren und essen zu gehen. Er gehört zu den Männern, die schon mit zwanzig von Cubareisen Zigarren mitbringen. Ich bin sicher, dass er ihren Geschmack im Spiegel überprüft hat. Ich bin auch sicher, dass er erst nach Emilys Tanzauftritt und in den Augen anderer Männer erkannt hat, dass es sich bei Emily um einen begehrenswerten Menschen handelt. Nicht, weil Emily hässlich wäre, sondern weil Paul zu der Sorte Menschen gehört, die keine eigene Liebe entwickeln können. Ihnen fehlt der Geschmack und der Geruchssinn dafür. Natürlich habe ich Paul nicht gemocht, und im Grunde hasse ich ihn noch immer, das macht den Sex so gut. Auch mich hat er nicht allein entdeckt, Emily hat mich für ihn entdeckt, sie war es, die uns wieder und wieder zusammengebracht hat. Wie ein Scanner hat er mich von oben bis unten abgesucht, hat nachgespürt, was mich zur besten Freundin der besten Tänzerin macht, und ich bin ihm eines Tages entgegengekommen, einfach so, auf der Straße, und habe ihm gesagt, er solle mir folgen. Er gehorchte, dankbar, dass ich mehr zu wissen schien als er. Mein Schweiß riecht nach so einer Begegnung. Emily wird Paul darin nicht erkennen. Gefasst kehre ich mit dem Tee zurück. Nachdem ich ihr ein Taschentuch gegeben habe, setze ich mich auf die Lehne des Sessels und lege einen Arm um Emilys

Schulter. Ein Häuflein Elend, denke ich, als ich ihren schmalen Rücken und die zierlichen Schultern sehe. Ich streiche ihr über den Haaransatz im Nacken, die Haut schimmert, sie ist übersät von hellen und dunklen Leberflecken, der Zitronenduft lässt mich würgen, ich kann das Weiß ihrer Schulterblätter sehen, und selbst diese Knochen erscheinen mir plötzlich zerbrechlich. Dann hocke ich mich vor sie auf den Boden und spreche sie an. »Emily«, sage ich, »Emily«, ich versuche ihre Hände zu halten, die zittern, mein Blick fällt auf ihre rosa Plastiksandalen, ihre Füße sind dreckig, der Lack ist von den Nägeln geplatzt, und ich frage mich, wie lange sie wohl schon in diesen Schuhen nach Paul sucht. Emily starrt in Richtung ihrer Knie, sieht aber weit durch sie hindurch, wahrscheinlich zu Paul und dem Ort, an dem er sich womöglich aufhält, wenn er – wie letzte Nacht – nicht bei ihr und auch nicht bei sich zu Hause ist.

Ich gieße Emily Tee ein.

»Danke«, flüstert Emily, »du bist so lieb zu mir.« Sie spitzt ihre Lippen, um sich am Tee nicht zu verbrühen, sie hält die Tasse dicht vor ihren Mund, trinkt aber nicht, sondern sieht mich an. Ratlos? Fragend? Sie sieht mich einfach an.

»Ich kann ja keinen zwingen, mich zu lieben«, sagt Emily, klar und ohne jedes Zittern. Ihre Stimme klingt so fest, als habe sie eine Lösung für etwas gefunden, für die Preisfrage einer Quizsendung oder für ihr Dasein, eine Formel, ein Satz, in dem sie mehr Klarheit fühlt als in allen Tränen oder im Warten vor Pauls Wohnungstür.

Ich nicke. Emilys Augen sehen wie gewaschen aus. Fast durchsichtig, außer den schwarzen, kleinen Pupillen. Ihr Blick macht mich unsicher.

»Nein«, stimme ich ihr zu, »das kannst du nicht.«

Sie nimmt einen Schluck Tee und stellt die Tasse neben meine auf den Tisch.

Ich habe keine Lust, darüber nachzudenken, warum Paul sie nicht liebt. Ich will auch nicht, dass sie es tut.

»Ich hab ihn gefragt, und er hat einfach nein gesagt«, Emily nimmt einen Schluck aus ihrer Tasse. Ihre Beharrlichkeit schmerzt. Sie hat Gänsehaut an den Beinen. »Ist dir kalt?« Emily schüttelt den Kopf, fasst mit einer Hand unter sich und zieht etwas hervor. Sie lächelt ein wenig, sagt, darauf sitze sie schon die ganze Zeit. Wir schauen beide. Ich nehme ihr meinen Slip aus der Hand und spüre ihren Blick. Vielleicht wundert sie sich, warum ich meine Unterwäsche hier rumliegen lasse. Soll sie sich wundern. Es geht sie nichts an. Ich starre auf ihren Bauch. Ich frage mich, seit wann sie einen Ring im Nabel trägt. Es kann kaum länger als ein paar Wochen sein, vorher wäre es mir aufgefallen, beim Schwimmen oder wenn sie mal bei mir schlief.

Emily versucht sich unter meinem Blick das enge Oberteil über den flachen Bauch zu ziehen. So viel Schmuck für niemand. Ihre Hände sehen aus, als hätten sie tagelang in Eiswasser gelegen, rot sind sie, und an den Gelenken drücken sich die Knochen durch die Haut. Die Adern treten hervor. Sie zerrt an dem Stoff, fast erscheinen ihre kleinen Brustspitzen im Ausschnitt, die Haut ist dort fleckig.

»Schrecklich, so ein Top.« Die roten Flecken wandern über Emilys Hals bis in ihr Gesicht, sie lässt den Stoff los, er zieht sich zusammen, rollt sich unter den Brüsten ein wenig ein und lässt den Bauch wieder sehen. Ihre Hände bedecken den Bauch und den Nabel mit dem Ring. »Ich schäm mich damit, heute. Gestern hab ich mich noch nicht geschämt, aber heute.« Ihr Hals ist jetzt ganz rot. »Hast du etwas für mich? Irgendwas, das ich drüberziehen könnte?« Sie sieht mich aus ihren gewaschenen Augen an. Ich kann nicht nein sagen. Sie kratzt sich die nackten Beine. An einigen Stellen muss sie geblutet haben. Über dem Stuhl hängt ein Pullover. Pullover stünden mir nicht, hat Paul behauptet, keiner schönen Frau stehe so was, hat er gewusst und ihn mir gestern Abend über den Kopf gezogen. Ich solle nackt sein, wenn er komme. Wenn wir uns nicht angefasst hätten, wäre ich in Lachen ausgebrochen. Ich reiche Emily den Pullover.

»Und für unten auch?«, fragt sie, als sie den Pullover anzieht.

Ich gehe nachsehen und bringe ihr eine Jeans. Emily steht in Unterhose vor mir. Ein String-Tanga für Paul. Sie sieht aus wie ein verhungertes Kind, wie eine vom Kinderstrich mit ihren rosa Plateausandalen aus Plastik, mit den blondierten, fettigen Haaren, mit den roten Flecken und der Gänsehaut, ihre Hüften sind so schmal wie die eines Knaben, aber ich habe kein Mitleid, nur wundere ich mich, darüber, dass ich kein Mitleid habe und dass ich sie mal schön fand, und dass ich mich heute zum ersten Mal frage, wie Paul diese Hüften und Beine berührt und dabei Lust empfunden haben kann. Wir haben uns mal gestreichelt, Emily und ich. Es ist ein paar Jahre her, vielleicht war es Sommer, vielleicht auf einem Campingplatz, vielleicht in einem Zelt, vielleicht war es in der Mittagshitze und Kondenswasser tropfte auf uns herab, ich erinnere mich, wie erschrocken ich über die Glätte ihrer Haut war, wie befremdlich und zugleich anziehend mir ihre Brüste und der zierliche Rücken erschienen waren.

»Was ist? Warum siehst du mich so an?« Emily zieht mit beiden Händen an dem Pullover und zieht ihn weiter über Hüfte und Po.

»Nichts, ich war in Gedanken. Mir ist gerade eingefallen, dass ich noch einkaufen muss.«

Emily schnappt nach Luft. »Was willst du denn einkaufen? Kann ich mitkommen? Ich meine, ich kann jetzt nicht allein sein, wirklich nicht.«

Ich nicke, sie nimmt mir die Jeans aus der Hand, der Pullover rutscht wieder hoch, ihr Hintern ist so klein, dass er in eine Hand passen würde. Auch ihre Hüften habe ich gestreichelt und dann den Hintern angefasst. Ich musste ihren Mund ansehen, der in einem seltsamen Gegensatz zu dem zierlichen Körper stand, die volle Oberlippe wölbte sich ein wenig vor, ich näherte mich ihren Lippen und wollte sie küssen, aber Emily hatte die Augen geschlossen, sie sah sehr ernst aus, sie streichelte gleichförmig über meine Taille, hin und her, ohne auch nur eine winzige Verzögerung, ohne Aufenthalt und Beschleunigung, mechanisch. Deshalb habe ich aufgehört, sie zu berühren.

Meine Jeans sind ihr zu weit, aber das macht nichts, sie trägt sie mit Gürtel. Sie schnaubt sich die Nase, ich stehe auf und lege Randy Newman auf, Emily nimmt sich ein neues Taschentuch, ich sehe weg, kann ihren Anblick nicht ertragen, ihre Gegenwart tut mir weh, die geschwollene Nase, ihre verquollenen Augen, der zerstörte Blick, mit dem sie mir mitten ins Gesicht sieht. Meine Haut juckt. Ich schaffe es nicht, ihr zu sagen, dass sie gehen soll. Umsonst bemühe ich mich um einen milden Gesichtsausdruck.

»Ich wollte runter zum Markt.« Ich schiebe den Aschenbecher zu ihr hin, ich fürchte, dass sie gleich auf den Boden ascht oder sich zu weit zu mir herüberlehnt.

»Schön, gehen wir zum Markt.« Ihre Asche fällt zu Boden, sie versucht ein Lächeln und zieht an der Zigarette.

»Ich muss später noch zu meiner Schwester«, lüge ich weiter.

»Gut, ich komm mit«, sagt Emily.

»Na ja, sicher ist das noch nicht – lass uns erst mal losgehen.«

Ich schlüpfe in meine Schuhe und öffne schon mal die Tür.

Emily nimmt den Beutel mit ihren Tanzschuhen und die Plastiktüte: »Ich bin so weit.«

»Sag mal, was hast'n in der Tüte?«

Emily schaut in die Tüte, als müsse sie sich erst vergewissern, was sie da herumschleppt. »Ein Paar Strümpfe, die hat er vergessen, und meine Zahnbürste – ich dachte, ich würde heut nacht bei ihm bleiben. Ich hab ein Geschenk für ihn …«

»Was?«

»Na, vielleicht braucht er die Strümpfe …«

Ich sehe Emily fragend an.

»Er hat heute Geburtstag«, ergänzt sie.

»Und dafür braucht er Strümpfe?« Ich wusste von keinem Geburtstag.

In der schlabbrigen Jeans sieht Emily nicht mehr wie eine Straßenhure aus, sondern wie eine Jugendliche, die vor ihren Eltern bis zum Eingang eines U-Bahnhofs geflüchtet ist, dort ihr Lager aufschlägt und bettelt. Fehlt nur noch der Hund, denke ich und laufe hinter ihr die Treppe runter.

Vor der Haustür dreht sich Emily um: »Wirklich, ein Glück, dass du da warst. Ich hätte sonst nicht gewusst, wohin mit mir.«

Wieder fühle ich die süße Scham, statt einer Antwort streiche ich ihr freundschaftlich durch das zitronenfettige Haar. Auf der Straße greift Emily nach meiner Hand.

»Schau mal«, rufe ich, reiße mich von ihrer Hand los, überquere die Straße und zeige in den dreckigen Kanal. Dort schwimmt ein Schwan mit seinen Jungen. Ich höre Emilys Schritte hinter mir, sie stellt sich dicht neben mich ans Geländer, unsere nackten Schultern berühren sich.

»Was glaubst du, bei wem hat Paul übernachtet?«

Sie hält ihr Gesicht so dicht vor meines, dass ich einen Schritt zurücktrete. Ich zucke mit den Schultern, »weiß nicht«, sage ich, den Blick auf die Schwäne gerichtet, »ich kenn ihn doch kaum.«

Emily folgt meinem Blick. Aus der Ferne höre ich eine Glocke. »Komm, wir müssen, die bauen gleich ab.«

Nach wenigen Schritten greift Emily wieder nach meiner Hand, sie macht das von hinten und unten, so dass ich das Gefühl bekomme, ich hielte sie. Paul greift nicht als Erstes nach meiner Hand, auch nicht zwischen meine Beine, er streichelt meinen Bauch, anfangs wie den einer Katze, er krault mich von den Seiten her, mein Verdacht, er könne das nur gelernt haben, meine nicht mich, sondern die beste Freundin der besten Tänzerin, weicht der Berührung, dann beginnt er zwischen den Brüsten und tastet sich vor und zurück, er streicht über die Leisten, links und rechts, rund um den Nabel, in seinen Augen sehe ich den Mutwillen, den Betrug, mit dem er meinen erwidert, er küßt auch meinen Nabel, er leckt die Leisten entlang.

»Ich bin sicher, dass Paul jemand Neues hat«, unterbricht mich Emily, ihre Hand drückt noch fester zu.

»Kannst du nicht mal an was andres denken?«

Ihre Hand wird weich in meiner. Emily läuft gesenkten Kopfes neben mir her. Paul sagt, er fühle sich mit mir wie ein Hund, aber ich glaube nicht, dass er sich wie ein Hund vorkommt, weil er mit Emilys bester Freundin ins Bett geht. Genau weiß ich es nicht, ich hätte ihn fragen können, aber ich frage ihn nichts. Vielleicht fühlt er sich so, weil ich ihm als Hündin erscheine. Nicht er ist derjenige, der nur lieben kann, was bereits geliebt wird – ich brauchte Emily, um mit Paul zu schlafen. Paul meint unsere Bewegungen, beschließe ich. Er glaubt, ich verlange nur eine Hundeliebe, nicht das vernünftige, das große menschliche Fühlen voll Treue und Moral.

»Was für'n Geschenk hast du denn?«

Emily lächelt kurz. Ihre Hand wird einen Augenblick locker, aber sie lässt nicht los. Mit der anderen hält sie die Tüte hoch. »Eine Torte, Himbeer-Sahne, selbst gemacht. Meine allererste Torte. Das war Arbeit. Ich musste zweimal Sahne schlagen, weil sie beim ersten Mal flockig wurde, Butter. Den ganzen Tag hab ich in der Küche gestanden – und dann die Nacht mit dem Ding vor seiner Tür gesessen …« Emily versucht, über sich selbst zu lachen. Ihre Hand klebt fest in meiner.

Ich frage mich, was Emily von ihm verlangt hat, womit sie ihn in die Flucht geschlagen hat. Paul leckt mich am ganzen Körper, ich lecke ihn, beiße ihn, dass er die Bisse noch an den Oberarmen spürt, wenn er wenig später auf seinen Monitor schaut, Explorer, Photoshop, Papierkorb, und immer noch mich sieht.

»Ich weiß nicht, wie ich aufhören soll, an Paul zu denken.« Da ist wieder die Klarheit in Emilys Stimme, diese Festigkeit. Die Distanz zwischen ihrer Stimme und ihrem Blick ist groß.

»Laß es einfach«, befehle ich, »denk an eine schöne Reise, an ein gutes Essen, hör auf, von ihm zu sprechen.«

»Du kannst ihn nicht leiden.«

»Ich kenn ihn doch kaum, Emily.« Ich werde ungehalten und lasse ihre Hand fallen.

»Aber du hast ihn doch ein paar Mal erlebt. Du hast am Anfang auch gemeint, dass er gut aussieht, dass er schöne Ohren hat …«

»Weiß ich nicht mehr, keine Ahnung. Hör auf, von ihm zu sprechen, Emily.«

Paul hat mich gewarnt. Er hat gesagt, wenn Emily etwas erführe, dann würde sie sterben. Ich lachte, als er das sagte, und er bohrte mir den Zeigefinger in die Brust. Sie dürfe nichts erfahren, vorerst nicht. Mir ist im Augenblick egal, ob Emily stirbt. Ich finde, die beiden übertreiben. Gestern war Emily vielleicht noch meine Freundin, heute ist Paul mein Freund, wenigstens mein Geliebter. Das Große zwischen ihnen war mir von Anfang an unerträglich. Ich möchte Emily loswerden und Paul wiedersehen. Kurz vor der Brücke steht eine Telefonzelle.

»Wart mal kurz«, sage ich zu Emily, »ich muss meine Schwester anrufen.«

»Jetzt?«

Ich antworte ihr nicht, lasse sie einfach draußen stehen, ziehe die Tür zu und wähle. Ich höre das Klingeln und beobachte, wie Emily in ihrer Plastiktüte wühlt, schließlich die Zigarettenschachtel zum Vorschein bringt und sich eine anzündet. Abwartend schaut sie zu mir in die Zelle.

»Ja?«

»Ich stehe in einer Telefonzelle am Kanal, und draußen steht Emily.«

»Ja?«

»Sie hat dich die ganze Nacht gesucht.«

»Hast du ihr was gesagt?«

»Wie kommst du darauf? Ich weiß nicht, wohin mit ihr.«

»Da siehst du mal, wie es mir geht.«

»Ich lache.«

Wir schweigen. Ich fahre mir mit dem Fingernagel durch die kleine Zahnlücke.

»Bist du noch dran?«, fragt er.

»Ja.«

»Willst du vorbeikommen?«

Die Tür geht auf. Emily steckt ihre Nase herein, Qualm steigt in meine Augen. Meine Stimme klingt hoch.

»Natürlich will ich. Das weißt du.«

Emily sieht mich fragend an, ich drehe ihr den Rücken zu.

»Meine Hand riecht noch nach dir.«

»Was?«

»Meine Hand.« Ich höre, wie Paul an seiner Hand riecht. Emily schlingt mir den Arm um die Taille und drückt den Kopf gegen meinen Rücken. Ich kann ihm nicht antworten.

»Warum bist du so still?«

Ich schweige.

»Bist du noch dran?«

Ich presse den Hörer ans Ohr, damit Emily nicht seine Stimme erkennt.

»Hallo?«

»Ja.« Emily drückt meinen Schenkel zur Seite und stellt ihre Torte auf die schmale Ablage in Kniehöhe. Ein säuerlicher Geruch breitet sich aus. »Soll ich was mitbringen, magst du Kuchen?«

»Nicht nötig, mit süßen Sachen kannst du mich jagen – ich freu mich auf dich.«

»Ich mich auch.« Ich beiße mir auf die Lippe.

»Wie lang brauchst du denn noch mit Emily?«

»Nicht mehr so lange.«

»Ich warte auf dich.«

»Dann gegen vier.«

»Vier?«, höre ich ihn noch fragen, aber ich drücke auf die Gabel. Ich schiebe Emily aus der Zelle.

»Was sagt sie?«

»Wer?«

»Na, deine Schwester?«

»Sie ist krank.«

»Krank?«

Auf dem Markt sind mir zu viele Leute, ich schlage Emily vor, in die Brückenklause zu gehen.

Jedes Mal, wenn die Tür aufgeht, schaut Emily hoch. Sie trinkt Alsterwasser und raucht eine nach der anderen. Ich rede nicht mit ihr. Sie schweigt rücksichtsvoll, bis ich nach dem Kellner winke. Ich möchte zahlen.

»Ich habe wohl in letzter Zeit vor allem an mich gedacht.« Sie greift nach meiner Hand, sie sieht mich aus hellen Augen an, und ich glaube, im rechten Augenwinkel eine Träne zu erkennen. Ich sehe zur Tür.

»Am liebsten wär ich weg, weißt du, einfach weg. Es ist so anstrengend, durch die Gegend zu laufen. Unauffällig verschwinden, das wär das Beste. Wenn Selbstmord nicht so kitschig wäre. Es tut mir leid, weißt du, die ganze Sache mit Paul ...«

»Die interessiert mich nicht«, ich blicke ihr hart in die Augen, »vielleicht erlebe ich auch Sachen, ja? Denkst du manchmal so weit?«

»Doch, sicher.« Ihre Hand schwitzt auf meiner.

Ich nehme ihr meine Hand weg. »Lass endlich meine Hand los, Emily, wirklich.« Ich überlege einen Augenblick – ich könnte ihr sagen, wie es ist, mit Paul zu schlafen. Über der Bar hängt eine große Uhr. Es ist kurz vor vier. Der Kellner kommt, er stößt aus Versehen gegen Emilys halbvolles Glas. Tausend kleine Scherben. Emily springt auf. Der Kellner möchte helfen. Er stammelt herum, Emily wischt sich das Alster von den Händen und klopft sich auf die nassen Hosenbeine. Mich überkommt Mitgefühl. Ich lege ihr eine Hand auf die Schulter. Ihr Rücken ist nass, aber nicht vom Alster, eher von ihrem Schweiß, vom Schrecken, von der Sonne, von der durchwachten Nacht, ich packe fester zu, ziehe sie zu mir heran, trotz des Zitronenduftes, für einen Augenblick ist sie meine Freundin, die, mit der ich alles teile, für die ich immer da bin. Ich drücke sie an mich, fahre den Kellner an, er könne sich wenigstens entschuldigen. Und der Kellner gehorcht. Aber Emily hat mich nicht nötig. Ihre Augen leuchten, sie steht aufrecht da und sieht mich an: »Ich gehe jetzt zu Paul, vielleicht ist er inzwischen da, ich bringe ihm mein Geschenk.«

Ich weiß nicht, was ich sagen soll, ich setze mich hin, Emily zündet sich eine Zigarette an und schaut zu mir herunter. Sie bläst den Rauch durch die Nase.

»Ich hab die letzte Nacht mit jemandem verbracht, Emily, deshalb bin ich, na ja, so abwesend.«

Emily lächelt mich freundschaftlich an, abwartend und neugierig, ich glaube, sie denkt, jetzt sei alles zwischen uns endlich wieder gut. »Du hast dich verliebt?«

»Ich rede nicht von Liebe, Emily, es muss doch nicht immer gleich alles Liebe sein.«

Ich kann mit Emily nicht weitersprechen, von mir aus soll sie sterben. Der Lichteinfall soll sie lähmen, soll sie töten. Weichtier. Sie soll mich nur in Ruhe lassen, ich möchte ihre Freundschaft nicht. Emily zieht ihre Jacke an. Gleich wird sie mir einen Kuss auf die Wange hauchen. Ich beobachte die Tür, sie geht auf und zu, Menschen kommen herein. Ich kann nicht mit Emily um die Wette zu Paul laufen.

Kinderspiel

Ich nehme an, bei uns zu Hause wurde darüber geredet, hinterher.

Wie traurig, wie *schrecklich*. (Meine Mutter.)

Es hätte jemand zur Aufsicht da sein müssen. Wo waren die Betreuer? (Mein Vater.)

Kann es sein, dass meine Mutter, jedes Mal, wenn wir an dem gelben Haus vorbeigingen, zu mir sagte: »Weißt du noch? Weißt du noch, welche Angst du vor ihr hattest? Vor dem armen Ding.«

Meine Mutter hatte die Angewohnheit, an den Schwächen meines fernen frühkindlichen Stadiums festzuhalten, ja sie sogar zu hüten wie einen Schatz.

Als Kind wird man jedes Jahr eine andere Person. Meistens geschieht das im Herbst, wenn man wieder zur Schule geht, seinen Platz in einer höheren Klasse einnimmt und die Unordnung, die Lethargie der Sommerferien hinter sich lässt. Dann nimmt man die Veränderungen am deutlichsten wahr. Später gehen die Veränderungen zwar weiter, aber ohne dass man sie an einem bestimmten Monat oder Jahr festmachen könnte. Lange Zeit fällt die Vergangenheit leicht von einem ab, scheinbar automatisch, als ob es sich so gehört. Nicht, dass ihre Szenen verschwänden, aber sie werden belanglos. Dann gibt es plötzlich eine Rückblende, das, was aus und vorbei war, treibt frische Triebe, verlangt Beachtung, verlangt sogar, etwas daran zu ändern, obwohl es völlig klar ist, dass sich auf dieser Welt nichts ändern lässt.

Marlene und Charlene. Viele dachten, dass wir Zwillinge sein mussten. Es war damals Mode, Zwillingen Namen zu geben, die sich reimten. Bonnie und Connie. Ronald und Donald. Und außerdem trugen wir – Charlene und ich – gleiche Hüte. Kulihüte hießen sie, breite, flache, aus Stroh geflochtene Kegel mit einem Gummiband oder etwas Ähnlichem unter dem Kinn. Später in jenem Jahrhundert wurden sie berühmt, durch Fernsehaufnahmen vom Vietnamkrieg. Männer, die auf Fahrrädern durch die Straßen von Saigon fuhren, trugen sie, auch Frauen, die aus einem bombardierten Dorf fortliefen.

Zu jener Zeit – ich meine die Zeit, als Charlene und ich ins Ferienlager kamen – war es möglich, »Kuli« zu sagen, ohne es herabsetzend zu meinen. Oder »Neger« oder einen Preis »herunterjuden«. Ich glaube, erst als Teenager habe ich dieses Verb endlich mit dem Substantiv in Verbindung gebracht.

Wir hatten also diese Namen und diese Hüte, und beim ersten Anwesenheitsappell zeigte die Betreuerin – die fröhliche, die wir mochten, Mavis, auch wenn wir sie nicht so gern mochten wie die hübsche, Pauline – auf uns und rief: »He, Zwillinge«, und dann rief sie andere Namen auf, bevor wir Zeit hatten, es abzustreiten.

Noch davor müssen wir die Hüte bemerkt und gegenseitig gebilligt haben. Sonst hätten wir diese nagelneuen Kopfbedeckungen abgesetzt und wären bereit gewesen, sie unter unsere Pritschen zu stopfen und zu erklären, dass unsere Mütter uns gezwungen hätten, sie zu tragen, dass wir sie hassten und so weiter.

Es kann sein, dass mir Charlene gefiel, aber ich wusste nicht recht, wie ich mich mit ihr anfreunden sollte. Mädchen von neun oder zehn Jahren – so das allgemeine Alter dieses Trupps, obwohl ein paar etwas ältere dabei waren – tun sich nicht mehr so leicht zusammen wie Mädchen von sechs oder sieben. Ich ging einfach hinter einigen Mädchen aus meiner Stadt her – obwohl keines davon zu meinen Freundinnen zählte – zu einer der Baracken, in denen noch Pritschen frei waren, und warf meine Sachen auf die braune Decke. Dann hörte ich eine Stimme hinter mir sagen: »Kann ich bitte neben meine Zwillingsschwester?«

Es war Charlene, sie sprach ein Mädchen an, das ich nicht

kannte. In der Baracke standen ungefähr zwei Dutzend Pritschen. Das angesprochene Mädchen sagte »Klar« und zog weiter.

Charlene hatte einen besonderen Tonfall eingesetzt. Einschmeichelnd, neckend, selbstironisch und verführerisch lustig, wie das Geklingel von Glöckchen. Es war von vornherein klar, dass sie mehr Selbstvertrauen besaß als ich. Und sie vertraute nicht nur darauf, dass das andere Mädchen Platz machen und nicht standhaft sagen würde: »Ich war als Erste hier« (oder – falls es aus einer Familie mit groben Umgangsformen kam – wie einige, deren Aufenthalt vom Lions Club oder von der Kirche und nicht von den Eltern bezahlt wurde – sagen könnte: »Scheiß dir doch in die Hose, ich geh hier nicht weg«). Nein. Charlene vertraute darauf, dass jeder das, worum sie bat, nicht nur tun würde, sondern gerne tun würde. Auch mit mir ging sie ein Risiko ein, denn ich hätte ja sagen können: »Ich will keine Zwillingsschwester sein«, und mich abwenden können, um meine Sachen auszupacken. Aber das tat ich natürlich nicht. Ich fühlte mich geschmeichelt, wie sie es erwartet hatte, und sah zu, wie sie ihren Koffer derart triumphierend auskippte, dass einige Sachen zu Boden fielen.

Ich vermochte nichts weiter zu sagen als: »Du bist ja schon braun.«

»Ich werde immer schnell braun«, sagte sie.

Der erste unserer Unterschiede. Wir machten uns daran, sie herauszufinden. Sie wurde braun, ich bekam Sommersprossen. Wir hatten beide braune Haare, aber ihre waren dunkler. Ihre waren wellig, meine buschig. Ihre Augen waren eher grün, meine eher blau. Wir wurden nicht müde, sogar die Leberflecken und größeren Sommersprossen auf unseren Rücken zu inspizieren und katalogisieren oder auch die Länge unserer zweiten Zehen (meine länger als der große Zeh, ihre kürzer). Oder alle Krankheiten und Unfälle aufzuzählen, die wir erlitten hatten, ebenso wie alle Einschnitte, die an unseren Körpern vorgenommen worden waren. Uns beiden waren die Mandeln herausgenommen worden – eine übliche Vorsichtsmaßnahme zu jener Zeit –, und wir hatten beide Masern und Keuchhusten gehabt, aber nicht Mumps. Mir war ein Eckzahn gezogen worden, weil er nach innen über die Schneidezähne wuchs, und sie hatte einen Daumennagel mit beschädigtem Halbmond, weil ihr ein Fenster auf den Daumen geknallt war.

Und sobald wir die Besonderheiten und Werdegänge unserer Körper erkundet hatten, wandten wir uns den Geschichten – den Dramen oder Beinahe-Dramen oder Eigenheiten – unserer Familien zu. Sie war die Jüngste und das einzige Mädchen in ihrer Familie, und ich war ein Einzelkind. Ich hatte eine Tante, die im Oberschulalter an Kinderlähmung gestorben war, und sie – Charlene – hatte einen älteren Bruder, der bei der Marine war. Denn es war Krieg, und beim gemeinschaftlichen Singen am Lagerfeuer wählten wir Lieder wie »There'll Always Be an England«, »Hearts of Oak«, »Rule Britannia« und manchmal »The Maple Leaf Forever«. Bombenangriffe, Schlachten und Schiffsuntergänge bildeten den ständigen, wenn auch fernen Hintergrund unseres Lebens. Und manchmal schlug es ganz in unserer Nähe ein, erschreckend, aber feierlich und aufregend, so, wenn ein Junge aus unserem Städtchen oder unserer Straße gefallen war und das Haus, in dem er gewohnt hatte, zwar keinen besonderen Kranz oder Trauerflor trug, aber trotzdem ein besonderes Gewicht zu enthalten schien, ein Schicksal, das sich erfüllt hatte und es hinunterzog. Obwohl es eigentlich gar nichts Besonderes enthielt, vielleicht stand ein Auto davor, das da nicht hingehörte und zeigte, dass Verwandte oder ein Geistlicher gekommen waren, um bei der trauernden Familie zu sitzen.

Eine der Lagerbetreuerinnen hatte ihren Verlobten im Krieg verloren und trug seine Uhr – wir glaubten, es war seine Uhr – als Brosche an ihrer Bluse. Wir hätten ihr gerne Anteilnahme und Mitgefühl entgegengebracht, aber sie war streng und hatte eine scharfe Stimme und sogar einen hässlichen Namen. Arva.

Der andere Hintergrund unseres Lebens, der im Ferienlager hervorgehoben werden sollte, war die Religion. Aber da die Vereinigte Kirche von Kanada die Leitung hatte, wurde nicht so viel darauf herumgeritten wie bei den Baptisten oder den Bibelchristen oder so viel Wert auf Formen gelegt wie bei den Katholiken oder auch bei den Anglikanern. Die meisten von uns hatten Eltern, die der Vereinigten Kirche angehörten (obwohl einige der Mädchen, deren Aufenthalt von anderer Stelle bezahlt wurde, vielleicht gar keiner Kirche angehörten), und da wir ihren munteren weltlichen Stil gewohnt waren, merkten wir gar nicht, wie leicht wir davonkamen nur mit dem Abendgebet, den Tischgebeten bei den Mahlzeiten und dem besonderen halbstündigen Gespräch – genannt der Plausch – nach dem Frühstück. Sogar der Plausch war relativ frei von Verweisen auf Gott oder Jesus und drehte sich mehr um Herzensgüte und lautere Gedanken in unserem täglichen Leben und das Versprechen, niemals zu rauchen oder zu trinken, wenn wir groß wurden. Niemand hatte etwas dagegen oder versuchte, sich davor zu drücken, weil wir das gewohnt waren und weil es angenehm war, in der wärmenden Sonne am Strand zu sitzen, zumal es noch ein wenig zu kühl war, als dass wir uns danach sehnten, ins Wasser zu springen.

Erwachsene Frauen tun dasselbe, was Charlene und ich taten. Vielleicht zählen sie nicht die Leberflecke auf dem Rücken der anderen oder vergleichen die Länge ihrer Zehen. Aber wenn sie sich begegnen und eine besondere Sympathie füreinander empfinden, dann spüren sie auch das Bedürfnis, sich das Wichtige mitzuteilen, die großen Ereignisse, ob nun äußere oder innere, und anschließend alle Lücken dazwischen zu füllen. Wenn sie diese Wärme und Offenheit spüren, können sie sich unmöglich miteinander langweilen. Sie werden über die Banalität und Albernheit dessen, was sie sich erzählen, lachen oder auch über das Eingeständnis eines Anfalls von erschreckender Selbstsucht, Arglist, Niedertracht oder reiner Boshaftigkeit.

Es muss natürlich großes Vertrauen da sein, aber dieses Vertrauen kann sich sofort einstellen, innerhalb eines Augenblicks.

Ich habe das beobachtet. Wahrscheinlich zum ersten Mal im Laufe jener langen Sitzungen um das Lagerfeuer, als wir den

Maniokbrei oder dergleichen umrührten, während die Männer draußen im Busch waren und nicht miteinander reden durften, weil das die wilden Tiere verscheuchen konnte. (Ich bin von Haus aus Anthropologin, wenn auch keine besonders eifrige.) Ich habe diese weiblichen Vertraulichkeiten beobachtet, aber nie daran teilgenommen. Jedenfalls nicht richtig. Manchmal habe ich es vorgetäuscht, weil es erforderlich zu sein schien, aber die Frau, mit der ich mich anfreunden wollte, witterte stets meine Verstellung, geriet in Verwirrung und blieb auf der Hut.

Männern gegenüber war ich in der Regel nicht so misstrauisch. Sie erwarten solchen Austausch nicht und bringen selten echtes Interesse auf.

Die Intimität, die ich meine – unter Frauen –, ist nicht erotisch oder prä-erotisch. Die habe ich auch erlebt, vor der Pubertät. Auch da gab es vertrauliche Geständnisse, wahrscheinlich erlogene, die unter Umständen zu Spielen führten. Eine heiße, kurzfristige Erregung, mit oder ohne Reizung der Genitalien. Gefolgt von Feindseligkeit, Verleugnung, Ekel.

So erzählte Charlene mir von ihrem Bruder, allerdings mit echtem Abscheu. Von dem Bruder, der jetzt bei der Marine war. Auf der Suche nach ihrer Katze ging sie in sein Zimmer, wo er es gerade mit seiner Freundin trieb. Die beiden merkten gar nicht, dass sie sie sah.

Sie sagte, sie klatschten, als er sich rauf und runter bewegte.

Du meinst, sie klatschten aufs Bett, sagte ich.

Nein, sagte sie. Sein Ding klatschte, als es rein- und rausfuhr. Es war sehr dick. Ekelhaft.

Und sein nackter weißer Hintern war voller Pickel. Ekelhaft.

Ich erzählte ihr von Verna.

Bis ich sieben Jahre alt war, wohnten meine Eltern in einem sogenannten Zweifamilienhaus. Das Wort »Doppelhaus« war zu jener Zeit vielleicht noch nicht gebräuchlich, und außerdem war das Haus nicht in gleiche Hälften aufgeteilt. Vernas Großmutter hatte die Zimmer nach hinten raus gemietet und wir die nach vorne raus. Das Haus war hoch, kahl, hässlich und gelb angestrichen. Das Städtchen, in dem wir lebten, war zu klein für regelrechte Wohnviertel, aber ich nehme an, wenn es Unterschiede gab, dann stand das Haus direkt auf der Grenze zwischen anständig und ziemlich heruntergekommen. Ich rede davon, wie es unmittelbar vor dem Zweiten Weltkrieg war, am Ende der Weltwirtschaftskrise. (Dieses Wort war uns, soweit ich mich erinnere, unbekannt.)

Mein Vater hatte als Lehrer feste Arbeit, aber wenig Geld. Die Straße verlor sich nach uns zwischen den Häusern jener, die weder das eine noch das andere hatten. Vernas Großmutter musste ein bisschen Geld haben, denn sie sprach verächtlich von Leuten, die von der Fürsorge lebten. Ich glaube, meine Mutter versuchte sie davon zu überzeugen, dass es nicht deren Schuld war, allerdings ohne Erfolg. Die beiden Frauen waren nicht gerade Freundinnen, einigten sich aber über die Benutzung der Wäscheleinen.

Die Großmutter hieß Mrs Home. Ein Mann besuchte sie gelegentlich. Meine Mutter nannte ihn den Freund von Mrs Home.

Mit dem Freund von Mrs Home darfst du nicht reden.

Ich durfte nicht einmal draußen spielen, wenn er kam, also hatte ich ohnehin kaum Gelegenheit, mit ihm zu reden. Ich weiß auch gar nicht mehr, wie er aussah, obwohl ich mich an sein Auto erinnern kann, einen dunkelblauen Ford V-8. Für Autos interessierte ich mich sehr, wahrscheinlich, weil wir keins hatten.

Dann kam Verna.

Mrs Home nannte sie ihre Enkelin, woran es nie einen Grund zu zweifeln gab, aber es gab auch nie ein Lebenszeichen von der Generation dazwischen. Ich weiß nicht, ob Mrs Home wegfuhr und mit ihr zurückkam oder ob der Freund mit dem V-8 sie ablieferte. Sie tauchte in dem Sommer auf, bevor ich in die Schule kam. Ich kann mich nicht daran erinnern, dass sie mir ihren Namen sagte – sie war nicht besonders mitteilsam, und ich glaube nicht, dass ich sie danach fragte. Von Anfang an hatte ich eine Abneigung gegen sie, stärker als alles, was ich bis dahin für irgendjemanden empfunden hatte. Ich sagte, dass ich sie hasste, und meine Mutter sagte: Wie kannst du nur, was hat sie dir je getan?

Das arme Ding.

Kinder benutzen das Wort »hassen« in verschiedenen Bedeutungen. Es kann bedeuten, dass sie Angst haben. Nicht, dass sie sich davor fürchten, überfallen zu werden – wie ich es zum Beispiel tat, nämlich von einigen großen Jungs auf Fahrrädern, die einem gerne unter schrecklichem Gejohle den Weg abschnitten, während man auf dem Bürgersteig ging. Es sind nicht so sehr körperliche Verletzungen, vor denen sie sich fürchten – oder vor denen ich mich im Falle von Verna fürchtete –, sondern eher ein böser Zauber, ein finsterer Wille. Einem kleinen Kind kann dieses Gefühl sogar von Hausfassaden oder Baumstämmen eingeflößt werden und ganz besonders von modrigen Kellern oder tiefen Wandschränken.

Sie war ein ganzes Stück größer als ich und auch älter, um wie viele Jahre, weiß ich nicht genau – zwei oder drei? Sie war dünn, so schmal gebaut und mit so kleinem Kopf, dass ich an eine Schlange denken musste. Feine schwarze Haare lagen flach auf diesem Kopf und fielen ihr in die Stirn. Die Haut ihres Gesichts sah für mich so fahl aus wie der Stoff unseres alten Zeltes aus Segeltuch, und ihre Wangen waren ausgebeult wie Zeltwände im Wind. Ihre Augen waren ständig zusammengekniffen.

Aber ich glaube, ihr Aussehen, so, wie andere es wahrnahmen, hatte nichts auffallend Unangenehmes. Meine Mutter sprach von ihr sogar als hübsch oder beinahe hübsch (wie in: *wirklich schade, sie könnte hübsch sein*). Es ließ sich auch nichts, soweit meine Mutter es beurteilen konnte, gegen ihr Benehmen einwenden. *Sie ist jung für ihr Alter.* Eine ausweichende und unzulängliche Ausdrucksweise dafür, dass Verna weder Lesen noch Schreiben noch Seilspringen oder Ballspielen gelernt hatte und dass ihre Stimme heiser und unmoduliert war, ihre Wörter seltsam auseinandergerissen, als seien es Sprachbrocken, die sich in ihrer Kehle verfangen hatten.

Ihre Art, mich zu überfallen, meine einsamen Spiele zu stören, war die eines älteren, nicht eines jüngeren Mädchens. Aber eines älteren Mädchens, das keinerlei Fertigkeiten oder Rechte hatte, nichts als eine wilde Entschlossenheit und eine Unfähigkeit, zu verstehen, dass es unerwünscht war.

Kinder sind natürlich ungeheuer konventionell, sie werden sofort von allem abgestoßen, das von der Norm abweicht, nicht ganz im Lot, nicht zu bändigen ist. Und als Einzelkind war ich mächtig verwöhnt, bekam allerdings auch oft Schelte. Ich war gehemmt, altklug, ängstlich, hatte viele selbsterfundene Rituale und Abneigungen. So hasste ich die Zelluloidhaarspange, die ständig aus Vernas Haaren rutschte, und die rot oder grün gestreiften Pfefferminzbonbons, die sie mir immer wieder anbot. Sie tat sogar noch mehr, als sie nur anzubieten; wieder und wieder versuchte sie, mich zu fangen und mir diese Bonbons in den Mund zu stopfen, wobei sie die ganze Zeit über in ihrer stockenden Art kicherte. Bis heute habe ich eine Abneigung gegen Pfefferminzgeschmack. Und gegen den Namen Verna. Für mich klingt er nicht nach Frühling oder grünem Gras oder Blumengirlanden oder Mädchen in zarten Kleidern. Er klingt mehr nach einer Kolonne hartnäckiger Pfefferminzbonbons, nach grünem Schleim.

Meine Mutter, so glaubte ich, mochte Verna eigentlich auch nicht. Aber aufgrund einer gewissen Scheinheiligkeit in ihrem Wesen, wie ich es sah, aufgrund einer Entscheidung, die sie offenbar getroffen hatte, um mich zu ärgern, gab sie vor, Verna tue ihr leid. Sie ermahnte mich, nett zu ihr zu sein. Anfangs sagte sie, Verna würde nicht lange bleiben und am Ende der Sommerferien dahin zurückkehren, von wo sie gekommen war. Dann, als klarwurde, dass Verna nirgendwohin zurückkehren konnte, wurde ich damit getröstet, dass wir selbst bald umziehen würden. Ich musste nur noch ein bisschen länger nett zu ihr sein. (Tatsächlich dauerte es ein ganzes Jahr, bis wir umzogen.) Schließlich ging ihr die Geduld aus und sie sagte, ich sei für sie eine Enttäuschung und sie habe nie gedacht, dass ich einen so schlechten Charakter hätte.

»Wie kannst du es ihr zum Vorwurf machen, dass sie so auf die Welt gekommen ist? Was kann sie dafür?«

Das ergab für mich keinen Sinn. Wenn ich geschulter im Argumentieren gewesen wäre, hätte ich vielleicht gesagt, dass ich Verna keinen Vorwurf machte, sie nur einfach nicht um mich haben wollte. Aber natürlich machte ich es ihr zum Vorwurf. Ich war nicht im Zweifel, dass sie irgendwie doch dafür konnte. Und darin, ganz egal, was meine Mutter sagte, war ich bis zu einem gewissen Grade im Einklang mit dem unausgesprochenen Urteil meiner Zeit und der Umgebung, in der ich lebte. Sogar Erwachsene lächelten auf ganz bestimmte Weise, und ich nahm eine ununterdrückbare Genugtuung und selbstverständliche Überlegenheit wahr, wenn sie über Menschen redeten, die »einfältig« waren oder »nicht alle Tassen im Schrank hatten«. Und ich glaubte, dass meine Mutter insgeheim auch so fühlte.

Ich kam in die Schule. Verna kam in die Schule. Sie wurde einer Sonderklasse zugeteilt, die in einem Bau in einer Ecke des Schulgeländes untergebracht war. Bei diesem Bau handelte es sich um das ursprüngliche Schulhaus der Stadt, aber niemand hatte damals Zeit für Lokalgeschichte, und ein paar Jahre später wurde er abgerissen. Daneben war ein eingezäunter Winkel, in dem die Schüler der Sonderklassen die Pause verbrachten. Sie gingen morgens eine halbe Stunde später zur Schule als wir und kamen nachmittags eine halbe Stunde früher heraus. Uns war eingeschärft worden, sie in der Pause nicht zu triezen, aber da sie meistens am Zaun hingen und sich ansahen, was auf dem normalen Schulhof stattfand, konnte es sein, dass einige hinstürzten, johlten und mit Stöcken fuchtelten, um ihnen Angst einzujagen. Ich ging nie zu dieser Ecke, sah Verna kaum. Aber zu Hause musste ich immer noch mit ihr fertigwerden.

Zuerst stand sie immer an der Ecke des gelben Hauses und beobachtete mich, während ich so tat, als wisse ich nicht, dass sie da war. Dann trottete sie langsam in den Vorgarten und stellte sich auf die Eingangsstufen von dem Teil des Hauses, der meiner war. Wenn ich hineinwollte, um ins Badezimmer zu gehen oder weil mir kalt war, musste ich so dicht an ihr vorbei, dass ich sie berührte oder riskierte, von ihr berührt zu werden.

Sie konnte länger an einer Stelle verharren als irgendjemand sonst und dabei nur einen einzigen Gegenstand anstarren. Meistens mich.

Ich hatte eine Schaukel, die so an einem Ahornbaum hing, dass ich entweder aufs Haus sah oder auf die Straße. Das heißt, ich musste entweder sie ansehen oder zulassen, dass sie meinen Rücken anstarrte und eventuell ankam, um mir einen Schubs zu geben. Nach einer Weile beschloss sie, das zu tun. Sie schob mich immer schief an, aber das war nicht das Schlimmste. Das Schlimmste war, dass ihre Finger sich in meinen Rücken bohrten. Durch meinen Mantel, durch meine übrigen Sachen, diese Finger wie viele kalte Rüssel. Ein weiterer Zeitvertreib von mir war, ein Laubhaus zu bauen. Ich harkte die Blätter, die von dem Ahornbaum mit der Schaukel gefallen waren, zusammen und trug einen Armvoll nach dem anderen dahin, wo ich sie haben wollte, ließ sie fallen und arrangierte sie zu einem Hausgrundriss. Hier war das Wohnzimmer, da die Küche, da ein großer weicher Haufen für das Bett im Schlafzimmer und so weiter. Ich hatte diese Beschäftigung nicht erfunden – Laubhäuser noch geräumigerer Art wurden in jeder Pause auf dem Schulhof der Mädchen ausgelegt und sogar möbliert, bis schließlich der Hausmeister alle Blätter zusammenharkte und verbrannte.

Anfangs beobachtete Verna nur, was ich tat, aus den zusammengekniffenen Augen und mit einem Ausdruck, der mir vorkam wie überlegene (wie konnte sie sich für überlegen halten?) Verwunderung. Dann kam der Augenblick, als sie näher kam und einen Armvoll Blätter aufhob, die wegen ihrer Unsicherheit oder Ungeschicklichkeit zu allen Seiten herunterrieselten. Und sie hatte sie nicht aus dem Vorratshaufen genommen, sondern aus der Mauer meines Hauses. Sie trug sie ein kurzes Stück und ließ sie fallen, warf sie hin, und das mitten in eins meiner sauberen Zimmer.

Ich schrie sie an, das zu lassen, aber sie beugte sich vor, um ihre verstreute Last wieder aufzuheben, konnte jedoch die Blätter nicht festhalten, also warf sie sie einfach hoch, und als alle auf dem Boden lagen, fing sie an, sie wie blödsinnig mit den Füßen hierhin und dorthin zu stoßen. Ich schrie sie immer noch an, damit aufzuhören, aber das blieb wirkungslos, oder sie hielt es für Anfeuerung. Also senkte ich den Kopf, rannte auf sie los und rammte ihn ihr in den Bauch. Ich trug keine Mütze, und so gerieten meine Haare in Berührung mit dem Mantel oder der Wolljacke, die sie anhatte, und es kam mir so vor, als hätte ich Borsten auf der Haut eines dicken, harten Bauches berührt. Laut jammernd lief ich die Stufen zum Haus hinauf, und als meine Mutter die Geschichte hörte, machte sie mich noch wütender, indem sie sagte: »Sie will doch nur spielen. Sie weiß nicht, wie man spielt.«

Als der nächste Herbst kam, wohnten wir in dem neuen Bungalow, und ich brauchte nie mehr an dem gelben Haus vorbeizugehen, das mich so sehr an Verna erinnerte, als habe es ihre schmale Verschlagenheit, ihr bedrohliches Blinzeln angenommen. Die gelbe Farbe schien die Farbe der Beleidigung zu sein, und die Haustür, die sich nicht in der Mitte befand, gab dem Haus etwas Missgebildetes.

Der Bungalow befand sich nur drei Querstraßen von dem Haus entfernt, unweit der Schule. Aber meine Vorstellung von der Größe und Vielfalt der Stadt war immer noch derart, dass ich meinte, Verna vollkommen entronnen zu sein. Ich merkte, dass das nicht stimmte, jedenfalls nicht ganz, als ich ihr eines Tages zusammen mit einer Klassenkameradin auf der Hauptstraße begegnete. Wir mussten von einer unserer Mütter losgeschickt worden sein, um etwas zu besorgen. Ich sah nicht hoch, meinte aber, im Vorbeigehen ein Kichern der Begrüßung oder des Wiedererkennens zu hören.

Das andere Mädchen sagte etwas Entsetzliches zu mir.

Sie sagte: »Ich dachte immer, sie ist deine Schwester.«

»Was?«

»Na, ich wusste, dass ihr im selben Haus gewohnt habt, also

dachte ich, ihr müsst miteinander verwandt sein. Mindestens Kusinen. Und? Seid ihr Kusinen?«

»Nein!«

Der alte Bau, in dem die Sonderklassen untergebracht worden waren, wurde zum Tode verurteilt, und seine Schüler zogen in die Bibelkirche um, die die Stadt jetzt wochentags angemietet hatte. Die Bibelkirche war zufällig gleich um die Ecke von dem Bungalow, in dem meine Eltern und ich inzwischen wohnten. Verna hätte auf mehreren Wegen zur Schule gehen können, aber sie wählte den Weg, der an unserem Haus vorbeiführte. Und unser Haus stand nicht weit vom Bürgersteig entfernt, was bedeutete, dass sie ihren Schatten auf unsere Türstufen werfen konnte. Wenn sie wollte, konnte sie Kieselsteine auf unseren Rasen stoßen, und wenn wir unsere Rouleaus nicht zuzogen, konnte sie in unsere Diele und in unser Wohnzimmer spähen.

Der Stundenplan der Sonderklassen war geändert worden, so dass er mit der normalen Schulzeit übereinstimmte, wenigstens morgens – nachmittags gingen die Sonderschüler immer noch früher nach Hause. Sobald sie in der Bibelkirche untergebracht waren, herrschte offenbar die Meinung, dass es nicht mehr notwendig war, sie auf dem Schulweg von uns übrigen zu trennen. Das bedeutete, Verna konnte mir jetzt auf dem Bürgersteig begegnen. Ich schaute immer in die Richtung, aus der sie kommen musste, und wenn ich sie sah, huschte ich zurück ins Haus, unter dem Vorwand, dass ich etwas vergessen hatte oder dass einer meiner Schuhe an der Hacke scheuerte und ich ein Pflaster brauchte oder dass eine Schleife in meinem Haar aufgegangen war. Ich wäre nie so blöd gewesen, Verna zu erwähnen, um von meiner Mutter zu hören: »Was hast du für ein Problem, wovor hast du Angst, meinst du, sie wird dich auffressen?«

Was hatte ich für ein Problem? Beschmutzung, Ansteckung? Verna war sauber und gesund. Und es war ziemlich unwahrscheinlich, dass sie mich angreifen und mich mit Fäusten schlagen oder mir die Haare ausreißen würde. Aber nur Erwachsene können so dumm sein, zu glauben, dass sie keine Macht hatte. Eine Macht, die überdies besonders gegen mich gerichtet war. Ich war diejenige, die sie im Auge hatte. Glaubte ich zumindest. Als hätten wir ein geheimes Einverständnis, das nicht beschrieben werden konnte und sich nicht beenden ließ. Etwas, das sich verklammert, wie Liebe, obwohl es sich für mich wie Hass anfühlte.

Wahrscheinlich hasste ich sie, wie manche Menschen Schlangen oder Raupen oder Mäuse oder Nacktschnecken hassen. Aus keinem vernünftigen Grund. Nicht, weil sie mir etwas Bestimmtes antun konnte, sondern weil sie mich im Innersten aufwühlen, mir das Leben verderben konnte.

Als ich Charlene von ihr erzählte, waren wir zu den tieferen Bereichen unserer Gespräche gelangt – Gespräche, die nur aussetzten, wenn wir badeten oder schliefen. Verna war kein so starkes Angebot, nicht so ekelerregend wie der pumpende, picklige Hintern von Charlenes Bruder, und ich weiß noch, dass ich sagte, sie sei so scheußlich, dass ich sie nicht beschreiben könne. Aber dann beschrieb ich sie doch, auch meine Gefühle ihr gegenüber, und ich muss meine Sache gar nicht so schlecht gemacht haben, denn eines Tages gegen Ende unseres zweiwöchigen Aufenthalts im Ferienlager kam Charlene mittags in den Speisesaal gestürzt, ihr Gesicht strahlte vor Entsetzen und seltsamer Freude.

»Sie ist hier. Sie ist hier. Dieses Mädchen. Dieses schreckliche Mädchen. Verna. Sie ist hier!«

Das Mittagessen war vorüber. Wir waren dabei, abzuräumen und unsere Teller und Becher auf den Küchentresen zu stellen, damit die Mädchen, die an dem Tag Küchendienst hatten, sie nehmen und abwaschen konnten. Danach stellten wir uns immer vor dem Süßwarenladen an, der jeden Tag um eins aufmachte. Charlene war kurz zurück in den Schlafsaal gelaufen, um Geld zu holen. Da sie reich war, mit einem Vater, der ein Bestattungsunternehmen hatte, war sie recht leichtsinnig und bewahrte ihr Geld im Kopfkissenbezug auf. Außer beim Baden hatte ich meins immer bei mir. Alle, die es sich irgendwie leisten konnten, gingen nach dem Mittagessen zum Süßwarenladen, um sich etwas zu holen gegen den scheußlichen Geschmack der Nachspeise im Mund, die wir hassten, aber immer wieder probierten, um festzustellen, ob sie so eklig war wie erwartet. Tapiokaspeise, breiige Bratäpfel, schleimiger Vanillepudding. Als ich Charlenes Gesichtsausdruck sah, dachte ich im ersten Augenblick, ihr Geld sei gestohlen worden. Aber dann dachte ich, solch ein Missgeschick hätte nicht bewirkt, dass sie so verwandelt war, der Schreck in ihrem Gesicht so freudig.

Verna? Wie konnte Verna hier sein? Bestimmt ein Irrtum.

Das muss an einem Freitag gewesen sein. Noch zwei Tage im Lager, zwei lange Tage. Und es stellte sich heraus, dass ein Kontingent von Sonderlingen – auch hier wurden sie so genannt – hergebracht worden war, damit sie mit uns das letzte Wochenende genießen konnten. Nicht sehr viele – vielleicht zwanzig insgesamt – und nicht alle aus meiner Stadt, sondern auch aus Städten in der Umgebung. Während Charlene noch versuchte, mir die Neuigkeit beizubringen, ertönte eine Trillerpfeife, und Betreuerin Arva war auf eine Bank gestiegen, um uns etwas zu verkünden.

Sie sagte, dass sie sicher sei, wir würden alle unser Bestes tun, um diese Besucher – diese neuen Lagerbewohner – willkommen zu heißen, und dass sie ihre eigenen Zelte und ihre eigene Betreuerin mitgebracht hätten. Aber sie würden mit uns zusammen essen und baden und an den Spielen und am Morgenplausch teilnehmen. Sie sei überzeugt, sagte sie mit dem gewohnten ermahnenden oder tadelnden Ton in der Stimme, dass wir alle diese Gelegenheit ergreifen würden, um neue Freundschaften zu schließen.

Es dauerte einige Zeit, bis die Zelte aufgebaut und die Neuankömmlinge mit ihrem Gepäck untergebracht waren. Einige von ihnen interessierte das überhaupt nicht, sie machten sich davon und mussten angeschrien und zurückgeholt werden. Da das unsere Freizeit, unsere Ruhestunde war, holten wir uns unsere Schokoriegel oder Lakritzschnecken oder Fondants vom

Süßwarenladen und legten uns dann auf unsere Pritschen, um sie zu genießen.

Charlene sagte immer wieder: »Stell dir vor. Stell dir das vor. Sie ist hier. Ich kann's nicht glauben. Meinst du, sie hat dich verfolgt?«

»Wahrscheinlich«, sagte ich.

»Meinst du, ich kann dich immer so verstecken?«

Als wir in der Schlange vor dem Süßwarenladen standen, hatte ich mich geduckt und Charlene vorgeschoben, während die Sonderlinge an uns vorbeigeführt wurden. Ich hatte kurz nach ihr gespäht und Verna von hinten erkannt. Ihren herabhängenden Schlangenkopf.

»Wir müssten uns was ausdenken, um dich zu verkleiden.«

Aus meinen Erzählungen schien Charlene den Eindruck gewonnen zu haben, dass Verna mich tätlich belästigt hatte. Und das hielt ich für wahr, nur dass die Belästigung subtiler, verborgener gewesen war, als ich hatte beschreiben können. Jetzt ließ ich Charlene in ihrem Glauben, weil es so wesentlich aufregender war.

Verna entdeckte mich nicht sofort, wegen der trickreichen Ausweichmanöver, die Charlene und ich vornahmen, und vielleicht auch, weil sie ziemlich benommen war, ganz wie die meisten Sonderlinge, die sich den Kopf darüber zerbrachen, was sie hier zu suchen hatten. Sie wurden bald zu ihrem Schwimmunterricht fortgebracht, ans andere Ende des Strandes.

Zum Mittagessen wurden sie hereingeführt, während wir sangen:

Je öfter wir zusammen sind, zusammen sind, zusammen sind,
Je öfter wir zusammen sind,
Desto schöner wird es sein.

Dann wurden sie getrennt und unter uns aufgeteilt. Sie trugen alle Namensschildchen. Mir gegenüber saß eine namens Mary Ellen Soundso, nicht aus meiner Stadt. Aber bevor ich Zeit hatte, mich darüber zu freuen, sah ich Verna am Nachbartisch, größer als alle um sie herum, aber Gott sei Dank auf derselben Seite wie ich, so dass sie mich während des Essens nicht sehen konnte.

Sie war die Größte von ihnen, wenn auch nicht so groß, nicht so auffällig, wie ich sie in Erinnerung hatte. Wahrscheinlich lag das daran, dass ich im letzten Jahr ein ganzes Stück gewachsen war, während sie vielleicht ganz aufgehört hatte zu wachsen.

Nach dem Essen, als wir aufstanden und die Teller einsammelten, hielt ich den Kopf gesenkt und schaute kein einziges Mal in ihre Richtung, trotzdem bekam ich mit, wie ihre Augen auf mir ruhten, wie sie mich erkannte, wie sie ihren Mund zu diesem schiefen kleinen Lächeln verzog oder dieses sonderbare kehlige Kichern von sich gab.

»Sie hat dich gesehen«, sagte Charlene. »Schau nicht hin. Schau nicht hin. Ich stell mich zwischen sie und dich. Los. Geh weiter.«

»Kommt sie hierher?«

»Nein. Sie steht bloß da. Sie schaut dich bloß an.«

»Lächelt sie?«

»Irgendwie.«

»Ich kann sie nicht ansehen. Sonst wird mir schlecht.«

Wie sehr verfolgte sie mich in den verbleibenden anderthalb Tagen? Charlene und ich benutzten ständig dieses Wort, obwohl Verna in Wahrheit gar nicht in unsere Nähe kam. *Verfolgung*. Das hatte einen erwachsenen, juristischen Klang. Wir hielten ständig Ausschau, als sei ein Stalker hinter uns oder hinter mir her. Wir versuchten, Verna auf den Fersen zu bleiben, und Charlene erstattete Bericht über ihre Haltung oder ihr Aussehen. Ich riskierte es ein paarmal, sie anzuschauen, nachdem Charlene gesagt hatte: »Du kannst. Jetzt merkt sie's nicht.«

Bei diesen Gelegenheiten schien Verna etwas niedergeschlagen oder verdrossen oder verwirrt zu sein, als sei sie, ebenso wie die meisten Sonderlinge, ausgesetzt worden und verstehe nicht ganz, wo sie jetzt war oder was sie hier tat. Einige von ihnen – wenn auch nicht sie – hatten einen Aufruhr verursacht, weil sie davongelaufen waren, in den Wald aus Kiefern, Zedern und Pappeln auf der Steilküste hinter dem Strand oder auf dem Sandweg, der zur Landstraße führte. Danach wurde eine Versammlung einberufen, und wir wurden alle aufgefordert, auf unsere neuen Freunde achtzugeben, die mit dem Gelände nicht so vertraut waren wie wir. Charlene stieß mich dabei in die Rippen. Natürlich bemerkte sie an Verna keine Veränderung, keine Abnahme des Selbstbewusstseins oder der Körpergröße, und berichtete ständig von ihrem verschlagenen und bösen Gesichtsausdruck, von der Bedrohung, die von ihr ausging. Und vielleicht hatte sie recht – vielleicht sah Verna in Charlene, dieser neuen Freundin oder Leibwächterin von mir, dieser Fremden, ein Zeichen dafür, wie verändert und unsicher hier alles war, und sie zog deshalb ein finsteres Gesicht, auch wenn ich es nicht sah.

»Du hast mir nie von ihren Händen erzählt«, sagte Charlene.

»Was ist damit?«

»Sie hat die längsten Finger, die ich je gesehen habe. Sie könnte sie einfach um deinen Hals legen und dich erwürgen. Könnte sie. Wäre es nicht schrecklich, nachts mit ihr in einem Zelt zu sein?«

Ich pflichtete ihr bei. Schrecklich.

»Aber die anderen in ihrem Zelt sind zu blöde, um es zu merken.«

Es gab eine Veränderung an jenem Wochenende, ein ganz anderes Gefühl im Lager. Nichts Drastisches. Die Mahlzeiten wurden zu den üblichen Stunden von dem Gong im Speisesaal angekündigt, und das aufgetragene Essen wurde weder besser noch schlechter. Es kamen die Ruhestunden, die Spielstunden und die Badestunden. Der Süßwarenladen machte wie immer auf, und wir wurden wie sonst auch zum Plausch versammelt. Aber es herrschte eine Atmosphäre wachsender Ruhelosigkeit und Unaufmerksamkeit. Man konnte sie sogar bei den Betreuerinnen spüren, denen die gängigen Ermahnungen oder Ermutigungen nicht so leicht wie sonst über die Lippen gingen, sondern die uns eine Sekunde lang ansahen, als versuchten sie sich daran zu erinnern, was sie normalerweise sagten. Und all das schien mit dem Eintreffen der Sonderlinge angefangen zu haben. Ihre Anwesenheit hatte das Lager verändert. Davor war es ein richtiges Ferienlager gewesen, mit all seinen festen Regeln und Einschränkungen und Vergnügungen, unvermeidlich wie die Schule oder jeder andere Teil des Kinderlebens, und dann hatte es angefangen, an den Rändern zu zerbröckeln, sich als etwas Provisorisches zu entpuppen. Als Theater.

Lag es daran, dass wir beim Anblick der Sonderlinge auf den Gedanken kamen, wenn die am Lager teilnehmen durften, dann gab es überhaupt keine richtigen Lagerteilnehmer? Teilweise schon. Aber teilweise lag es auch daran, dass sehr bald all das vorbei sein würde, die Regeln nicht mehr gültig, und wir würden von unseren Eltern abgeholt werden, um unser altes Leben wiederaufzunehmen, und die Betreuerinnen würden wieder normale Menschen sein, nicht einmal Lehrerinnen. Wir lebten in einem Bühnenbild, das kurz davor stand, abgebaut zu werden, und damit auch all die Freundschaften, Feindschaften und Rivalitäten, die in den letzten zwei Wochen aufgeblüht waren. Wer konnte glauben, dass es nur zwei Wochen gewesen waren?

Niemand brachte es fertig, darüber zu reden, aber eine Mattigkeit machte sich unter uns breit, eine gelangweilte Übellaunigkeit, und sogar das Wetter spiegelte dieses Gefühl. Es stimmte wahrscheinlich nicht, dass in den vergangenen zwei Wochen jeder Tag heiß und sonnig gewesen war, aber die meisten von uns würden bestimmt mit diesem Eindruck nach Hause fahren. Und jetzt, am Sonntagmorgen, geschah eine Veränderung. Während unserer Andacht im Freien (die sonntags an die Stelle vom Plausch trat) verdunkelten sich die Wolken. Es gab keine Temperaturänderung – wenn überhaupt, dann wurde es heißer –, aber es lag etwas in der Luft, was einige den Geruch eines Gewitters nannten. Und dabei solche Stille. Die Betreuerinnen und sogar der Geistliche, der sonntags aus der nächsten Stadt angefahren kam, sahen gelegentlich besorgt zum Himmel auf.

Ein paar Tropfen fielen auch, aber nicht mehr. Der Gottesdienst ging zu Ende, ohne dass ein Gewitter losgebrochen wäre. Die Wolken wurden ein wenig heller, nicht genug, um Sonnenschein zu versprechen, aber immerhin so viel, dass unser letztes Bad im See nicht abgesagt werden musste. Danach würde es kein Mittagessen geben; die Küche war nach dem Frühstück geschlossen worden. Der Süßwarenladen blieb zu. Unsere Eltern würden kurz nach zwölf eintreffen, um uns abzuholen, und ein Bus würde für die Sonderlinge kommen. Die meisten unserer Sachen waren schon gepackt, das Bettzeug abgezogen, und die rauen braunen Decken, die sich immer klamm anfühlten, lagen zusammengefaltet am Fußende jeder Pritsche.

Obwohl wir uns alle darin aufhielten, schwatzten und uns zum Baden umzogen, zeigte sich plötzlich die ganze Dürftigkeit und Düsternis des Schlafsaals.

Mit dem Strand war es das Gleiche. Es schien weniger Sand zu geben als sonst, dafür lagen mehr Steine da. Und was an Sand vorhanden war, wirkte grau. Das Wasser sah aus, als könnte es kalt sein, obwohl es in Wirklichkeit ganz warm war. Trotzdem hatte sich unsere Begeisterung fürs Baden gelegt, und die meisten von uns wateten ziellos umher. Die Badebetreuerinnen – Pauline und die ältere Frau, die auf die Sonderlinge aufpasste – mussten aufmunternd in die Hände klatschen.

»Beeilt euch, worauf wartet ihr? Die letzte Gelegenheit in diesem Sommer.«

Es gab gute Schwimmer unter uns, die sich in der Regel sofort ins Wasser stürzten und auf den Weg zum Badefloß machten. Und alle, die auch nur einigermaßen schwimmen konnten – dazu zählten Charlene und ich –, sollten mindestens einmal zum Floß hinausschwimmen und zurück, um zu beweisen, dass sie es in Wasser, das ihnen bis über den Kopf reichte, wenigstens ein paar Meter weit schafften. Pauline schwamm sonst sofort hinaus und blieb in tieferem Wasser, um Ausschau zu halten, ob jemand in Not geriet, und auch, um darauf zu achten, dass alle, die hinausschwimmen sollten, es auch taten. An diesem

Tag jedoch schienen sich längst nicht alle, von denen es erwartet wurde, hinauszuwagen, und selbst Pauline blieb nach ihren ersten Anfeuerungen oder dann Aufforderungen, damit wenigstens alle ins Wasser gingen, am Floß und trieb ihre Späße mit den verlässlichen Schwimmern. Die meisten von uns paddelten im Flachen herum, schwammen ein Stückchen, standen dann, wo sie Grund hatten, und bespritzten sich, oder sie machten toter Mann, als könne man nicht mehr von ihnen verlangen, noch hinauszuschwimmen. Die Frau, die auf die Sonderlinge aufpasste, stand, wo ihr das Wasser kaum bis zur Taille reichte – die meisten von den Sonderlingen waren nur bis zu den Knien ins Wasser gegangen –, und das Oberteil ihres geblümten, mit einem Röckchen versehenen Badeanzugs war nicht einmal nass. Sie beugte sich vor und beplanschte ihre Schützlinge ein wenig, lachte und rief ihnen zu: »Macht euch das nicht Spaß?«

Charlene und ich waren da, wo uns das Wasser höchstens bis zur Brust reichte. Wir gehörten zu denen, die herumalberten, toter Mann machten, ein paar Züge auf dem Rücken oder auf der Brust schwammen, ohne dass uns jemand befahl, mit dem Quatsch aufzuhören. Wir probierten aus, wie lange wir unter Wasser die Augen offen halten konnten, wir schlichen uns an und sprangen einander auf den Rücken. Um uns herum gab es viele, die johlend und kreischend vor Lachen dasselbe taten.

Währenddessen waren einige Eltern oder Abholer zu früh eingetroffen und ließen wissen, dass sie keine Zeit zu verlieren hätten, also wurden die Kinder, die zu ihnen gehörten, aus dem Wasser gerufen. Das sorgte für zusätzlichen Lärm und Aufruhr.

»Sieh doch, sieh«, sagte Charlene. Oder krächzte vielmehr, weil ich sie unter Wasser gedrückt hatte und sie gerade erst wieder triefend und spuckend aufgetaucht war.

Ich schaute mich um und erblickte Verna, die auf uns zusteuerte, sie trug eine hellblaue Badekappe aus Gummi, patschte mit ihren langen Händen aufs Wasser und lächelte, als seien ihre Rechte auf mich plötzlich wieder in Kraft.

Ich bin mit Charlene nicht in Kontakt geblieben. Ich weiß nicht einmal mehr, wie wir uns verabschiedeten. Falls wir uns überhaupt voneinander verabschiedeten. Ich habe die vage Vorstellung, dass beide Elternpaare ungefähr gleichzeitig eintrafen, dass wir in verschiedene Autos kletterten und uns wieder – was konnten wir anderes tun? – in unser altes Leben einfügten. Charlenes Eltern hatten höchstwahrscheinlich ein Auto, das nicht so popelig und laut und unzuverlässig war wie das meiner Eltern zu der Zeit, aber selbst wenn das nicht der Fall gewesen wäre, wir wären nie auf die Idee gekommen, unsere Familien miteinander bekannt zu machen. Alle, darunter auch wir, hatten es eilig, fortzukommen, weg von den Inseln des Aufruhrs über verlorenes Eigentum oder darüber, wer seine Eltern gefunden oder nicht gefunden hatte oder noch nicht in den Bus gestiegen war.

Durch Zufall sah ich Jahre später Charlenes Hochzeitsfoto. Das war zu jener Zeit, als Hochzeitsfotos noch in die Zeitung kamen, nicht nur in Kleinstädten, sondern auch in den Großstädten. Ich sah es in einer Torontoer Zeitung, die ich durchblätterte, als ich in einem Café in der Bloor Street auf eine Freundin wartete.

Die Hochzeit hatte in Guelph stattgefunden. Der Bräutigam stammte aus Toronto und war Absolvent von Osgoode Hall. Er war sehr groß – oder Charlene war ziemlich klein geraten. Sie reichte ihm kaum bis zur Schulter, sogar mit den im festen, gelackten Helmstil jener Zeit hochfrisierten Haaren. Durch die Frisur wirkte ihr Gesicht zusammengedrückt und nichtssagend, aber ich hatte den Eindruck, dass ihre Augen heftig nach Art von Cleopatra geschminkt und ihre Lippen blass angemalt waren. Das klingt grotesk, aber so war eben der »Look«, der zu jener Zeit bewundert wurde. Das Einzige, was mich an ihr kindliches Ich erinnerte, war der kleine lustige Knubbel auf ihrem Kinn.

Sie – die Braut, wie es hieß – war Absolventin vom St. Hilda's College in Toronto.

Also musste sie hier in Toronto gewesen und aufs St. Hilda's gegangen sein, während ich in derselben Stadt war und aufs University College ging. Vielleicht waren wir zur selben Zeit und auf denselben Straßen oder Wegen auf dem Campus herumgelaufen. Und uns nie begegnet. Ich glaubte nicht, dass sie mich gesehen und sich davor gedrückt hatte, mit mir zu reden. Ich hätte mich jedenfalls nicht davor gedrückt, mit ihr zu reden. Natürlich hätte ich mich für eine ernsthaftere Studentin gehalten, sobald ich erfahren hätte, dass sie aufs St. Hilda's ging. Meine Freundinnen und ich hielten das St. Hilda's für ein Damen-College.

Jetzt war ich Studentin kurz vor dem Abschluss in Anthropologie. Ich hatte beschlossen, nie zu heiraten, auch wenn ich damit Liebhaber nicht ausschloss. Ich trug die Haare lang und glatt – meine Freundinnen und ich nahmen den Stil der Hippies vorweg. Meine Kindheitserinnerungen waren wesentlich ferner, blasser und unwichtiger, als sie mir heute vorkommen.

Ich hätte Charlene an die Adresse ihrer Eltern in Guelph schreiben können, die in der Zeitung stand. Aber ich tat es nicht. Ich hätte es für den Gipfel der Heuchelei gehalten, einer Frau zu ihrer Heirat zu gratulieren.

Aber sie schrieb mir, vielleicht fünfzehn Jahre später. Sie adressierte den Brief an meinen Verlag.

»Meine alte Kameradin Marlene«, schrieb sie. »Ich kann Dir gar nicht sagen, wie aufgeregt und glücklich ich war, Deinen Namen im *Maclean's* zu lesen. Und wie beeindruckt ich davon bin, dass Du ein Buch geschrieben hast. Ich habe es mir noch nicht besorgt, weil wir verreist waren, aber ich werde es bestimmt machen – und es auch lesen –, sobald ich kann. Ich ging bloß die Zeitschriften durch, die sich in unserer Abwesenheit angesammelt hatten, und dann sah ich dieses tolle Foto von Dir und das interessante Interview. Und ich dachte, ich muss Dir schreiben und Dir gratulieren.

Vielleicht bist Du verheiratet, schreibst aber unter Deinem

Mädchennamen? Vielleicht hast Du Familie? Bitte schreib mir und erzähl mir alles von Dir. Leider bin ich kinderlos, aber ich beschäftige mich mit ehrenamtlicher Arbeit, mit dem Garten und gehe mit Kit (meinem Mann) segeln. Es gibt immer so viel zu tun. Zurzeit bin ich Mitglied der Bibliothekskommission, und ich werde denen den Hals umdrehen, wenn sie Dein Buch noch nicht bestellt haben.

Noch mal Glückwünsche. Ich muss sagen, ich war überrascht, aber nicht völlig, weil ich immer so eine Ahnung hatte, aus Dir wird mal was Besonderes.«

Ich setzte mich auch zu der Zeit nicht mit ihr in Verbindung. Ich sah darin wenig Sinn. Anfangs fielen mir die Wörter »was Besonderes« ganz am Ende nicht auf, aber wenn ich später daran dachte, gab es mir jedes Mal einen kleinen Ruck. Ich sagte mir jedoch und glaube auch immer noch, dass sie damit auf nichts anspielen wollte.

Das Buch, das sie meinte, war aus einer Doktorarbeit entstanden, von der mir abgeraten worden war. Ich promovierte dann über ein anderes Thema, kehrte aber immer wieder, wenn meine Zeit es erlaubte, zu meinem ursprünglichen Thema zurück wie zu einem Hobby. Ich habe seitdem an einer Reihe von Büchern mitgearbeitet, wie es von mir erwartet wurde, aber dieses Buch, das ich alleine verfasste, war das einzige, das für einen kleinen Wirbel sorgte und mir etwas Beachtung in der Außenwelt eintrug (und selbstredend einiges an Missbilligung in Kollegenkreisen). Es ist jetzt vergriffen. Es hieß *Idioten und Idole* – ein Titel, mit dem ich heute nie und nimmer durchkäme und der sogar damals meinen Verleger nervös machte, auch wenn er zugeben musste, dass er zugkräftig war.

Was ich zu erkunden versuchte, das war die Haltung von Menschen in verschiedenen Kulturen – man wagt nicht, das Wort »primitiv« zu benutzen, um solche Kulturen zu beschreiben –, ihre Haltung gegenüber Menschen, die geistig oder körperlich einzigartig sind. Die Wörter »geistesschwach«, »behindert« und »zurückgeblieben« sind natürlich auch in den Mülleimer verbannt worden, und das wahrscheinlich aus gutem Grund – nicht einfach, weil solche Wörter eine überhebliche Haltung und gewohnheitsmäßige Voreingenommenheit implizieren können, sondern weil sie nicht wirklich aussagekräftig sind. Diese Wörter schieben vieles beiseite, was an diesen Menschen bemerkenswert und sogar beängstigend ist – oder ihnen jedenfalls eine ungewöhnliche Kraft verleiht. Und es war interessant, ein gewisses Maß an Verehrung ebenso wie an Verfolgung zu entdecken sowie die – nicht völlig unzutreffende – Zuschreibung einer ganzen Reihe von Fähigkeiten, die als heilig, zauberkräftig, gefährlich oder wertvoll galten. Ich tat mein Möglichstes, um die historische sowie die zeitgenössische Forschung zu berücksichtigen, und zog Gedichte, Erzählungen, Romane und natürlich religiöse Bräuche heran. Selbstverständlich bemängelten meine Kollegen, ich sei zu literarisch und habe all meine Informationen aus Büchern bezogen, aber ich konnte damals nicht die Welt bereisen; es war mir nicht gelungen, ein Forschungsstipendium zu erlangen.

Natürlich konnte ich eine Verbindung erkennen, und ich hielt es nicht für ausgeschlossen, dass Charlene sie auch erkennen würde. Es ist sonderbar, wie fern und unwichtig mir das zu sein schien, nur ein Ausgangspunkt. So wie mir alles aus der Kindheit damals vorkam. Wegen des Weges, den ich inzwischen zurückgelegt hatte, bis zum Erreichen des Erwachsenenalters. Der Sicherheit.

»Mädchenname« hatte Charlene geschrieben. Ein Ausdruck, den ich lange nicht mehr gehört hatte. Er ist nicht weit fort von »Mädchenhaftigkeit«, ein Wort, das keusch und traurig klingt. Und in meinem Fall kaum angebracht. Schon als ich Charlenes Hochzeitsfoto betrachtete, war ich keine Jungfrau mehr – sie allerdings höchstwahrscheinlich auch nicht. Nicht, dass ich einen Schwarm von Liebhabern gehabt hätte – oder auch nur die meisten davon so nennen würde. Wie fast alle Frauen meiner Altersgruppe, die nicht in einer monogamen Ehe gelebt haben, weiß ich die Zahl. Sechzehn. Ich bin überzeugt, dass viele jüngere Frauen diese Summe erreichen, bevor sie dreißig oder vielleicht sogar zwanzig sind. (Als ich Charlenes Brief erhielt, war die Summe natürlich geringer. Ich habe keine Lust und das ist die Wahrheit –, das jetzt auf die Reihe zu bringen.) Drei davon waren wichtig, und alle drei befanden sich chronologisch unter dem ersten halben Dutzend dieser Rechnung. Mit »wichtig« meine ich, dass mit diesen drei – nein, nur zwei, denn der dritte bedeutete mir wesentlich mehr als ich ihm – dass also mit diesen zwei die Zeit kommen würde, wenn man sich öffnen und weit mehr als nur den Körper hingeben möchte, wenn man sein ganzes Leben bei ihm in Sicherheit bringen will.

Ich tat es dann doch nicht, aber es war knapp.

Offenbar war ich von dieser Sicherheit nicht restlos überzeugt.

Unlängst erhielt ich einen weiteren Brief. Er war von dem College, an dem ich bis zu meiner Pensionierung unterrichtet hatte, weitergeleitet worden. Ich fand ihn vor, als ich von einer Reise nach Patagonien zurückkehrte. (Ich habe mich zu einer abgehärteten Weltreisenden entwickelt.) Er war über einen Monat alt.

Ein mit der Maschine geschriebener Brief – wofür sich der Absender sofort entschuldigte.

»Meine Handschrift ist grauenhaft«, schrieb er und stellte sich dann als der Mann »Ihrer alten Kameradin aus Kindheitstagen, Charlene« vor. Er sagte, es tue ihm sehr, sehr leid, mir eine schlechte Nachricht mitteilen zu müssen. Charlene lag im Princess Margaret Hospital in Toronto. Ihr Krebs hatte in der Lunge begonnen und sich zur Leber ausgebreitet. Sie war bedauerlicherweise ihr Leben lang Raucherin gewesen. Sie hatte nur noch kurze Zeit zu leben. Sie hatte nicht sehr oft von mir gesprochen, aber wenn sie es über die Jahre hinweg tat, dann immer mit Freude über meine bemerkenswerten Leistungen. Er wisse, wie sehr sie mich schätze, und jetzt am Ende ihres Lebens schien sie großen Wert darauf zu legen, mich zu sehen.

Sie hatte ihn gebeten, mich ausfindig zu machen. Möglich, dass Kindheitserinnerungen am meisten bedeuteten, schrieb er. Die Gefühle von Kindern füreinander. Eine Kraft wie keine andere.

Wahrscheinlich ist sie inzwischen tot, dachte ich.

Aber wenn sie es war – so legte ich mir die Dinge zurecht –, falls ja, dann ging ich kein Risiko ein, wenn ich im Krankenhaus vorbeischaute und mich erkundigte. Dann hätte ich ein reines Gewissen oder wie man es nun nennen will. Ich konnte ihm kurz schreiben, dass ich unglücklicherweise fort gewesen, aber so bald wie möglich hingegangen sei.

Nein. Besser kein Brief. Er könnte in meinem Leben auftauchen und sich bei mir bedanken. Das Wort »Kameradin« machte mich hellhörig. Ebenso, wenn auch anders, die »bemerkenswerten Leistungen«.

Das Princess Margaret Hospital ist nur ein paar Querstraßen weit fort von meiner Wohnung. An einem sonnigen Frühlingstag ging ich hin. Ich weiß nicht, warum ich nicht einfach anrief. Vielleicht wollte ich mir einbilden, dass ich mich nach Kräften angestrengt hatte.

In der Anmeldung erfuhr ich, dass Charlene noch am Leben war. Als ich gefragt wurde, ob ich sie besuchen wollte, konnte ich schlecht nein sagen.

Ich nahm den Fahrstuhl und dachte immer noch, ich sei fähig, wegzugehen, bevor ich das Schwesternzimmer auf ihrer Etage gefunden hatte. Oder dass ich einfach kehrtmachen und mit dem nächsten Fahrstuhl hinunterfahren konnte. Die Dame in der Anmeldung unten würde gar nicht merken, dass ich schon wieder ging. Tatsächlich hätte ich unbemerkt fortgehen können, sobald sie sich dem Nächsten, der an der Reihe war, zugewandt hatte, und selbst wenn es ihr aufgefallen wäre, was hätte es ausgemacht?

Ich hätte mich vermutlich geschämt. Weniger wegen meines Mangels an Mitgefühl als vielmehr wegen meines Mangels an seelischer Kraft.

Ich erkundigte mich bei den Schwestern und erfuhr ihre Zimmernummer.

Es war ein Privatzimmer, recht klein, ohne beeindruckende Geräte oder Blumen oder Infusionsflaschen. Anfangs konnte ich Charlene nicht sehen. Eine Schwester beugte sich über das Bett, in dem sich nur Decken aufzutürmen schienen, ohne dass eine Person zu sehen war. Die vergrößerte Leber, dachte ich, und wünschte, ich hätte das Weite gesucht, solange ich noch konnte.

Die Schwester richtete sich auf, drehte sich um und lächelte mir zu. Sie war eine rundliche braune Frau, die mit leiser, einschmeichelnder Stimme sprach, was bedeuten konnte, dass sie aus der Karibik kam.

»Sie sind die Marlin«, sagte sie.

Etwas an dem Wort schien ihr Freude zu bereiten.

»Sie hat sich so gewünscht, dass Sie kommen. Sie können näher treten.«

Ich gehorchte und sah hinunter auf einen aufgedunsenen Körper und ein spitzes, verfallenes Gesicht, einen Hühnerhals, für den das Krankenhausnachthemd eine Meile zu weit war. Dünnes Kraushaar – immer noch braun, ungefähr einen halben Zentimeter lang – auf dem Schädel. Keine Spur von Charlene.

Ich hatte schon zuvor die Gesichter Sterbender gesehen. Die Gesichter meiner Mutter und meines Vaters, sogar das Gesicht des Mannes, den zu lieben ich Angst gehabt hatte. Ich war nicht überrascht.

»Sie schläft jetzt«, sagte die Schwester. »Sie hat so gehofft, dass Sie kommen.«

»Sie ist nicht bewusstlos?«

»Nein. Sie schläft.«

Ja, jetzt sah ich es, da war etwas von Charlene. Was war es? Vielleicht ein Zucken, ein zuversichtliches, spielerisches Einziehen eines Mundwinkels.

Die Schwester redete mit ihrer leisen, glücklichen Stimme auf mich ein. »Ich weiß nicht, ob sie Sie erkennen würde«, sagte sie. »Aber sie hat gehofft, dass Sie kommen. Da ist etwas für Sie.«

»Wird sie bald wach?«

Ein Achselzucken. »Wir müssen ihr wegen der Schmerzen oft Spritzen geben.«

Sie zog die Nachttischschublade auf.

»Das hier. Sie hat mir gesagt, ich soll es Ihnen geben, wenn es zu spät für sie ist. Sie wollte nicht, dass ihr Mann es Ihnen gibt. Jetzt sind Sie hier, da wäre sie froh.«

Ein zugeklebter Umschlag mit meinem Namen darauf, in zittrigen Druckbuchstaben.

»Nicht ihr Mann«, sagte die Schwester mit einem Augenzwinkern und einem immer breiteren Lächeln. Witterte sie etwas Unerlaubtes, ein Frauengeheimnis, eine alte Liebe?

»Kommen Sie morgen wieder«, sagte sie. »Wer weiß? Ich werd's ihr sagen, wenn's möglich ist.«

Ich las den Brief, sobald ich unten in der Eingangshalle war. Charlene hatte es geschafft, mit fast normaler Schrift zu schreiben, nicht so fahrig wie die krakeligen Buchstaben auf dem Umschlag. Natürlich konnte es sein, dass sie erst den Brief geschrieben und in den Umschlag gesteckt, dann den Umschlag zugeklebt und weggelegt hatte, mit der Absicht, ihn mir selbst zu geben. Erst später mochte sie es für nötig gehalten haben, meinen Namen draufzusetzen.

Marlene. Ich schreibe das für den Fall, dass ich irgendwann nicht mehr sprechen kann. Bitte tu, worum ich Dich ersuche. Bitte fahre nach Guelph und gehe in die Kathedrale und frage nach Pater Hofstrader. Die Kathedrale »Unsere Jungfrau der immerwährenden Hilfe«. Sie ist so groß, dass Du den Namen nicht brauchst. Pater Hofstrader. Er wird wissen, was zu tun ist. C. kann ich nicht darum bitten, und ich will nicht, dass er es je erfährt. Pater H. weiß Bescheid, und ich habe ihn gefragt, und er sagt, es ist möglich, mir zu helfen. Marlene, bitte tu das, Gott segne Dich. Nichts über Dich.

C. Das musste ihr Mann sein. Er weiß es nicht. Natürlich nicht.

Pater Hofstrader.

Nichts über mich.

Es stand mir frei, das zu zerknüllen und wegzuwerfen, sobald ich auf die Straße gelangte. Was ich auch tat, ich warf den Umschlag fort und sah zu, wie der Wind ihn in den Rinnstein der University Avenue wehte. Dann fiel mir ein, dass der Brief gar nicht in dem Umschlag war; er steckte immer noch in meiner Tasche.

Ich nahm mir vor, nie wieder in das Krankenhaus zu gehen. Und nie nach Guelph zu fahren.

Kit, so hieß ihr Mann. Jetzt erinnerte ich mich. Sie gingen segeln. Christopher. Kit. Christopher. C.

Als ich nach Hause kam, ertappte ich mich dabei, dass ich mit dem Fahrstuhl in die Garage hinunterfuhr und nicht hoch zu meiner Wohnung. So angezogen, wie ich gerade war, stieg ich in mein Auto, fuhr hinaus auf die Straße und schlug die Richtung zum Gardiner Expressway ein.

Der Gardiner Expressway, dann Highway 427, dann Highway 401. Inzwischen hatte der Berufsverkehr eingesetzt, eine schlechte Zeit, um aus der Stadt zu gelangen. Ich hasse es, dann zu fahren, und tue es zu selten, um mich dabei sicher zu fühlen. Mein Tank war nicht einmal mehr halb voll, und darüber hinaus musste ich auf die Toilette. In der Gegend von Milton, dachte ich, kann ich vom Highway runterfahren, auftanken, auf die Toilette gehen und mir alles noch mal überlegen. Im Augenblick konnte ich nichts weiter tun als das, was ich tat, nach Norden und dann nach Westen fahren.

Ich bog nicht ab. Ich ließ die Ausfahrt nach Mississauga und die Ausfahrt nach Milton hinter mir. Ich sah ein Schild, das mir sagte, wie viele Kilometer es bis Guelph waren, rechnete sie im Kopf grob in Meilen um, wie ich es immer tun muss, und kam zu dem Schluss, dass mein Benzin reichen würde. Die andere Ausrede, die ich mir überlegte, um nicht anhalten zu müssen, war, dass die Sonne dann noch tiefer stehen und mich blenden würde, sobald ich aus dem Dunst hinausgelangt war, der selbst bei schönstem Wetter über der Stadt liegt.

An der ersten Tankstelle, nachdem ich die Abzweigung nach Guelph genommen hatte, hielt ich an und ging mit steifen, zittrigen Beinen auf die Damentoilette. Danach tankte ich und fragte beim Bezahlen nach dem Weg zur Kathedrale. Die Anweisungen waren nicht sehr klar, aber mir wurde gesagt, sie stehe auf einem Hügel und sei von überall in der Stadtmitte zu finden.

Was natürlich nicht stimmte. Obwohl ich sie von fast überallher sehen konnte. Eine Schar zarter Fialen, die sich aus vier herrlichen Türmen erhoben. Ein schönes Bauwerk, wo ich nur ein mächtiges erwartet hatte. Es war sicher auch mächtig, eine große, beherrschende Kathedrale für eine so relativ kleine Stadt (obwohl mir später jemand sagte, dass es eigentlich gar keine Kathedrale war).

Konnte das die Kirche sein, in der Charlene geheiratet hatte?

Nein. Natürlich nicht. Sie war in ein Ferienlager der Vereinigten Kirche geschickt worden, und es hatte dort keine katholischen Mädchen gegeben, wenn auch eine ganze Reihe verschiedener Protestantinnen. Und dann war da noch die Sache mit C., der nichts wusste.

Sie hätte insgeheim konvertieren können. Seitdem.

Ich fand ohne weiteres den Parkplatz der Kathedrale, saß da und überlegte, was ich tun sollte. Ich hatte eine sportliche Hose und eine Jacke an. Meine Vorstellung von dem, was in einer katholischen Kirche – einer katholischen Kathedrale – erwartet wurde, war so veraltet, dass ich nicht einmal genau wusste, ob ich korrekt gekleidet war. Ich versuchte mich an Besichtigungen großer Kirchen in Europa zu erinnern. War da nicht etwas mit bedeckten Armen? Kopftüchern, Röcken?

Welch eine helle, tiefe Stille oben auf diesem Hügel herrschte. Es war April, an den Bäumen war noch kein Blatt zu sehen, aber die Sonne stand immerhin schon hoch am Himmel. Schnee, grau wie das Pflaster, lag noch in einem flachen Wall auf dem Parkplatz.

Die Jacke, die ich trug, war zu leicht für den Abend, oder vielleicht war es hier kühler, der Wind stärker als in Toronto.

Die Kirche konnte um diese Zeit bereits abgeschlossen sein, leer und abgeschlossen.

Das große Hauptportal schien es zu sein. Ich ging gar nicht erst die Stufen dahin hinauf, um es zu probieren, sondern beschloss, zwei alten Frauen – nicht älter als ich – zu folgen, die gerade die lange Treppe von der Straße heraufgekommen waren, jene Portalstufen vollkommen außer Acht ließen und einer bequemeren Seitentür zustrebten.

Drinnen befanden sich noch weitere Menschen, vielleicht zwei oder drei Dutzend, aber ich hatte nicht das Gefühl, dass sie zu einem Gottesdienst versammelt waren. Sie saßen hier und da in den Kirchenbänken, einige knieten, einige plauderten. Die Frauen vor mir tauchten die Hand kurz ins marmorne Weihwasserbecken, ohne überhaupt hinzuschauen, und begrüßten – mit recht lauter Stimme – einen Mann, der Körbe auf einem Tisch aufstellte.

»Sieht draußen viel wärmer aus, als es ist«, sagte eine von ihnen, und der Mann erwiderte: »Der Wind beißt einem die Nase ab.«

Ich erkannte die Beichtstühle. Wie einzelne kleine Hütten oder große Kinderspielhäuser im gotischen Stil, mit viel dunklem Schnitzwerk und dunkelbraunen Vorhängen. Überall sonst leuchtete und glänzte es. Das hohe Deckengewölbe strahlte in fast himmlischem Blau, an den anderen Deckengewölben – jenen, die mit den Außenmauern verbunden waren – prangten Heiligenbilder in goldfarbenen Medaillons. Die Sonne fiel zu dieser Tageszeit auf die hohen bunten Fenster und verwandelte sie in Säulen aus Juwelen. Ich ging möglichst unauffällig einen Gang hinunter und versuchte, einen Blick auf den Altar zu werfen, aber da der Altarraum sich in der westlichen Wand befand, war er so hell, dass ich nichts erkennen konnte. Über den Fenstern sah ich jedoch gemalte Engel. Scharen von Engeln, alle frisch, zart und rein wie Licht.

Es war ein höchst beeindruckender Ort, aber niemand schien davon überwältigt zu sein. Die plaudernden Damen plauderten weiter, leise, aber nicht im Flüsterton. Andere verneigten und bekreuzigten sich gewohnheitsmäßig, knieten sich dann hin und widmeten sich ihrem Anliegen.

Wie ich es auch tun müsste. Ich schaute mich nach einem Priester um, aber es war keiner zu sehen. Priester hatten offenbar wie andere Menschen auch eine geregelte Arbeitszeit. Sie fuhren nach Hause, gingen in ihre Wohnzimmer oder Büros oder Arbeitszimmer, stellten den Fernseher an und knöpften den Kragen auf. Holten sich was zu trinken und hofften, es würde was Schönes zum Abendessen geben. Wenn sie in die Kirche kamen, dann waren sie im Dienst. In ihrer Amtstracht, bereit für ein Ritual. Die Messe?

Oder um die Beichte abzunehmen. Aber dann konnte man nie wissen, wann sie da waren. Betraten und verließen sie ihren vergitterten Sitz nicht durch eine Geheimtür?

Ich musste jemanden fragen. Der Mann, der die Körbe verteilt hatte, schien nicht aus rein privaten Gründen hier zu sein, obwohl er offenbar kein Kirchendiener war. Es brauchte auch niemand einen Kirchendiener. Die Leute suchten sich aus, wo sie sitzen oder knien wollten und beschlossen manchmal, aufzustehen und sich einen anderen Platz zu suchen, vielleicht, weil sie das grelle Juwelengeglitzer der Sonne störte. Als ich ihn ansprach, flüsterte ich aus alter Gewohnheit, und er musste mich bitten, es zu wiederholen. Ratlos und verlegen wies er mit wackligem Kopfnicken zu einem der Beichtstühle. Ich musste konkreter und überzeugender werden.

»Nein, nein. Ich möchte nur mit einem Priester sprechen. Ich bin hergeschickt worden, damit ich mit einem Priester spreche. Einem Priester namens Pater Hofstrader.«

Der Körbe-Mann verschwand einen Gang auf der anderen Seite hinunter und kehrte nach kurzer Zeit mit einem energisch ausschreitenden korpulenten jungen Priester in normalem schwarzen Habit zurück.

Der wies mich in ein Zimmer, das mir zuvor nicht aufgefallen war – eigentlich kein Zimmer, denn wir gingen durch einen Torbogen, nicht durch eine Tür – und das sich im hinteren Teil der Kirche befand.

»Hier drinnen können wir reden«, sagte er und rückte mir einen Stuhl zurecht.

»Pater Hofstrader ...«

»O nein, ich muss Ihnen sagen, ich bin nicht Pater Hofstrader. Pater Hofstrader ist nicht hier. Er ist im Urlaub.«

Einen Augenblick lang wusste ich nicht, wie nun weiter.

»Ich werde mein Bestes tun, um Ihnen zu helfen.«

»Da ist eine Frau«, sagte ich, »eine Frau, die im Sterben liegt, im Princess Margaret Hospital in Toronto ...«

»Ja, ja. Wir kennen das Princess Margaret Hospital.«

»Sie bittet mich – ich habe hier einen Brief von ihr – sie möchte Pater Hofstrader sehen.«

»Ist sie ein Mitglied dieser Gemeinde?«

»Das weiß ich nicht. Ich weiß nicht, ob sie katholisch ist oder nicht. Sie kommt von hier. Aus Guelph. Sie ist eine Freundin, die ich seit vielen Jahren nicht gesehen habe.«

»Wann haben Sie mit ihr gesprochen?«

Ich musste erklären, dass ich nicht mit ihr gesprochen hatte, sie hatte geschlafen, aber den Brief an mich hinterlegt.

»Aber Sie wissen nicht, ob sie katholisch ist?«

Er hatte eine aufgesprungene wunde Stelle am Mundwinkel. Sie musste ihm beim Sprechen weh tun.

»Ich meine, sie ist katholisch, aber ihr Mann nicht, und er weiß nicht, dass sie es ist. Sie will nicht, dass er es erfährt.«

Ich sagte das, weil ich ein wenig Klarheit schaffen wollte, auch wenn ich nicht genau wusste, ob es stimmte. Ich hatte die Befürchtung, der Priester könnte sonst bald jedes Interesse verlieren. »Pater Hofstrader muss das alles gewusst haben«, sagte ich.

»Sie haben nicht mit ihr gesprochen?«

Ich sagte, dass sie unter Medikamenten gestanden habe, aber

das sei nicht ständig so, und ich sei überzeugt, sie habe Phasen der Klarheit. Auch das betonte ich, weil ich es für notwendig hielt.

»Wenn sie die Beichte ablegen möchte, dann steht im Princess Margaret immer ein Priester zur Verfügung.«

Ich wusste nicht, was ich weiter sagen sollte. Ich holte den Brief heraus, strich ihn glatt und gab ihn ihm. Ich sah, dass die Schrift längst nicht so lesbar war, wie ich gedacht hatte. Nur im Vergleich zu den Buchstaben auf dem Umschlag.

Er verzog das Gesicht.

»Wer ist dieser C.?«

»Ihr Mann.« Ich hatte Angst, er könnte sich nach dem Namen ihres Mannes erkundigen, um sich mit ihm in Verbindung zu setzen, aber nein, er fragte nach dem von Charlene. Von dieser Frau, sagte er.

»Charlene Sullivan.« Ein Wunder, dass mir ihr Familienname einfiel. Und für einen Augenblick war ich beruhigt, denn es war ein Name, der katholisch klang. Natürlich hieß das, dass der Ehemann der Katholik war. Aber der Priester konnte daraus schließen, dass er vom Glauben abgefallen war, was Charlenes Geheimnistuerei verständlicher und ihre Bitte umso dringlicher machte.

»Weshalb braucht sie Pater Hofstrader?«

»Vielleicht handelt es sich um etwas Besonderes?«

»Alle Beichten sind etwas Besonderes.«

Er machte Anstalten aufzustehen, aber ich blieb, wo ich war. Er nahm wieder Platz.

»Pater Hofstrader ist beurlaubt, aber in der Stadt. Ich könnte ihn anrufen und dazu befragen. Wenn Sie darauf bestehen.«

»Ja. Bitte.«

»Ich störe ihn nicht gern. Es geht ihm nicht gut.«

Ich sagte, wenn seine Gesundheit es nicht erlaube, selbst zu fahren, könne ich ihn nach Toronto fahren.

»Wir können gegebenenfalls für seinen Transport sorgen.«

Er blickte sich um und fand nicht, was er suchte. Er zog einen

Füller aus der Tasche und beschloss dann, dass er die Rückseite des Briefes zum Schreiben benutzen konnte.

»Wenn Sie mir nur noch sagen würden, ob ich den Namen richtig verstanden habe. Charlotte …«

»Charlene.«

Geriet ich nicht in Versuchung, im Laufe dieses ganzen Palavers? Nicht ein einziges Mal? Man sollte meinen, ich hätte mich öffnen können, so klug sein können, mich zu öffnen, angesichts dieser ungeheuren, wenn auch trügerischen Vergebung. Doch nein. Sie ist mir nicht bestimmt. Was geschehen ist, ist geschehen. Trotz der Engelsscharen, der Tränen aus Blut.

Ich saß im Auto, ohne dass ich daran dachte, den Motor anzustellen, obwohl es inzwischen eisig kalt war. Ich wusste nicht, was ich als Nächstes tun sollte. Das heißt, ich wusste, was ich tun konnte. Den Weg zum Highway suchen und mich dem leuchtenden, unaufhörlichen Autostrom nach Toronto anschließen. Oder ein Hotel zum Übernachten suchen, wenn ich der Meinung war, nicht genug Kraft für die Fahrt zu haben. Die meisten Hotels stellen einem eine Zahnbürste zur Verfügung oder weisen einem den Weg zu einem Automaten, wo man eine bekommen kann. Ich wusste, was notwendig und möglich war, aber es überstieg für den Augenblick meine Kräfte, es zu tun.

Die Motorboote auf dem See waren angewiesen, dem Ufer ein ganzes Stück weit fernzubleiben. Und das besonders vor unserem Gelände, damit die Wellen, die sie hervorriefen, uns nicht beim Schwimmen beeinträchtigten. Aber an jenem letzten Morgen, jenem Sonntagmorgen, lieferten sich zwei davon ein Wettrennen und kurvten nah heran – natürlich nicht bis zum Floß, aber nah genug, um Wellen auszulösen. Das Floß wurde herumgeschleudert, und Pauline stieß einen Schrei des Vorwurfs und der Verärgerung aus. Die Boote machten viel zu viel Krach, als dass ihre Fahrer den hören konnten, außerdem hatten sie ohnehin schon eine große Welle ausgelöst, die auf das Ufer zurollte. Ihre Wucht trug die meisten von uns entweder empor oder riss uns von den Beinen.

Charlene und ich verloren den Grund unter den Füßen. Wir hatten dem Floß den Rücken zugewandt, denn wir achteten nur auf Verna, die auf uns zukam. Wir standen in Wasser, das uns bis zu den Achseln reichte, und kaum, dass wir Paulines Schrei hörten, wurden wir auch schon hoch- und dann hinuntergeschleudert. Wir mögen aufgekreischt haben wie viele andere, erst vor Schreck und dann aus Jux, als wir wieder stehen konnten und die Welle an uns vorbei war. Die Wellen, die danach kamen, waren nicht mehr so stark, so dass wir uns gegen sie halten konnten.

In dem Augenblick, in dem wir überrollt wurden, war Verna auf uns zugestürzt. Als wir mit triefenden Gesichtern und fuchtelnden Armen auftauchten, schwebte sie ausgestreckt unter der Wasseroberfläche. Um uns herum schrien und kreischten alle in einem Tumult, der sich verstärkte, als die schwächeren Wellen kamen und einige, die irgendwie den ersten Angriff versäumt hatten, so taten, als würden sie vom zweiten umgeworfen. Vernas Kopf tauchte nicht auf, obwohl sie jetzt nicht mehr reglos war, sondern sich ohne Hast, leicht wie eine Qualle, im Wasser drehte. Charlene und ich hielten die Hände auf ihr, auf ihrer Gummibadekappe.

Das kann ein Unfall gewesen sein. Als hätten wir uns, um unser Gleichgewicht zu finden, an diesem großen Gummiding ganz in unserer Nähe festgehalten, ohne dass uns klarwurde, was es war oder was wir taten. Ich habe alles genau bedacht. Ich glaube, man hätte uns vergeben. Kleine Kinder. In Panik.

Ja, ja. Wussten nicht, was sie taten.

Ist das auch wirklich wahr? Es ist wahr in dem Sinn, dass wir anfangs keinen Entschluss fassten. Uns nicht in die Augen sahen und beschlossen, das zu tun, was wir im Folgenden absichtlich taten. Absichtlich, denn unsere Blicke trafen sich, als Vernas Kopf versuchte, aus dem Wasser aufzutauchen. Ihr Kopf wollte unbedingt auftauchen, wie ein Kloß in der Brühe. Der Rest ihres Körpers machte sinnlose, schwache Abwärtsbewegungen, aber der Kopf wusste, was zu tun war.

Unsere Hände hätten von dem Gummikopf, der Gummibadekappe abgleiten können, wäre sie nicht durch das erhabene Muster weniger rutschig gewesen. Ich kann mich genau an ihre Farbe erinnern, an dieses fade Hellblau, aber nicht an ihr gesamtes Muster – ein Fisch, eine Nixe, eine Blume –, dessen Kanten sich in meine Handflächen gruben.

Wir sahen uns weiterhin an, Charlene und ich, statt auf das hinunterzuschauen, was unsere Hände taten. Charlenes Augen waren geweitet und glitzerten freudig, wie meine wahrscheinlich auch. Ich glaube nicht, dass wir das Gefühl hatten, etwas Böses zu tun, und darin triumphierten. Eher, als täten wir genau das, was – zu unserer eigenen Verblüffung – von uns verlangt wurde, als sei das der Gipfel, der absolute Höhepunkt unseres Lebens, unseres Ichbewusstseins.

Wir waren zu weit gegangen, um noch umzukehren, könnte man sagen. Uns blieb keine Wahl. Aber ich schwöre, dass es diese Wahl für uns gar nicht gab, dass sie uns nicht in den Sinn kam.

Das Ganze dauerte wahrscheinlich nicht länger als zwei Minuten. Drei? Oder anderthalb?

Es mutet etwas übertrieben an, zu sagen, dass die bedrückenden Wolken genau in dem Augenblick aufrissen, aber irgendwann – vielleicht, als die Motorboote herankurvten oder als Pauline aufschrie oder als die erste Welle eintraf oder als das Gummiding unter unseren Händen aufhörte, einen eigenen Willen zu haben – brach die Sonne hervor, Eltern tauchten am Strand auf, Rufe erschollen, wir sollten alle mit dem Unfug aufhören und aus dem Wasser kommen. Mit dem Baden war es vorbei. Für diesen Sommer vorbei, für die von uns, die zu weit weg vom See oder von einer öffentlichen Badeanstalt wohnten. Private Swimmingpools gab es nur in Filmillustrierten.

Wie schon gesagt, lässt mein Gedächtnis mich im Stich, wenn

es zum Abschied von Charlene und zum Einsteigen ins Auto meiner Eltern kommt. Weil es ohne Belang war. In dem Alter gehen Dinge zu Ende. Man ist darauf eingestellt, dass sie zu Ende sind.

Ich bin mir sicher, dass wir nichts so Banales oder Beleidigendes oder Unnötiges sagten wie *Nichts verraten.*

Ich kann mir vorstellen, dass Besorgnis aufkam, aber nicht so schnell um sich griff, wie sie es ohne konkurrierende Dramen getan hätte. Ein Kind hat eine Sandale verloren, eins der kleinsten Mädchen jammert laut, dass es von den Wellen Sand im Auge hat. Nahezu mit Sicherheit muss ein Kind sich übergeben, von der Aufregung im Wasser oder von der Aufregung der eintreffenden Familien oder von zu raschem Verzehr geschmuggelter Süßigkeiten.

Und bald, aber nicht sofort, geht in all dem Trubel die Angst um, dass jemand fehlt.

»Wer?«

»Eine von den Sonderlingen.«

»Verflixt. Hab ich's doch gewusst.«

Die Betreuerin der Sonderlinge rennt immer noch in ihrem geblümten Badeanzug herum, das Puddingfleisch an ihren dicken Armen und Beinen wabbelt. Ihre Stimme ist verstört und weinerlich.

Jemand soll im Wald nachsehen, den Weg rauflaufen, ihren Namen rufen.

»Wie ist denn ihr Name?«

»Verna.«

»Warte mal.«

»Was denn?«

»Ist da draußen nicht was im Wasser?«

Aber ich glaube, da waren wir schon fort.

Die Liebe

Mein erster Freund hieß Hansi. Er hatte dünnes braunes Haar, große erschrockene Augen und einen kleinen Spitzmausmund, und ich hatte mich in ihn verliebt, als er mir im Bus auf der Heimfahrt von einer evangelischen Jugendfreizeit die Geschichte vom Schulfreund erzählte, der sich vor seinen Augen vom Kölner Dom gestürzt hatte. Wir saßen ganz hinten im Bus. Hansi griff nach meiner Hand und sagte: »Ein Teil der Klasse ist auf den Dom gestiegen, die andern sind unten geblieben, ich auch. Und da kam er plötzlich angesegelt.«

Wir fuhren gerade durch Hagen im Sauerland. Es war sechs Uhr abends, es regnete, und wir waren vierzehn Jahre alt. Den Kölner Dom kannte ich von Postkarten, und Hansi beschrieb jetzt, wie der Körper durch die Luft gefallen war wie ein dunkler Vogel, sich drehte, aufschlug, wie es krachte, das Blut spritzte, die Menschen schrien. »Bis an mein Hosenbein ist es gespritzt«, sagte Hansi, seine Hand war kalt, und ich küßte ihn mitten auf seinen Mäusemund und dachte mir, wie es gewesen wäre, wenn meine dicke Mutter vom Kölner Dom gesprungen wäre.

Ein bißchen grauste mir bei dem Gedanken, aber ich stellte mir das gewaltige Spektakel und die aufregenden Folgen vor. Ich wäre damals meine Mutter sehr gern irgendwie losgeworden. Sie hatte immer schlechte Laune und so eine Art, mir mit nassem Spuckefinger Flecken im Gesicht wegzuwischen, mir beim Waschen zuzusehen und mit mir in einer Sprache zu reden, als wäre ich der Hofhund: »Los, hopp, jetzt aber, ab in dein Zimmer, ich will nichts mehr hören, noch ein Wort, Sonja, und es knallt.« Wenn mich damals jemand fragte: »Was willst du denn mal werden, Sonja?«, antwortete ich meist: »Waisenkind«, und wirklich war das mein größter Wunsch. Ich las alle Bücher, die vom Schicksal der Waisenkinder handelten und beneidete Waisenkinder glühend. Natürlich gab es da zunächst durchweinte Nächte und Qualen des Herzens, aber ich stellte doch rasch fest, daß es später im Leben kaum jemandem so gut ging wie gerade diesen als Kind so unglücklichen Waisen. Reichlich machte ein großherziger Onkel meist die Prügel sadistischer Nonnen im Waisenhaus wieder gut, ein verlockendes Erbe wartete, oder die verstorbene Mutter hatte plötzlich noch eine grundgute Schwester, die sich um das verlassene Kind kümmerte und es großartig behandelte, und aus Waisenkindern wurden in der Regel geachtete, gütige Mitglieder der Gesellschaft, die den Peinigern ihrer Jugend hochherzig verziehen. So weit wollte ich es allerdings nicht kommen lassen. Verzeihen wollte ich nicht, und sollte ich am Jüngsten Tag meine dicke Mutter im Himmel oder in der Hölle wiedertreffen und sie würde mir mit Spucke im Gesicht herumreiben und sagen: »Wie grauenhaft du immer aussiehst, Sonja«, dann würde ich mich abwenden wie einst Jesus von Maria und sagen: »Weib, was habe ich mit dir zu schaffen?« Meine Mutter war sehr blond, sehr stabil und kerngesund. Mein Vater trieb sich mit jungen Brünetten herum, war sportlich und trank Sekt für seinen Kreislauf. Die Aussicht, Waisenkind zu werden, war gering.

Außer Waisenkind wäre ich am zweitliebsten tot gewesen.

Oft hielt ich die Luft an, bis ich schon ganz blau im Gesicht wurde, aber im letzten Moment kam mir immer das Atmen dazwischen. Einmal habe ich mich auf die Zugschienen gelegt und mir vorgestellt, wie die Familie weinend an meinem Sarg stehen und endlich begreifen würde, daß ein Kind auch ein Mensch ist, aber es kam kein Zug, und schließlich war es mir zu kalt geworden. Der Sturz mit verbundenen Augen von der steinernen Kellertreppe brachte zwei Klammern im Kinn, ein zerschmettertes Knie, drei Wochen Krankenhaus und ein paar Ohrfeigen von meiner Mutter, die sich wieder einmal darin bestätigt sah, daß ein Kind ein emanzipiertes Frauenleben gründlich und für alle Zeit verdirbt.

Hansi erzählte mir die Geschichte vom Kölner Dom noch

vier-, fünfmal, dann wurde es langweilig, und ich verliebte mich in Rölfchen. Rölfchen war klein, kräftig, hatte strahlendblaue Augen und roch so gut, daß ich später im Leben einmal mit einem Mann für eine Nacht mitgegangen bin, nur weil er genauso roch. Damals wußten wir von solchen Leidenschaften noch nichts, aber ich schnupperte an Röllchens Hals, und er küßte mich und sagte: »Du riechst aber auch toll«, und das waren dann die Pröbchen aus der Drogerie – »Je reviens« oder »Soir de Paris«.

Rölfchen und ich saßen nachmittags in unserem Wohnzimmer, weil meine Eltern berufstätig waren. Wir hörten Radio und tranken Eckes Edelkirsch aus geschliffenen Likörgläsern, rauchten Muratti Kabinett und lasen uns aus »Vom Winde verweht« die Stelle vor, wo Rhett Butler Scarlett O'Hara auf seinen starken Armen die Treppe hochträgt. Und dann? Wir waren so sehr auf der Suche nach der Liebe, und wenn meine Mutter abends von der Arbeit kam, hatte ich verräterische hochrote Wangen. Der Aschenbecher war gespült, die Gläser standen im Schrank, das Zimmer war gelüftet, aber sie sagte:

»Mir machst du nichts vor, Sonja, hüte dich«, und beauftragte Frau Markowitz zu kontrollieren, wen ich tagsüber mit nach oben brächte. Frau Markowitz wohnte Parterre links und hatte immer die Wohnungstür angelehnt, um mitzukriegen, was im Haus so vor sich ging. Wir warteten im Kellereingang, bis ihr Mann einen Hustenanfall bekam und sie an sein Bett lief, dann konnten wir schnell an ihrer Tür vorbei nach oben huschen. Gregor Markowitz hatte sich auf Zeche Helene Amalie eine Staublunge geholt und starb nun schlechtgelaunt zu Hause vor sich hin. Er brüllte seine Frau an und schlug sie, wenn sie in Reichweite war, um sich für irgendwas zu rächen. Und sie rächte sich an mir, indem sie meiner Mutter sagte: »Ich glaube, die Sonja sitzt mit so einem Bengel halbe Tage da oben allein, richtig ist das nicht, oder? Und wenn ich klingel, machen sie nicht auf.«

Ich gewöhnte mir damals an, nicht mehr zurückzuzucken,

wenn die Hand meiner Mutter niedersauste, ich weinte auch nicht mehr. Ich hielt ganz still und dachte: das kriegt sie alles wieder, und ich träumte von der Liebe. Es MUSSTE sie einfach geben, das sah man ja an Rhett Butler und Scarlett O'Hara, und mit Rölfchen fühlte ich mich auch sehr wohl – aber war das schon die Liebe?

Meine Freunde wechselten in rascher Folge, ich legte auch Kußlisten an. Ich war ganz rasch bei Nr. 36, denn ich küßte, was mir in die Quere kam – ein Pfarrerssohn war dabei und ein Drogist, ein Angestellter in einer Eisenwarenhandlung, der achtzehn Jahre älter war als ich, und ein Franzose mit einem grünen und einem braunen Auge, den ich in der Jugendherberge kennenlernte. Beim Jahreswechsel übertrug ich die Kußdaten mit den dazugehörigen Initialen in mein neues Tagebuch. Leider konnte ich die Namen nicht ausschreiben, denn es gab nichts zum Abschließen, und meine Mutter schnüffelte hinter allem her und las auch mein Tagebuch, wann immer sie es fand. Deshalb wußte ich schon im Februar nicht mehr, wer am 14. August P. W. gewesen war – vielleicht der Schwammhändler aus Bremen, den ich in der »Venezia«-Eisdiele kennengelernt hatte und mit dem ich in »Toxi« war? Nach dem Film »Toxi« wäre ich übrigens sehr gern auch Negerkind geworden, ein interessantes, tragisches Schicksal, das mit Verkennung und Verachtung beginnt und mit Liebe endet – aber Negerkind zu werden war natürlich völlig aussichtslos, dann schon eher Waise, aber inzwischen wollte ich eigentlich auch nur noch so rasch wie möglich erwachsen werden, viel Geld verdienen, von zu Hause weggehen, nie mehr wiederkommen und endlich die Liebe kennenlernen.

Meine Mutter sagte immer: »Hör du bloß auf mit deinen saublöden Liebesgeschichten und mach lieber deine Schularbeiten.« Die Liebe, behauptete sie, sei ein Scheißdreck, ein einziger gigantischer Schwindel, und ich solle mir doch nur meinen Vater ansehen.

Ich hatte selten Gelegenheit dazu, mir meinen Vater anzusehen – er war fast nie da. Ich hörte ihn manchmal leise heimkommen, wenn ich schon im Bett lag und im dunklen Zimmer davon träumte, wie wunderbar das Leben werden würde, wäre ich nur hier erst raus. Morgens, wenn ich zur Schule ging, waren meine Eltern beide schon weg. Mein Vater ging ganz früh aus dem Haus, und meine Mutter kam in Hut und Mantel kurz vor sieben Uhr in mein Zimmer, riß die Fenster weit auf, zog mir die Bettdecke weg, steckte sie in den Kleiderschrank, drehte das Licht an und sagte: »Raus aus dem Bett. Sieben Uhr. Ich geh jetzt.« Danach knallte die Wohnungstür, weg war sie, und ich blieb noch einen Augenblick frierend liegen und versuchte, meine Füße unter mein Nachthemd zu stecken. Dann wurde es mir endgültig zu kalt, ich stand auf und wusch mich in der Küche. Nebenher aß ich das Leberwurstbrot, das meine Mutter mir hingelegt hatte, und dann ging ich zur Schule. Sonntags war mein Vater manchmal zu Hause. Er lag dann auf dem Küchensofa, eine Zeitung über dem Gesicht, wohl um uns nicht sehen zu müssen, und hörte die Sportberichte im Radio. Ich saß am Tisch über meinen Schulaufgaben, aber in Wirklichkeit schielte ich zu ihm hin – er hatte schöne kleine Hände und trug auch im Haus immer tipptopp gebügelte, blauweiß gestreifte Hemden, die er in einer Wäscherei waschen und bügeln ließ, weil meine Mutter sagte: »Sonst noch was.« Einmal hatte er sie gebeten, ihm einen Knopf anzunähen, und sie hatte geantwortet: »Laß das doch eins von deinen Flittchen machen«, und damit war der Fall ein für allemal erledigt. Manchmal kitzelte ich meinen Vater am Fuß – er trug immer dunkelblaue Baumwollsocken –, und dann wackelte er mit den Zehen und sagte unter seiner Zeitung hervor: »Wer kann das wohl gewesen sein?«, und meine Mutter zog mich an den Haaren und sagte: »Laß das gefälligst.« Sie klapperte möglichst laut in der Küche herum, und schließlich nahm er die Zeitung vom Gesicht, zwinkerte mir kurz zu, seufzte, zog seine Schuhe wieder an und ging. Ich sah ihn selten, aber er roch gut, war freundlich mit mir und schlug mich nie. Ich weiß noch, daß mein Vater, obwohl er eher klein und zierlich war und schütteres Haar hatte, eine unerklärlich starke Wirkung auf Frauen ausübte – sie sahen ihn jedenfalls entzückt an, fanden ihn charmant und sagten: »Walter, was du für schöne blaue Augen hast«. Auf meine Mutter hatte er diese Wirkung natürlich nicht, oder vielleicht nicht mehr, denn irgendwann muß da ja mal was gewesen sein, dachte ich, sonst könnte es mich doch nicht geben. Aber als ich einmal an einem ziemlich friedlichen Abend, als im Radio ein Hörspiel mit René Deltgen lief, dessen Stimme meine Mutter mochte, so ganz nebenbei die Frage stellte: »Du und Papa, habt ihr euch eigentlich früher geliebt?«, da stand meine Mutter abrupt auf, drehte das Radio aus und sagte: »Marsch ins Bett, Sonja, und keine blöden Fragen bitte.«

In dieser Familie bekam man einfach nichts erklärt, und die Liehe war hier gänzlich unbekannt, soviel war mir inzwischen klar.

Eines Sonntagnachmittags kam ich aus der Eisdiele, wo ich einen rothaarigen Geiger geküßt hatte, und schon von weitem sah ich, daß bei unserem Haus etwas los war. Aus dem zweiten Stock, wo wir wohnten, flogen Gegenstände auf die Straße: ein paar Schuhe, der eine hierhin, der andere dorthin, eine Jacke breitete ihre Ärmel aus und trudelte zu Boden, eine Hose mit flatternden Beinen folgte, ein paar gefaltete, gebügelte Hemden kamen nach. Unten stand mein Vater, sammelte alles auf und rief: »Hilde, nun laß es doch!«, und oben sah ich die Hände meiner Mutter, wie sie Socken und Unterwäsche aus dem Fenster schleuderten, und ich hörte ihre Stimme: »Laß dich ja nicht mehr hier blicken!« Die Markowitz stand bei meinem Vater, half ihm aufsammeln und sagte: »Mein Gott, so vor allen Leuten, die hat sie ja nicht alle, Ihre Frau«, und mein Vater sagte, als ich näher kam: »Sonja, geh ins Haus.« Ich blieb aber stehen und sah zu, wie er die Sachen in sein Auto trug, sie auf den Rücksitz warf und einstieg. Dann kurbelte er noch mal das Fenster runter, sah mich an mit seinen blauen Augen, grinste ein bißchen und sagte: »Das war's dann wohl. Sie will es ja nicht anders. Laß dich nicht unterkriegen, Sonja, ich komm ab und zu mal vorbei.«

Er fuhr ab, und ich habe ihn erst acht Jahre später wiedergesehen, als er tot und blau angelaufen in der Leichenhalle aufgebahrt lag und eine junge Frau um ihn weinte und seine Hand hielt. Als ich dazukam, zog sie ihm den Siegelring ab, den er von seinem Vater geerbt hatte und immer am kleinen Finger trug, gab ihn mir und sagte: »Der ist für dich.« Jahre später habe ich diesen Ring in einem Hotel liegenlassen und nicht wieder zurückbekommen.

Mein Vater hatte uns nun also verlassen, und kurz darauf wurde meine Mutter krank und mußte für Wochen in eine Klinik. »Waisenkind!« dachte ich, aber inzwischen war das Zimmer meines Vaters schon an eine Lehrerin vermietet, die Befehl hatte, auf mich aufzupassen. Die Lehrerin hatte ein Verhältnis mit einem verheirateten Mann, das sie so in Anspruch nahm, daß das Aufpassen ziemlich flüchtig ausfiel. Er kam nur am Wochenende – er lebte in einer anderen Stadt –, und dann gingen sie von Samstag auf Sonntag in ein Hotel. Das hatte meine Mutter sich ausbedungen – »Wegen dem Kind«. In der Zeit saß ich in ihrem Zimmer und las die Briefe, die der verheiratete Mann ihr schrieb und mit denen sie sich Abend für Abend zurückzog, nie ohne zwei Flaschen Wein dazu zu trinken. Die Briefe waren zwischen ihrer Wäsche versteckt und mit Schreibmaschine geschrieben, deshalb konnte ich sie leicht lesen. »Mein Hase«, schrieb er, »mein einziger Hase, Du, mit Deinem weichen Fell, an das ich denke und in das ich meine Nase stecken möchte.« Die Lehrerin hatte struppiges braunes Haar, das nicht nach Hasenfell aussah, aber wahrscheinlich verdrehte die Liebe die Tatsachen.

Leider wurde meine Mutter wieder gesund und schlug zu wie eh und je. Sie und die Lehrerin saßen stundenlang abends in der Küche und redeten über die Männer, und der Geliebte brachte an den Wochenenden scheußliche Geschenke mit – langstielige Nelken mit Zittergras, ein Pfund Bohnenkaffee, ein *Wester-*

manns Monatsheft von Borkum oder eine große Flasche Uralt Lavendel, die die Lehrerin meiner Mutter schenkte, weil sie dagegen allergisch war. Meine Mutter, die extrem geizig war, hatte eine Schublade, in der solche Geschenke verschwanden und bei Gelegenheit weiterverschenkt wurden. Weihnachten sagte dann Tante Gerta angesichts der Flasche Uralt Lavendel: »Mein Gott, Hilde, das wär doch nicht nötig gewesen«, und meine Mutter sagte: »Laß nur, Gerta, es ist ja schließlich Weihnachten.«

Tante Gerta lebte allein und hatte nie einen Mann gehabt. In meiner ganzen Familie gab es nicht eine einzige richtige Ehe: der Mann von Tante Rosi war im Krieg gefallen, Onkel Otto war Witwer, Tante Maria saß im Rollstuhl, und Onkel Hermann mußte sie waschen und füttern. Meine Kusine Ludmilla hatte ein uneheliches Kind von einem Rechtsanwalt und lebte bei Tante Rosi, und Onkel Heinz und Tante Tussi redeten seit Kriegsende nicht mehr miteinander. Sie schrieben sich manchmal unumgänglich wichtige Mitteilungen wie »Neuer Krankenschein fällig« oder »Heizung ist kaputt« auf kleine Zettel, aber sie hatten beschlossen, aus welchem Grund auch immer, nie mehr miteinander zu reden und halten das, glaube ich, noch heute durch. Aber vielleicht sind sie auch inzwischen tot, ich weiß es nicht, ich habe zu dieser Familie keinen Kontakt mehr.

Die Liebe war also da nicht zu finden für ein inzwischen fast fünfzehnjähriges Mädchen – aber dann kam James Dean.

Nein, vor James Dean kam lrma, und Irma war meine erste richtige Freundin.

Irma war aus Tübingen in unsere Stadt gekommen und in meiner Klasse gelandet, bei diesen dummen reichen Mädchen und den häßlichen alten Lehrerinnen, die uns mit Linealen auf die Arme schlugen und von ihren Verlobten träumten, die allesamt im Krieg gefallen waren. Irma setzte sich neben mich, und wir verstanden uns vom ersten Tag an. Wir konnten über alles miteinander reden, über das Leben und die Liebe, über Gedichte und Katzen, über die Schule und das Älterwerden und warum man einen Busen haben mußte und über die Träume, die wir für unser Leben hatten. Nur über meine Probleme mit meiner Mutter konnte ich mit Irma nicht reden, denn immer wenn ich damit anfing, riß sie die Augen auf und sagte: »Aber es ist doch deine MUTTER!« Ich konnte ihr einfach nicht klarmachen, daß das nichts bedeutete und daß ich es mit einem Feind zu tun hatte. Irmas Mutter war ganz anders. Sie war jung und immer gutgelaunt, lag bis mittags im Bett, trank Kaffee, rauchte und las Illustrierte. Oft ging ich nach der Schule mit Irma nach Hause – bei uns war ja sowieso nie jemand –, und dann rief sie: »Was, verdammt, ist das schon wieder so spät?« Sie gab Irma einen Kuß und mich ließ sie an ihrer bernsteinfarbenen Zigarettenspitze ziehen. Dann stieg sie seufzend aus dem Bett, reckte sich, gähnte laut und verschwand im Bad, von wo wir sie laut singen hörten: »Solang noch nicht die Hose am Kronleuchter hängt, sind wir noch nicht richtig in Schuß, solang noch nicht die Hose am Kronleuchter hängt, da schmeckt uns kein Sekt und kein Kuß!« Irma und ich brieten uns in der Küche Spiegeleier, und auf dem Tisch saß die dicke Katze Pepi und leckte die Teller blank. Meine Mutter haßte Tiere, und bei uns zu Hause wurde nicht geküßt, nicht geraucht und nicht gesungen. Irgendwann kam dann Irmas Mutter aus dem Bad und rief: »Na?« und stemmte die Hände in die Hüften. Sie sah toll aus: sie trug ein geblümtes Kleid, hatte die Haare hochgesteckt und hochhackige Schuhe angezogen, sie war geschminkt und roch nach Puder und Parfüm. So wollte ich auch werden, wenn ich nur endlich erwachsen wäre. Irmas Mutter setzte einen Hut auf, nahm eine Tasche und ging zum Einkaufen, und Irma und ich lagen auf dem Wohnzimmerteppich und redeten über die Liebe. Irma träumte von einem ganz besonderen Mann, mir war jeder recht, der mich von zu Hause weggeholt hätte, und wenn Irmas Mutter vom Einkaufen zurückkam, fragten wir sie über die Männer aus. Sie lachte und sagte: »Liebe macht schön!« oder »Männer sind eine wunderbare Angelegenheit«, aber das brachte uns auch nicht weiter. Dann zog sie das geblümte Kleid aus und einen violetten Morgenrock aus Satin an, steckte sich eine neue Zigarette in die bernsteinfarbene Spitze und spielte mit uns Karten. Pepi lag auf ihrem Schoß und schnurrte, und ich fragte: »Können Sie mich nicht adoptieren?« Aber abends mußte ich wieder nach Hause, zu Wirsing durcheinander mit Mettwurst. Meine Mutter kochte immer für den Tag vor, und ich hatte nur dafür zu sorgen, daß die Sachen rechtzeitig im Klo verschwanden, ehe sie von der Arbeit kam. Dabei mußte man aufpassen, daß die Mettwurst- oder Speckstückchen nicht oben schwammen, aber ich hatte schon Routine, und es sah immer so aus, als hätte ich alles aufgegessen. Meine Mutter sah zufrieden in die leeren Töpfe und sagte: »Na bitte, es geht doch!«, und ich dachte: »Wenn du wüßtest. Es geht eben nicht.« Und dann ging ich früh ins Bett, um zu lesen, aber auch, damit wir nicht wieder Streit bekamen. Ich las alle Bücher, in denen etwas mit Liebe vorkam, besonders aufmerksam, aber es war kein System zu erkennen, wie Liebe denn nun funktionierte. Irmas Mutter lachte über uns und fand, wir könnten uns ruhig noch ein bißchen Zeit lassen, das käme alles früh genug, »und hoffentlich«, sagte sie einmal, »verliebt ihr euch nicht mal in denselben, sonst gibt es Mord und Totschlag!« So ähnlich kam es dann ja auch, aber ohne Mord und Totschlag, und trotzdem blieb ich allein zurück.

Bei Irma zu Hause gab es keinen Vater. Er war aber nicht eines Tages einfach verschwunden, es hatte nie einen gegeben, und aus Irmas Mutter war nichts herauszukriegen. »Aus und vorbei«, war ihr einziger Kommentar, wenn Irma danach fragte. »Du hast mich, mein Schatz, das muß dir genügen.« – »Waren Sie denn in ihn verliebt?« fragte ich, und sie verdrehte die Augen, nahm einen Schluck Kaffee und sagte: »Das will ich meinen.« – »Wenn es wirklich die Liebe ist«, fragte ich, »woran merkt man das denn dann?« – »An allem«, sagte sie und sah lange aus dem Fenster.

Eines Nachmittags im April 1955 ging Irmas Mutter mit uns ins Kino. Es war ein Mittwoch, es war sechzehn Uhr, das Kino hieß Lichtburg und der Film »Jenseits von Eden«. In dem Film kämpften zwei Brüder um die Liebe ihres Vaters und um die Liebe eines Mädchens namens Abra. Der eine der beiden Brüder hieß Cal, und wir hielten zwei Stunden lang die Luft an. Hier war sie, endlich, hier war die Liebe: Cal hatte ein Gesicht, weich und hochmütig, verletzlich, reizbar, mürrisch, sensibel, er konnte weinen und war doch ein Mann, der schönste Mann, den wir je gesehen hatten, und auch der erste neben all den Jungen, die wir küßten und kannten. Als wir aus dem Kino kamen, waren wir keine kleinen Mädchen mehr, und Irmas Mutter wischte sich die Augen, atmete tief und sagte: »Das war James Dean.«

An diesem Abend ging ich nicht nach Hause. Ich saß mit Irma in der dunklen Küche, während ihre Mutter längst schlief, und wir redeten über Cal, wir wollten einen Bruder, einen Liebsten, einen Freund, einen Vater wie ihn. Wir weinten und liefen hin und her, wir entwarfen einen Brief an ihn, wir verfluchten Aron und den Vater, der nichts, nichts verstand, wir waren erschüttert, überwältigt, verliebt, getröstet: das, wonach wir immer gesucht hatten, gab es, gleichgültig, ob auf einer Kinoleinwand oder irgendwo in Amerika – es gab diesen James Dean, und er stand vielleicht gerade an eine Wand gelehnt, hatte die Augen geschlossen und fühlte und dachte dasselbe wie wir.

Ab sofort interessierten uns die Jungen aus der Schule, aus der Eisdiele, aus der Tanzstunde nicht mehr, die wie eckige Kälber um uns herumstanden, und als mein derzeitiger Freund Christian mir einen selbstgehämmerten flachen Kupferring mit seinen Initialen schenkte, trug ich ihn zwar, ritzte aber innen mit einer Nagelschere J. D. ein und erzählte das nur Irma. Irma wurde immer stiller. Sie verzehrte sich nach James Dean, aber ich hatte eher das Gefühl, nach James Dean als Vater, während ich ihn mir vorstellte als Liebhaber à la Rhett Butler, der mich schwindelnde Treppen hochtrug, und unten stand meine Mutter und schrie: »Was machen Sie da mit meiner Sonja?«, und James Dean drehte sich um und sagte: »Das ist nicht Ihre Sonja, Madame, das ist jetzt meine Sonja.« Solche Träume machten mich glücklich, aber Irma träumte anders. Sie war nicht mehr zufrieden nur mit ihrer Mutter, sie wollte immer mehr über ihren Vater wissen, und eines Tages, als wir Pfannkuchen mit Zucker und Zimt buken, sagte Irmas Mutter leichthin: »Also, dein Vater war ein bißchen so wie James Dean. Etwas größer, aber so die Art. Wir waren nur einen Abend zusammen, und danach habe ich ihn nie wiedergesehen.« Sie stand am Herd, drehte sich um und hatte ganz dunkle Augen: »Irma«, sagte sie, »ich versprech dir, daß ich dir das alles ganz genau erzähle. Aber noch nicht jetzt. Bitte.« Und wir sagten nichts mehr und würgten an den Pfannkuchen herum, oh, hätte sie doch nicht gesagt, der Vater sei ihm ähnlich gewesen …

In Filmzeitungen verfolgten wir die Affären und Liebesgeschichten von James Dean, die Dreharbeiten von »… denn sie wissen nicht, was sie tun« und »Giganten«. Wir versuchten, wie Natalie Wood, Liz Taylor oder Pier Angeli auszusehen, und wir gingen mehr als zehnmal in »Jenseits von Eden« und kannten jeden Satz.

Stundenlang spielten wir mit verteilten Rollen die Szenen aus dem Film nach, die uns am tiefsten beeindruckt hatten – wie Cal dem Vater ein Geschenk macht, und er nimmt es nicht an, wie Cal zum erstenmal die Mutter trifft und sie ihn fragt: »Was willst du eigentlich?« Das wissen Mütter ja wohl nie, die Mutter spielte ich, da kannte ich mich aus, und ich spielte auch Cal und lehnte mit mürrischem Gesicht, die Schultern hochgezogen, an der Wand, schräg von unten nach oben guckend, ein zaghaftes Grinsen im Gesicht. Irma war Abra und der Vater, der über Cal sagte: »Ich verstehe ihn nicht, ich habe ihn nie verstanden«, und dazu setzte ich mein schmerzlichstes Stirnrunzeln auf und knurrte: »Hamilton, bestellen Sie meiner Mutter, daß ich sie hasse.« Ich war auch Aron, der gute Bruder, obwohl mir der nicht so lag, aber wir brauchten ihn für die Szene, in der er Abra-Irma erzählt, daß seine Mutter gleich nach der Geburt gestorben war, und Irma hauchte mit schmelzender Stimme: »Es muß furchtbar sein, wenn man keine Mutter gehabt hat.« – »Nein«, sagte ich, »es muß toll sein. Es ist furchtbar, wenn man eine hat.« Und Irma fing an zu weinen und sagte: »Das gehört nicht zum Film, und du weißt gar nicht, wie furchtbar es ist, nie einen Vater gehabt zu haben.« Unsere Lieblingsszene war die Schlußszene, Abra und Cal am Sterbebett des Vaters, der noch im letzten Moment endlich vernünftig wird und merkt, was er an seinem Sohn Cal hat – ich hatte da in bezug auf meine Mutter nur wenig Hoffnung. Den Vater mußte Katze Pepi spielen und ganz still im Körbchen liegen, und wir beide knieten davor und umarmten uns und schluchzten, und Irma-Abra sagte: »Vielleicht ist die Liebe ja so, wie Aron sie sieht, aber es muß doch auch noch mehr dran sein ...«, und ich stand dann auf, lehnte mich wieder an die Wand, so wie dann auch Jett Rink später in »Giganten« lehnen sollte, und sagte düster: »Ich brauche überhaupt keine Liebe mehr, es kommt nichts dabei heraus. Wozu die Aufregung? Es lohnt sich nicht.«

Meist heulten wir dann beide ein bißchen, und Irma sprach über ihren Vater und ich über meine Mutter, und schließlich mußte ich nach Hause, wo meine Mutter mit der Lehrerin in der Küche saß, Reibekuchen aß und sagte: »Ach, kommt das Fräulein auch noch mal? Ich möchte wissen, wo du dich neuerdings dauernd rumtreibst, du wirst noch genau wie der Alte«, und ich zitierte Cal und sagte bitter: »Du hast recht, ich bin schlecht, das weiß ich schon lange.« Meine Mutter war verblüfft und beschwerte sich bei der Lehrerin, sie würde aus mir nicht mehr schlau, und die Lehrerin meinte, das sei nur die Pubertät und das würde sich geben. An mir prallte alles ab, seit ich wußte, daß es in anderen Familien genauso schlimm zuging wie bei uns, seit ich wußte, daß es James Dean gab.

Irmas Mutter machte sich Sorgen, weil Irma so in James Dean verliebt war, noch mehr als ich. Ich hatte irgendwie das Gefühl, James Dean zu SEIN – zu mir sagte auch dauernd jemand »Wie du wieder aussiehst!« oder »Ich versteh dich einfach nicht« oder »Mit dir hat man nur Ärger«, aber Irma hatte angefangen, ihr Leben geradezu nach James Dean auszurichten. Sie schrieb ihm täglich Briefe, sie begann ein Tagebuch, nur für ihn, sie paukte

Englisch, um mit ihm reden zu können, wenn sie ihn in Amerika treffen würde, denn natürlich sparte sie jeden Pfennig für eine Reise, um ihn zu suchen und zu besuchen. Ich hatte das Gefühl, sie war fest entschlossen, ihn irgendwie heimzuholen in die Familie, in die er gehörte.

Am 30. September 1955 um siebzehn Uhr fünfundvierzig verunglückte James Dean tödlich in seinem Porsche. Damals gab es kein Fernsehen für schnelle Meldungen, zumindest hatte niemand in unserer Bekanntschaft einen Fernsehapparat. Radio hörten wir Kinder nur Mittwoch abends, wenn Chris Howland Harry-Belafonte-Platten spielte, und Zeitung lasen wir auch nicht. Ein, zwei Tage später muß es gewesen sein, daß mir in der Eisdiele plötzlich jemand sagte: »Hast du schon gehört, James Dean ist tot.« Ich werde nie vergessen, wie dieser Satz auf mich wirkte, ich glaube, daß ich nie in meinem Leben entsetzter, versteinerter, verzweifelter war als in diesem Augenblick – nicht, als mein Vater starb, nicht, als Jahre später am Heiligabend unser Haus abbrannte, weil meine Mutter gegen den Weihnachtsbaum getreten und ihn umgeworfen hatte, nicht, als ich meine Sachen packte und für immer ging – nie wieder war ich von einer so bodenlosen Traurigkeit. »James Dean ist tot.« Ich glaubte es auch sofort, zweifelte nicht daran, fühlte geradezu, daß er weg war, für immer, es wunderte mich nicht bei einem wie ihm. Immer habe ich die Tatsache, daß ich inzwischen über vierzig Jahre alt geworden bin, als persönliches Versagen empfunden. Als ich wieder einen anderen Gedanken als »aus weg vorbei nie wieder« denken konnte, dachte ich: Irma. Es war spät am Abend, weder sie noch ich hatten Telefon, ich mußte bis zum nächsten Morgen warten. In dieser Nacht schlief ich nicht, ich saß auf einem Stuhl am Fenster und sah den Betrunkenen zu, die aus der Kneipe gegenüber torkelten. Ich hätte mich auch gern betrunken, um in so einen Zustand weicher Fallmüdigkeit zu gelangen, um zu lallen, zu fallen, nichts mehr zu fühlen und zu wissen. Ich schlich mich an den Wohnzimmerschrank mit der beleuchteten Bar und holte mir die Flasche Sherry. Es schmeckte mir nicht, aber es tat gut, wärmte, machte ein Wattegefühl im Kopf und eine pelzige schwere Zunge, und ich weiß nur noch, wie mich meine Mutter am Morgen fand, ich höre noch ihr Gezeter, fühle, wie sie mich hochreißt und ins Bett schiebt, dann muß ich lange tief geschlafen haben. Als ich wieder zu mir kam, war später Nachmittag und niemand zu Hause. Ich stand auf und wackelte ein wenig, ich fror, mir war schlecht, und ich wollte unbedingt ins Freie. Ich zog mich an, als wäre tiefster Winter, dabei schien die Herbstsonne, und das Laub fiel langsam von den Bäumen. Ich trat ein paar Kastanien vor mir her und dachte immer nur: »Was soll ich denn jetzt machen?« Das Leben konnte doch nicht einfach so weitergehen wie vorher? Der pickelige Holger aus der Parallelklasse kam mir auf dem Fahrrad entgegen, und ich betete, daß er mich nicht ansprechen möge, nicht der, nicht jetzt, aber natürlich bremste er scharf, stellte einen Fuß auf den Boden und sagte: »Ey, Sonja, hast du schon das von Hansi gehört?« Ich war an Hansi längst nicht mehr interessiert, fast war es mir sogar peinlich, eine Zeitlang mit ihm gegangen zu sein, wie man das damals nannte. Hansi war ein seltsamer Kauz, der mitten in Gesprächen plötzlich laut auflachte oder in Tränen ausbrach, und jedem erzählte er seine Geschichte mit dem Kölner Dom, wir konnten es schon alle nicht mehr hören. Ich ging einfach weiter, kickte eine Kastanie und überlegte, ob Irma wohl zu James Deans Beerdigung fahren und ihm all die Briefe und das Tagebuch ins Grab werfen würde, und die Tränen liefen mir übers Gesicht, ohne daß ich wußte, warum. »Ey«, sagte Holger, »heulst du wegen Hansi?« Ich schüttelte den Kopf und fragte, um ihn abzulenken oder loszuwerden oder einfach nur quatschen zu lassen, damit ich meine Ruhe hatte: »Was ist mit Hansi?« – »In die Klapsmühle haben sie ihn gebracht«, sagte Holger, »mit Blaulicht, gerade vor zwei Stunden. Er ist total durchgedreht, und weißt du, warum?« Armer Hansi, dachte ich, aber es wunderte mich auch nicht, seine kalten Hände, der kleine Mäusemund, die furchtsamen Augen – ganz normal war er wirklich nicht gewesen, genau deshalb hatte er mir ja damals irgendwie auch ganz gut gefallen. Ich zog den Ring mit den Initialen von Christian und James Dean vom Finger und ließ ihn heimlich in einen Gully fallen. »Warum?« fragte ich, und Holger sagte: »Man glaubt das überhaupt nicht, ist aber echt wahr, ey, direkt vor Hansi ist in der Gerswidastraße jemand vom Dach gesprungen, direkt vor seiner Nase, er soll ganz voll Blut gewesen sein, und dann soll er nicht mehr aufgehört haben zu schreien, bis sie ihn abgeholt haben. Zweimal im Leben so was, das ist ja auch ein Ding, oder?« Ich hatte plötzlich ganz weiche Knie und konnte nicht mehr stehen. Ich faßte nach Holgers Rad, lehnte mich an den Gepäckträger, und Holger sagte: »Was ist mir dir, du stinkst vielleicht nach Schnaps, bist du etwa besoffen?«

Endlich konnte ich kotzen und kotzte direkt auf Holgers Schuhe. Holger schmiß sein Rad hin und schrie und fluchte, rieb die Schuhe am Herbstlaub ab und krakeelte hinter mir her, aber ich ging oder torkelte oder bewegte mich irgendwie weiter und dachte immer nur: »Lieber Gott, wenn es dich gibt: neinneinnein, bitte: nein.«

Aber es war Irma gewesen. Ich wußte es ja auch. Irma war auf den Speicher des Hauses Gerswidastraße 89 gegangen, in dem sie mit ihrer Mutter lebte, war durch ein Speicherfenster geklettert und in die Tiefe gesprungen, fünf Stockwerke eines Altbaus aus dem vorigen Jahrhundert sind hoch genug, um ein solches Vorhaben gelingen zu lassen. Sie hatte keinen Brief hinterlassen, kein Tagebuch, nichts.

Ich bin nicht zur Beerdigung gegangen, und Irmas Mutter habe ich nur noch einmal von weitem gesehen, zwei Jahre später. Sie trug keinen Hut und kein geblümtes Kleid. Ich kam gerade aus dem Kino und hatte »... denn sie wissen nicht, was sie tun« gesehen, in dem James Dean Jim Stark spielt. Als der kleine Plato ihn fragt: »Wann, glaubst du, wird das Ende der Welt kommen?«, antwortet Jim: »Nachts. Oder im Morgengrauen.« Aber Jim weiß es auch nicht genau, nichts weiß er genau, wie auch ich nichts genau wußte und nur fühlte: alles läuft falsch, das Leben geht einen Weg mit mir, den ich nicht gehen will. Jim schreit seinen Vater an: »Ich möchte jetzt eine Antwort!«, und der Vater sagt: »In zehn Jahren blickst du zurück und wirst über dich selbst lachen.« Zehn Jahre sind längst um. Ich lache nicht.

Geliebtes Wesen

1940–1941

Die Londoner Häuser der Woolfs wurden durch Bombenabwürfe der Deutschen unbewohnbar, und Virginia und Leonard zogen sich auf Dauer nach Monk's House zurück. Vita besuchte Virginia dort dreimal, und beide dachten daran, daß jeder Besuch der letzte sein könnte. Die Luftkämpfe fanden über ihren Häusern statt. Eine deutsche Invasion Englands wurde im Sommer 1940 täglich erwartet, und Rodmell und Sissinghurst lagen beide an der vordersten Linie. Vita schickte Virginia Geschenke von ihrem Hof als Ergänzung der Lebensmittelrationen. Sie trafen sich zum letzten Mal in Rodmell am 17. Februar 1941.

24. April 1940

Ich danke Dir dafür, daß Du mich bei Dir hast sein lassen und daß Du mir gegenüber so beständig liebevoll bist –

Deine Freundschaft bedeutet mir so viel. Sie ist tatsächlich eines der wichtigsten Dinge in meinem Leben –

Würdest Du bitte Leonard ausrichten, daß ich ihm etwas Falsches über die Pflanze gesagt habe, die ich ihm mitgebracht hatte: es sollte *Lewisia Heckneri* heißen, nicht *Tweedii* –

Ist das nicht ein nettes Briefpapier, das ich für Dich gefunden habe?[1]

Ich bin Dir so dankbar. Du hast mich mit dem Gefühl nach Hause geschickt, daß ich wirklich mit meinem Roman weitermachen sollte – Bevor ich zu Dir kam, war ich deswegen deprimiert.[2]

Dann habe ich Dir etwas darüber gesagt, was ich niemals irgend jemand sonst gesagt hätte, und Du hast genau das Richtige gesagt.

Also habe ich ihn, anstatt darüber zu verzweifeln, heute abend wieder hervorgezogen, anstatt zu versuchen, ihm aus dem Weg zu gehen.

Habe ich eine kleine goldene Dose auf Deinem Frühstückstisch liegenlassen? Schicke sie nicht, sondern behalte sie bis zu dem Tag, an dem wir uns in Penshurst trelfen. Ich bitte um Verzeihung. Es gibt nichts Unangenehmeres als einen Gast, der etwas zurückläßt. Ich muß Dich aber trotzdem darum bitten, meine kleine Dose aufzubewahren, denn es ist ein echter Schatz: Irene Ravensdale hat sie mir einmal bei unserer Rückkehr aus Griechenland in Rom geschenkt.

Vergiß Penshurst und unser Picknick nicht.

Dein
Orlando

1 Auf das Briefpapier war ein Bild des Grand Canyon National Park in Arizona gedruckt, wo Vita im März und April 1933 gewesen war.
2 *Grand Canyon* (1942).

Sissinghurst Castle,
Kent.
1. August 1940

Virginia Liebling, Du warst ein Engel, mir Dein Buch zu schikken, das gerade angekommen ist.[1] Und an Ben schicke ich ein Päckchen weiter, von dem ich annehme, daß es ein Exemplar für ihn ist. Das ist wirklich großzügig von Dir, und ich brauche Dir nicht zu sagen, wie begeistert er sein wird. Zufällig wird es ihn als Geburtstagsgeschenk erreichen. Ich schreibe Dir wieder, wenn ich es gelesen habe.

Alles erschien so unsicher (ich spreche von der Invasion),[2] daß ich gezögert habe, zu schreiben und einen Abend für meinen Besuch vorzuschlagen. Aber wenn die Dinge sich weiter so hinziehen wie bisher, kann ich diesen Monat einen Abend kommen?

Ich wollte nicht überrascht werden und nicht nach Hause zurückkehren können! Stell Dir vor, Du würdest mich für die ganze Dauer des Krieges nicht mehr los.

Würdest Du jemals hierherkommen, wenn ich Dir genügend Benzinkarten gäbe? Du weißt, daß Du Ausflüge magst, und das Buch hast Du jetzt von der Seele. Also überlege es Dir.

Deine

V.

1 Virginias *Roger Fry* erschien am 25. Juli.
2 Die *Möglichkeit* einer deutschen Invasion in Südengland.

6. Aug. [1940] Monk's House, Rodmell bei Lewes, Sussex

... Ich war so in Eile, daß ich nicht früher schreiben konnte. Schlage jetzt also einfach vor, eindringlich, Freitag, den 16., ... *bleib über Nacht, und ich gehe davon aus, daß damit der ganze Samstag gemeint ist – keine Ausflüchte wegen des Mittagessens oder daß jemand in Sissinghurst wartet.*

Große Lastwagen bringen Sandsäcke hinunter zum Fluß: Geschütze werden an den Ufern in Stellung gebracht. Also komm, bevor alles in Flammen steht ...

Sissinghurst Castle,
Kent.
9. August 1940

Paß auf, ich kann am 16. nicht kommen, weil ich versprochen habe, am 17. zu einer Vorführung über Dachdeckerei zu gehen (Woman's Land Army), aber kann ich nach dem 26. kommen? das scheint meine erste freie Zeit zu sein. Ich bin jetzt etwas knapp mit dem Benzin, weil sie mir unerwarteterweise meinen Reservetank geleert haben, werde aber für das Vergnügen, Dich zu sehen, Bezugscheine aufsparen. Ist das nicht höflich? aber ernsthafter gemeint als die meisten höflichen Bemerkungen.

Ich mag Dein Buch sehr. »Gutes Buch«, wie Mr [E. M.] Forster bemerkt. Kluger Potto, so ein gutes Buch zu schreiben. Was mich daran unter anderem amüsiert, ist Pottos plötzliche, ganz direkte Nüchternheit mit nur einem ganz schnellen Wischen des Schwanzes, um einen daran zu erinnern, daß es wirklich von Potto *ist.* Und dann ist es unverkennbar.

Ich bin noch nicht ganz fertig damit. Wir hatten eine Garten-Fête im Dorf; darum; teilweise.

Ich habe noch zwei andere Dinge zu sagen. Das eine ist, daß ich Leonard ein Geschenk schicke, das ihn amüsieren wird. Es kostet 4 Penny, also könnte es der Woolf-Stolz zulassen, daß er es annimmt; und sein Hang zu praktischen Spielereien wird davon sicher gereizt. Sollte er schon darauf gestoßen sein, wäre ich enttäuscht.[1] Die zweite Sache ist, daß sich eine Menge von meinen ›Country Notes‹[2] angesammelt hat, seit Michael Joseph sie in einem illustrierten Buch veröffentlicht hat. Möchte der Verlag diese Unveröffentlichten im Herbst in einem billigen nichtillustrierten kleinen Pamphlet neu herausbringen? sagen wir für 1/-, um noch den Weihnachtskarten-Verkauf mitzunehmen?[3] Ich wäre nicht im mindesten beleidigt, wenn Monsieur, mein Verleger, nein danke sagen würde. Die Zigarettendrehmaschine ist nicht als Bestechung gedacht.

Ich werde jetzt meine dringliche Einladung wiederholen, daß

Du hierherkommen sollst – nur bin ich, *verdammt,* nicht mehr in der Lage, Deinen Tank mit Benzin zu füllen. Ich habe mich letzte Woche noch so mit Benzin gebrüstet, und jetzt sind alle meine herrlichen Gallonen weg. Ich wußte, daß es passieren könnte; habe aber auf das Beste gehofft. Aber ich glaube, ich könnte immer noch eine Gallone für Dich aufbringen – wenn Du nur kommen würdest.

Deine Dich liebende V.

Habe ich Dir schon gesagt, daß ich meine Juwelen und mein Testament vor einiger Zeit an einen sichereren Ort geschickt habe[4] und daß der einzige Schatz, den ich mitgeschickt habe, das Manuskript von *Orlando* war?

1 Leonard besaß dies Spielerei tatsächlich schon, eine Maschine zur Herstellung von Zigaretten.
2 Als wöchentliche Artikel für den *New Statesman* geschrieben.
3 Die Hogarth Press brachte *Country Notes in Wartime* im Herbst 1940 heraus.
4 Zu Harolds Bruder, Eric Nicolson, in sein Haus am Rande von Dartmoor in Devon.

Freitag, [30. August 1940]

Monk's House, Kodmell
bei Lewes, Sussex

Ich habe gerade aufgehört, mit Dir zu reden. Es erscheint so seltsam. Es ist vollkommen friedlich hier – sie spielen Bowls – ich habe gerade Blumen in Dein Zimmer gestellt. Und da sitzt Du, und um Dich herum fallen die Bomben.

Was kann man sagen – außer daß ich Dich liebe, und ich muß diesen seltsam ruhigen Abend durchleben und an Dich denken, wie Du so allein dort sitzt.

Liebste – schick mir eine Zeile.

Du hast mich so glücklich gemacht. …

Sissinghurst Castle,
Kent.
1. September 1940

Ach meine Liebe, wie mich Dein Brief heute morgen berührt hat. Fast hätte ich eine Träne in mein verlorenes Ei fallen lassen. Deine seltenen Äußerungen von Zuneigung besaßen immer die Kraft, mich sehr zu bewegen, und da ich annehme, daß die Nerven ein bißchen angespannt sind (hauptsächlich unterbewußt), pfeifen sie jetzt peng gegen mein Herz wie eine Gewehrkugel, die aufs Dach fällt. Ich liebe Dich auch; das weißt Du.

Ich wollte letzten Freitag nicht wegfahren, weil sie keine andere Fahrerin für den Krankenwagen des Dorfes hatten als mich – und den ganzen Tag über wurde gekämpft, und es gab entfernte drohende dumpfe Schläge – gar nicht so entfernt. Aber ich habe jetzt die Dienste einer Dame sichergestellt, die, wenn nötig, an meiner Stelle den Krankenwagen fahren kann. Sie hat eine überaus romantische Lebensgeschichte, die Dir Spaß machen würde – Dazu gehört ein Weinberg auf Korsika, den sie fünf Jahre lang bewirtschaftete, bis Briganten ihr das Leben dort unmöglich machten. Aber das ist noch nichts gegen ihre ehelichen Tragödien.

Jedenfalls bedeutet das, daß ich jetzt fort kann. Kann ich also einmal morgens anrufen und fragen, ob es paßt, wenn ich komme?

Könntest Du Leonard ausrichten, daß ich meine *Country Notes* an den Verlag abgeschickt habe? und auch mein unterschriebenes Vertragsexemplar.

Deine Dich liebende und sehr und beständig liebende

V.

Sissinghurst Castle,
Kent.
Donnerstag, 10. Oktober 1940

Wie nett es war, mit Dir zusammenzusein – wie sehr habe ich meinen Besuch genossen. Ich bin lieber mit Dir zusammen, als ich sagen kann. Du weißt, daß ich *Dich* liebe, und Du weißt, daß ich Leonard mag. Es gibt einen Unterschied zwischen Lieben und Mögen. Du bist also meine Liebe, und Leonard ist mein Mögen. Ich mag Leonard extrem gerne.

Was mich an etwas erinnert: Ich schicke ihm die 15/-, die er mir geliehen hat, zurück, und richte ihm bitte aus, daß ich an Doubleday schreibe. Ich hoffe, er hat nicht gedacht, ich hätte mich der Hogarth Press gegenüber unmoralisch verhalten wollen.[1] Ich glaube, er weiß, daß ich das nie getan habe, zumindest nicht absichtlich.

Jedenfalls werde ich meinen Fehler sofort korrigieren – sag ihm das.

Liebling – ich danke Dir für die glücklichen Stunden mit Dir. Du bedeutest mir mehr, als Du je wissen wirst.

Deine
V.

1 Vita hatte ein Arrangement mit Doubleday, Doran, dem amerikanischen Verleger ihrer *Country Notes in Wartime*, getroffen, und zwar ohne Rücksprache mit Leonard, dem Verleger des Buches in England.

29. Nov. [1940] *Monk's House [Rodmell, Sussex]*

Ich wünschte, ich wäre Königin Victoria: dann könnte ich Dir danken – Aus der Tiefe meines Gebrochenen Verwitweten Herzens. Nie nie Nie hatten wir solch ein begeisterndes erstaunliches glanzvolles – nein, ich kriege den Stil nicht hin. Alles, was ich sagen kann, ist, als wir die Butter in dem Umschlagspäckchen, das wir im Haushalt hatten, entdeckten – das heißt Louie –, haben wir große Augen gemacht. Das ist ein ganzes Pfund Butter, sagte ich. Und während ich das sagte, brach ich einen Klumpen ab und aß ihn pur. Dann habe ich im Glanz meines Herzens unsere ganze Wochenration – die etwa so groß ist wie mein Daumennagel – Louie geschenkt und mir unsterbliche Dankbarkeit verdient; dann habe ich mich hingesetzt und Brot mit Butter gegessen. Es wäre eine Entweihung gewesen, Marmelade dazuzutun.

… Bomben fielen in meiner Nähe: nebensächlich; ein Flugzeug wurde im Sumpf abgeschossen; nebensächlich: Überschwemmungen zum Teufel – nein, nichts schien an dem Piedestal mit Deiner Butter kratzen zu können.

Zweiter Weihnachtsfeiertag [26. Dezember 1940] — *Monk's House [Rodmell, Sussex]*

Wenn meine Bewunderung für Dich noch erhöht werden könnte, dann durch die Tatsache, daß Deine göttliche Butter am Weihnachtsmorgen ankam. Das heißt, jeder andere hätte sie an irgendeinem anderen Tag geschickt. So wie es war, feierten Leonard und ich, die wir dieses Jahr sparsam mit einer Ente haushielten, eine Butter-Orgie, die zehn Truthähne aufwog. Oh, was für ein Geschenk!

Ach Vita, was für ein Füllhorn von Reichtümern Du bist! …

Zwei Pfund frische Butter.

Und ich schenke Dir nie etwas – ich frage mich, woran das liegt. Und dann muß ich noch etwa 2000 Pfund von Deinen Büchern dazurechnen, ganz abgesehen von ihrer Bedeutung.

Hast Du eine Lebensbeschreibung von Bess of Hardwick; eine Lebensbeschreibung von Lady Clifford; – also, wenn Du sie hast, dann bring sie als Leihgabe mit, wenn Du kommst. Noch ein Reichtum … und möchtest Du, daß ich Edith [sic] *Jones zum*

Mittagessen einlade? Das würde Dir den Aufbruch ersparen, der unerträglich wäre; und ich würde mich in den Garten davonmachen und Euch allein lassen. Nicht, daß ich das möchte, mein Gott nein. …

Sissinghurst Castle,
Kent.
2. Januar 1941

Ich dachte mir, Du würdest vielleicht gern diesen Auszug aus einem Brief bekommen, den ich gerade von Ben erhielt. Vielleicht magst Du ihn noch lieber als die Butter.

»Wenn Leute sagen, Virginia ist zeitlos, dann stimme ich zu. Bisher wurde noch kein Versuch gemacht, ihr ein passendes Etikett um den Hals zu binden mit den Worten in Cyril Conollys Handschrift, ›Elegante abstrakte Künstlerin von 1922; kein Sinn für Realität; Elfenbeinturm-Romantizismus.‹ Nur die allerreinsten* Köpfe entgehen dieser Etikettierung. Forster entging ihr, Huxley nicht. Hardy entging ihr, Housman nicht. Proust entging ihr, Barrès nicht. Bei aller Bitterkeit über die neue Schule der Literaturkritik mußt Du zugeben, daß den Giganten – Proust, Gide, Virginia, Forster, Yeats, Joyce – immer der Respekt entgegengebracht wurde, den sie verdienen.«

Ja, ich habe eine Lebensbeschreibung von Lady Anne Clifford, aber keine von Bess Hardwick.

Ja, lade Enid (NICHT EDITH) Jones zum Mittagessen ein. (Ihre Adresse lautet The Elms, Rottingdean.) Das würde mir nicht nur eine Unmenge an Mühe ersparen und es mir außerdem ersparen, Dich früher zu verlassen, als ich möchte, sondern Lady Jones auch unendlich schmeicheln. Du brauchst uns nicht allein zu lassen; wir haben keine Geheimnisse. Unsere Freundschaft ist rein platonisch und ist es auch stets gewesen.

Sie hat einen Zweispänner, der 1880 gebaut wurde, in dem sie herumfährt – also könnte sie von Rottingdean rüberfahren. Das

Pferd, mit dem sie ihn fährt, wurde früher bei der Jagd eingesetzt und springt über alle Schlaglöcher.

Du würdest wohl nicht gern 6 Zeilen über Hilda schreiben, oder?[1] für ein kleines Buch, das Deine Freundin Irene [Noel] Baker und ich zusammenstellen. Ich weiß, Du mochtest nie [*Der Rest des Briefes fehlt*]

* Dieses Wort könnte ›allerreinsten‹ oder ›allergrimmigsten‹ *[purest* bzw. *fiercest]* heißen. Ich kann seine Schrift nicht lesen.

1 Hilda Matheson starb am 30. Oktober 1940 im Alter von 52 Jahren.

Sissinghurst Castle,
Kent.
14. Januar 1941

Zuerst die Geschäfte. Ich habe ein Epipsychidion[1], oder wie auch immer Du es nennst, gesehen, weiß aber nicht, ob meine Dias dafür geeignet sind. Daher schicke ich Dir ein Dia. Es ist ein überzähliges, das aus Versehen vervielfältigt wurde, mach Dir also keine Gedanken, falls es zerbricht.

Dann, warum war Irene hier zu Besuch? Hauptsächlich, weil sie mich wegen Hilda treffen wollte (du meine Güte, mir war nie klar, daß Deine Abneigung gegen die arme Hilda so heftig war – ich dachte, es wäre nur ein negatives Gefühl –), und es ist heutzutage unmöglich, jemanden nur zum Mittagessen einzuladen, es sei denn, sie hätten ein Auto, was bei Irene nicht der Fall ist, und da ich ganz bewußt nicht die Absicht hatte, nach London zu fahren, blieb mir keine andere Möglichkeit, als sie zu bitten, hierzubleiben. Du mußt mir mehr davon erzählen, wie Du sie hinter den Kulissen kennst; sie war diskret und ließ nichts heraus, was immer es auch gewesen sein mag. Hatte es vielleicht mit Deinem Bruder zu tun?

Ich habe nicht das Gefühl, daß eine der vorangegangenen Bemerkungen sehr nützlich ist, um eine Freundschaft in Gang zu halten – wenn sie das tatsächlich nötig hat – hat sie es? Ich persönlich hatte dieses Gefühl des Auseinandertreibens ziemlich verloren. Trotzdem, was kann ich Dir erzählen, das ein Gefühl der Vertrautheit hervorbringen würde? Für mich ist so wenig passiert, seit der Schnee kam und mich völlig in meine Ruinen eingekerkert hat. Harold war unterwegs in England und Schottland, und da ich seit Weihnachten kein Auto mehr hatte (Ben hatte es genommen und über Nacht draußen gelassen, so daß es einfror, und es ist noch nicht wieder da), hat die Welt draußen weitgehend aufgehört zu existieren. Aber bevor das geschah, ist meine Vergangenheit wiederauferstanden und hat mir in der Person von Violet (Trefusis), die ich seit etwa 10 Jahren nicht mehr gesehen hatte, ins Gesicht gesehen. Wir hatten zusammen ein merkwürdiges À-la-recherche-du-temps-perdu-Mittagessen auf dem neutralen Boden eines Landgasthauses. Sie hat in Frankreich alles verloren, und jetzt ist das Manuskript ihres Buches in Paternoster Row verbrannt. Sehr zu meiner Erleichterung hat sie sich nach Somerset zurückgezogen, nachdem sie damit gedroht hatte, ein Haus in meiner Nähe zu mieten, aber wir schreiben uns. Sie kann einem wirklich leid tun – so verlassen – ihr Haus und ihr ganzer Besitz fort –

Wie freue ich mich auf den dritten Dienstag im Februar –

Deine
V.

Violet hat mich das gefragt, was als eine der wichtigsten Fragen Dich und mich betreffend bekannt ist.

1 Virginia schrieb, es sei ein »Epi-dia-scope«. Die Dias waren für Vitas Vortrag über Persien vor dem Rodmell Woman's Institute am 18. Februar.

19. Jan. [1941] *Monk's House, Rodmell [Sussex]*

*Ich muß mir ein paar getönte Tinten kaufen – lavendelfarben, rosa, lila –, um meine Bedeutungen zu tönen. Ich merke, daß ich Dir einige falsche Bedeutungen vermittelt habe, als ich nur schwarze Tinte benutzte. Es war ein Witz – unser Auseinandertreiben. Es war ernst, daß ich wünschte, Du würdest schreiben. Es stimmte nicht, daß ich Hilda [*Matheson*] nicht mochte. Ich hatte nur das Gefühl – Welches? Etwas Dunkles, Zermahlendes: nicht weniger meine Schuld als ihre. Und ein Stich von wilder Eifersucht packte mich unpassenderweise, als wir bei Sibyl zu Abend aßen. Nein, nein, ich muß meine farbigen Tinten kaufen. …*

Was hast Du gesagt, als Violet Dir eine der wichtigsten Fragen stellte? Ich erinnere mich noch an sie, wie ein Fuchsjunges, ganz Duft und Verführung. … Also, warum hast Du sie geliebt? Und hast Du Hilda geliebt? Wir müssen über all das reden. Ich bin fast sicher, daß ich einen neuen Liebhaber habe, einen Doktor, einen Wilberforce, einen Cousin – ah! läßt Dich das zucken! Stehe ich immer noch auf der dritten Sprosse von oben? …

Sissinghurst Castle,
Kent.
27. Februar 1941

Schande über mich, ich habe Dir noch keinen Collins geschrieben[1] und auch noch nicht das versprochene Feuerzeug geschickt. Aber hier sind sie beide und kommen gemeinsam an. Das Feuerzeug ist in Amerika als Little Wonder bekannt, und es verdient tatsächlich diesen Namen. Egal, was Du tust, laß nie den Marmeladentopf mit Paraffin, in dem es bleiben sollte, in der Nähe des Feuers. Funken könnten sonst in das Paraffin fallen. Stelle es also immer auf eine Seite des Kamins und stecke das Little Wonder *niemals* zurück in den Marmeladentopf, solange es heiß ist. Sonst könnte es aufflammen, so begeistert erfüllt es seine Aufgabe.

Hat Dir Enid [Bagnold] ihr Theaterstück *Lottie Dundas* geschickt? Mir hat sie es geschickt, und es scheint mir ein Stück zu sein, das sie reich machen könnte, so daß Sir [Roderick] Jones' Kündigung bei Reuter keine Auswirkungen auf das Familienvermögen hat.

Ich wurde von einem Offizier unterbrochen, der oben auf meinen Turm steigen wollte. Vorsichtig, wie ich bin, habe ich gefragt, warum. Seine Anwort war wirklich elisabethanisch: »Weil wir von der Abenddämmerung bis zum Morgengrauen auf Wache sind. Sie haben von der Abenddämmerung bis zum Morgengrauen die Home Guard bei sich.«

Deine

V.

1 Siehe Brief vom 15. September 1924.

4. März [1941] *Monk's House [Rodmell, Sussex]*

Geliebtes Wesen – jetzt hast Du mit Deinem Feuerzeug noch etwas auf Deinen ganzen Berg von Wohltaten draufgesetzt. Pu: Butter: Wolle: Bücher: ein Feuerzeug obendrauf. Jetzt mußt Du aufhören. Du kannst Feuer nichts hinzufügen. Du siehst, wie es poetisch paßt, hier aufzuhören. Was für eine wunderbare Auffassung vom Leben Du hast – Ach zum Teufel mit dem Gesetz. Leonard sagt, wir dürfen Dein Benzin nicht benutzen. Noch ein Geschenk …

Ich nehme an, Du hast nicht irgendwelches Heu zu verkaufen? Octavia Wilberforces Kühe in Henfield, die uns unsere Butter geben, sind am Verhungern. Daher habe ich gesagt, ich würde fragen.

Schweigen bedeutet nein.

Sissinghurst Castle,
Kent.
6. März 1941

HEU! Großer Gott, Heu! Habe ich nicht überall im ganzen Weald von Kent Heu geschnorrt? Kein Heu; kaum Milch; und das ist der Grund, weshalb Du keine Butter mehr bekommen hast – und deshalb werden die Rasen von Sissinghurst dieses Jahr nicht gemäht, sondern wachsen gelassen. Heu! Heiliger Strohsack!

Leonard hat sich in diesem Fall mal geirrt wegen der Benzinkarte. Ich würde ebensowenig etwas Illegales tun wie er. Wenn Du es allerdings wirklich aushalten kannst, mit dem Bus zu kommen, kann ich Dich leicht in Hawkhurst treffen. Ich würde Dich am Nachmittag zu Ellen Terry [Smallhythe] mitnehmen und später wieder nach Hawkhurst bringen. Du mußt es mich nur wissen lassen. Jeder Tag außer dem 19. und 20. März. Am 19. bin ich auf einem Komitee und am 20. – rate mal? ein örtliches Women's Institute.

Alles Liebe
V.

Samstag [22. März 1941] *[Monk's House, Rodmell, Sussex]*

Sieh Dir diesen Brief an [verloren]*, der an den* New Statesman *geschickt wurde, adressiert an ›Miss Virginia Woolf‹. – Was für eine seltsame Gedankenübertragung! Nein, ich bin nicht Du. Nein, ich halte keine Wellensittiche.*

Louies überleben: und sie füttert sie mit Abfällen – ich nehme an, es sind Vögel der Unterschicht, also bescheiden. Wenn wir hinüberkommen [nach Sissinghurst]*, kann ich ihr ein Pärchen mitbringen, falls welche überleben? Sterben sie alle im gleichen Moment? Wann sollen wir kommen? Gott weiß es –*

Schlußbemerkung

Dies waren die letzten Worte, die Virginia an Vita schreiben sollte. Sechs Tage später, am 28. März, ertränkte sich Virginia in der Ouse. Am 31. März schrieb Vita an Harold: »Ich habe gerade den furchtbarsten Schock erlebt: Virginia hat sich umgebracht. Es steht noch nicht in den Zeitungen, aber ich habe Briefe von Leonard und Vanessa bekommen, die es mir mitteilen. ... Er sagt, es wäre ihr in den letzten Wochen nicht gutgegangen und sie hätte furchtbare Angst gehabt, wieder wahnsinnig zu werden. ... Ich kann es einfach nicht fassen. Dieser herrliche Verstand, dieser herrliche Geist. Und es schien ihr so gutzugehen, als ich sie das letzte Mal sah. ...« Viele Jahre später schrieb Vita, wieder in einem Brief an Harold: »... Ich glaube immer noch, ich hätte sie retten können, wenn ich nur dort gewesen wäre und gewußt hätte, in welche Geistesverfassung sie geriet.« Vita hatte wahrscheinlich recht.

Freundin in meiner Phantasie

Samstag, 20. Juni 1942

Es ist für jemanden wie mich ein eigenartiges Gefühl, Tagebuch zu schreiben. Nicht nur, dass ich noch nie geschrieben habe, sondern ich denke auch, dass sich später keiner, weder ich noch ein anderer, für die Herzensergüsse eines dreizehnjährigen Schulmädchens interessieren wird. Aber darauf kommt es eigentlich nicht an, ich habe Lust zu schreiben und will mir vor allem alles Mögliche gründlich von der Seele reden.

Papier ist geduldiger als Menschen. Dieses Sprichwort fiel mir ein, als ich an einem meiner leicht-melancholischen Tage gelangweilt am Tisch saß, den Kopf auf den Händen, und vor Schlaffheit nicht wusste, ob ich weggehen oder lieber zu Hause bleiben sollte, und so schließlich sitzen blieb und weitergrübelte. In der Tat, Papier ist geduldig. Und weil ich nicht die Absicht habe, dieses kartonierte Heft mit dem hochtrabenden Namen »Tagebuch« jemals jemanden lesen zu lassen, es sei denn, ich würde irgendwann in meinem Leben »den« Freund oder »die« Freundin finden, ist es auch egal.

Nun bin ich bei dem Punkt angelangt, an dem die ganze Tagebuch-Idee angefangen hat: Ich habe keine Freundin.

Um noch deutlicher zu sein, muss hier eine Erklärung folgen, denn niemand kann verstehen, dass ein Mädchen von dreizehn ganz allein auf der Welt steht. Das ist auch nicht wahr. Ich habe liebe Eltern und eine Schwester von sechzehn, ich habe, alle zusammengezählt, mindestens dreißig Bekannte oder was man so Freundinnen nennt. Ich habe einen Haufen Anbeter, die mir alles von den Augen ablesen und sogar, wenn's sein muss, in der Klasse versuchen, mit Hilfe eines zerbrochenen Taschenspiegels einen Schimmer von mir aufzufangen. Ich habe Verwandte und ein gutes Zuhause. Nein, es fehlt mir offensichtlich nichts, außer

»die« Freundin. Ich kann mit keinen von meinen Bekannten etwas anderes tun als Spaß machen, ich kann nur über alltägliche Dinge sprechen und werde nie intimer mit ihnen. Das ist der Haken. Vielleicht liegt dieser Mangel an Vertraulichkeit auch an mir. Jedenfalls ist es so, leider, und nicht zu ändern. Darum dieses Tagebuch.

Um nun die Vorstellung der ersehnten Freundin in meiner Phantasie noch zu steigern, will ich nicht einfach Tatsachen in mein Tagebuch schreiben wie alle andern, sondern ich will dieses Tagebuch die Freundin selbst sein lassen, und diese Freundin heißt *Kitty.*

Meine Geschichte! (Idiotisch, so etwas vergisst man nicht.)

Weil niemand das, was ich Kitty erzähle, verstehen würde, wenn ich so mit der Tür ins Haus falle, muss ich, wenn auch ungern, kurz meine Lebensgeschichte wiedergeben.

Mein Vater, der liebste Schatz von einem Vater, den ich je getroffen habe, heiratete erst mit 36 Jahren meine Mutter, die damals 25 war. Meine Schwester Margot wurde 1926 in Frankfurt am Main geboren, in Deutschland. Am 12. Juni 1929 folgte ich. Bis zu meinem vierten Lebensjahr wohnte ich in Frankfurt. Da wir Juden sind, ging dann mein Vater 1933 in die Niederlande. Er wurde Direktor der Niederländischen Opekta Gesellschaft zur Marmeladeherstellung. Meine Mutter, Edith Frank-Holländer, fuhr im September auch nach Holland, und Margot und ich gingen nach Aachen, wo unsere Großmutter wohnte. Margot ging im Dezember nach Holland und ich im Februar, wo ich als Geburtstagsgeschenk für Margot auf den Tisch gesetzt wurde.

Ich ging bald in den Kindergarten der Montessorischule. Dort blieb ich bis sechs, dann kam ich in die erste Klasse. In der 6. Klasse kam ich zu Frau Kuperus, der Direktorin. Am Ende des Schuljahres nahmen wir einen herzergreifenden Abschied voneinander und weinten beide, denn ich wurde am Jüdischen Lyzeum angenommen, in das Margot auch ging.

Unser Leben verlief nicht ohne Aufregung, da die übrige Familie in Deutschland nicht von Hitlers Judengesetzen verschont blieb. Nach den Pogromen 1938 flohen meine beiden Onkel, Brüder von Mutter, nach Amerika, und meine Großmutter kam zu uns. Sie war damals 73 Jahre alt.

Ab Mai 1940 ging es bergab mit den guten Zeiten: erst der Krieg, dann die Kapitulation, der Einmarsch der Deutschen, und das Elend für uns Juden begann. Judengesetz folgte auf Judengesetz, und unsere Freiheit wurde sehr beschränkt. Juden müssen einen Judenstern tragen; Juden müssen ihre Fahrräder abgeben; Juden dürfen nicht mit der Straßenbahn fahren; Juden dürfen nicht mit einem Auto fahren, auch nicht mit einem privaten; Juden dürfen nur von 3 – 5 Uhr einkaufen; Juden dürfen nur zu einem jüdischen Frisör; Juden dürfen zwischen 8 Uhr abends und 6 Uhr morgens nicht auf die Straße; Juden dürfen sich nicht in Theatern, Kinos und an anderen dem Vergnügen dienenden Plätzen aufhalten; Juden dürfen nicht ins Schwimmbad, ebenso wenig auf Tennis-, Hockey- oder andere Sportplätze; Juden dürfen nicht rudern; Juden dürfen in der Öffentlichkeit keinerlei Sport treiben; Juden dürfen nach acht Uhr abends weder in ihrem eigenen Garten noch bei Bekannten sitzen; Juden dürfen nicht zu Christen ins Haus kommen; Juden müssen auf jüdische Schulen gehen und dergleichen mehr. So ging unser Leben weiter, und wir durften dies nicht und das nicht. Jacque sagt immer zu mir: »Ich traue mich nichts mehr zu machen, ich habe Angst, dass es nicht erlaubt ist.«

Im Sommer 1941 wurde Oma sehr krank. Sie musste operiert werden, und aus meinem Geburtstag wurde nicht viel. Im Sommer 1940 auch schon nicht, da war der Krieg in den Niederlanden gerade vorbei. Oma starb im Januar 1942. Niemand weiß, wie oft ich an sie denke und sie noch immer lieb habe. Dieser Geburtstag 1942 ist dann auch gefeiert worden, um alles nachzuholen, und Omas Kerze stand daneben.

Aber es ist noch auszuhalten, trotz Stern, getrennter Schulen, Sperrstunde usw. usw. Margot und ich sind im Oktober 1941 ins Jüdische Lyzeum übergewechselt, sie in die 4. Klasse, ich in die 1.

Uns vieren geht es noch immer gut, und so bin ich dann bei dem heutigen Datum angelangt, an dem die feierliche Einweihung meines Tagebuchs beginnt, dem 20. Juni 1942.

Samstag, 20. Juni 1942

Liebe Kitty!
Dann fange ich gleich an. Es ist schön ruhig, Vater und Mutter sind ausgegangen, Margot ist mit ein paar jungen Leuten zu ihrer Freundin zum Pingpongspielen. Ich spiele in der letzten Zeit auch sehr viel, sogar so viel, dass wir fünf Mädchen einen Club gegründet haben. Der Club heißt »Der kleine Bär minus 2«. Ein verrückter Name, der auf einem Irrtum beruht. Wir wollten einen besonderen Namen und dachten wegen unserer fünf Mitglieder sofort an die Sterne, an den Kleinen Bären. Wir meinten, er hätte fünf Sterne, aber da haben wir uns geirrt, er hat sieben, genau wie der Große Bär. Daher das »minus zwei«. Ilse Wagner hat ein Pingpongspiel, und das große Esszimmer der Wagners steht uns immer zur Verfügung. Da wir Pingpongspielerinnen vor allem im Sommer gerne Eis essen und das Spielen warm macht, endet es meistens mit einem Ausflug zum nächsten Eisgeschäft, das für Juden erlaubt ist, die Oase oder das Delphi. Nach Geld oder Portemonnaie suchen wir überhaupt nicht mehr, denn in der Oase ist es meistens so voll, dass wir immer einige großzügige Herren aus unserem weiten Bekanntenkreis oder den einen oder anderen Verehrer finden, die uns mehr Eis anbieten, als wir in einer Woche essen können.

Ich nehme an, du bist ein bisschen erstaunt über die Tatsache, dass ich, so jung ich bin, über Verehrer spreche. Leider (in einigen Fällen auch nicht leider) scheint dieses Übel auf unserer Schule unvermeidbar zu sein. Sobald mich ein Junge fragt, ob er mit mir nach Hause radeln darf, und wir ein Gespräch anfangen, kann ich in neun von zehn Fällen damit rechnen, dass der betreffende Jüngling die Gewohnheit hat, sofort in Feuer und Flamme zu geraten, und mich nicht mehr aus den Augen lässt.

Nach einiger Zeit legt sich die Verliebtheit wieder, vor allem, weil ich mir aus feurigen Blicken nicht viel mache und lustig weiterradle. Wenn es mir manchmal zu bunt wird, schlenkere ich ein bisschen mit dem Rad, die Tasche fällt runter, und der junge Mann muss anstandshalber absteigen. Wenn er mir die Tasche zurückgegeben hat, habe ich längst ein anderes Gesprächsthema angefangen. Das sind aber noch die Unschuldigen. Es gibt auch einige, die mir Kusshändchen zuwerfen oder versuchen, mich am Arm zu nehmen. Aber da sind sie bei mir an der falschen Adresse! Ich steige ab und weigere mich, weiter seine Gesellschaft in Anspruch zu nehmen. Oder ich spiele die Beleidigte und sage ihm klipp und klar, er könne nach Hause gehen.

So, der Grundstein für unsere Freundschaft ist gelegt. Bis morgen!

Deine Anne

Sonntag, 21. Juni 1942

Liebe Kitty!

Unsere ganze Klasse bibbert. Der Anlass ist natürlich die anstehende Lehrerkonferenz. Die halbe Klasse schließt Wetten über Versetzungen oder Sitzenbleiben ab. Miep Lobatto, meine Nachbarin, und ich lachen uns kaputt über unsere beiden Hintermänner, Pim Pimentel und Jacques Kocernoot, die schon ihr ganzes Ferienkapital verwettet haben. »Du wirst versetzt«, »von wegen«, »doch ...«, so geht es von morgens bis abends. Weder Gs flehende Blicke noch meine Wutausbrüche können die beiden zur Ruhe bringen. Meiner Meinung nach müsste ein Viertel der Klasse sitzenbleiben, solche Trottel sitzen hier drin. Aber Lehrer sind die launenhaftesten Menschen, die es gibt. Vielleicht sind sie ausnahmsweise auch mal launenhaft in der richtigen Richtung. Für meine Freundinnen und mich habe ich nicht so viel Angst, wir werden wohl durchkommen. Nur in Mathematik bin ich unsicher. Na ja, abwarten. Bis dahin sprechen wir uns gegenseitig Mut zu.

Ich komme mit allen Lehrern und Lehrerinnen ziemlich gut aus. Es sind insgesamt neun, sieben männliche und zwei weibliche. Herr Keesing, der alte Mathematiklehrer, war eine Zeit lang sehr böse auf mich, weil ich so viel schwätzte. Eine Ermahnung folgte der anderen, bis ich eine Strafarbeit bekam. Ich sollte einen Aufsatz über das Thema »Eine Schwatzliese« schreiben. Eine Schwatzliese, was kann man darüber schreiben? Aber ich machte mir erst noch keine Sorgen, steckte das Aufgabenheft in die Tasche und versuchte, mich ruhig zu verhalten.

Abends, als ich mit den anderen Aufgaben fertig war, entdeckte ich plötzlich die Eintragung für den Aufsatz. Mit dem Füllerende im Mund fing ich an, über das Thema nachzudenken. Einfach irgendetwas schwafeln und die Worte so weit wie möglich auseinander ziehen, das kann jeder, aber einen schlagenden Beweis für die Notwendigkeit des Schwätzens zu finden, das war die Kunst. Ich dachte und dachte, und dann hatte ich plötzlich eine Idee. Ich schrieb die drei aufgegebenen Seiten und war zufrieden. Als Argument hatte ich angeführt, dass Reden weiblich sei, dass ich ja mein Bestes täte, mich zu bessern, aber ganz abgewöhnen könnte ich es mir wohl nie, da meine Mutter genauso viel redete wie ich, wenn nicht mehr, und dass an ererbten Eigenschaften nun mal wenig zu machen ist.

Herr Keesing musste über meine Argumente lachen. Aber als ich in der nächsten Stunde wieder schwätzte, folgte der zweite Aufsatz. Diesmal sollte es »Eine unverbesserliche Schwatzliese« sein. Auch der wurde abgeliefert, und zwei Stunden lang hatte Herr Keesing nichts zu klagen. In der dritten wurde es ihm jedoch wieder zu bunt. »Anne Frank, als Strafarbeit für Schwätzen einen Aufsatz mit dem Thema: ›Queck, queck, queck, sagte Fräulein Schnatterbeck.‹«

Die Klasse lachte schallend. Ich musste auch lachen, obwohl mein Erfindungsgeist auf dem Gebiet von Schwätzaufsätzen erschöpft war. Ich musste etwas anderes finden, etwas sehr Originelles. Meine Freundin Sanne, eine gute Dichterin, bot mir ihre Hilfe an, um den Aufsatz von vorn bis hinten in Reimen abzufassen. Ich jubelte. Keesing wollte mich mit diesem blödsinnigen Thema reinlegen, aber ich würde es ihm doppelt und dreifach heimzahlen.

Das Gedicht wurde fertig und war großartig. Es handelte von einer Mutter Ente und einem Vater Schwan mit drei kleinen Entchen, die wegen zu vielen Schnatterns von ihrem Vater totgebissen wurden. Zum Glück verstand Keesing Spaß. Er las das Gedicht samt Kommentaren in der Klasse vor, dann noch in anderen Klassen. Seitdem durfte ich schwätzen und bekam nie mehr eine Strafarbeit. Im Gegenteil, Keesing macht jetzt immer Witzchen.

Deine Anne

Mittwoch, 24. Juni 1942

Liebe Kitty!
Es ist glühend heiß. Jeder schnauft und wird gebraten, und bei dieser Hitze muss ich jeden Weg zu Fuß gehen. Jetzt merke ich erst, wie angenehm eine Straßenbahn ist, vor allem eine offene. Aber dieser Genuss ist uns Juden nicht mehr beschieden, für uns sind Schusters Rappen gut genug. Gestern musste ich in der Mittagspause zum Zahnarzt in die Jan Luikenstraat. Von unserer Schule in den Stadtgarten ist das ein langer Weg. Nachmittags schlief ich im Unterricht dann auch fast ein. Ein Glück, dass einem die Leute von selbst was zu trinken anbieten. Die Schwester beim Zahnarzt war wirklich eine herzliche Frau.

Das einzige Fahrzeug, das wir noch benützen dürfen, ist die Fähre. Der Fährmann an der Jozef-Israëls-Kade nahm uns sofort mit, als wir ums Übersetzen baten. An den Holländern liegt es wirklich nicht, dass wir Juden es so schlecht haben.

Ich wünschte nur, dass ich nicht zur Schule müsste! Mein Fahrrad ist in den Osterferien gestohlen worden, und Mutters Rad hat Vater Christen zur Aufbewahrung gegeben. Aber zum Glück nähern sich die Ferien in Windeseile. Noch eine Woche, und das Leid ist vorbei.

Gestern Morgen habe ich was Nettes erlebt. Als ich am Fahrradabstellplatz vorbeikam, rief mich jemand. Ich schaute mich um und sah einen netten Jungen hinter mir stehen, den ich am vorhergehenden Abend bei Wilma getroffen hatte. Er ist ein Cousin um drei Ecken von ihr, und Wilma ist eine Bekannte. Ich fand sie erst sehr nett. Das ist sie ja auch, aber sie spricht den ganzen Tag über nichts anderes als über Jungen, und das wird langweilig. Der Junge kam ein bisschen schüchtern näher und stellte sich als Hello Silberberg vor. Ich war erstaunt und wusste nicht so recht, was er wollte. Aber das stellte sich schnell heraus. Er wollte meine Gesellschaft genießen und mich zur Schule begleiten. »Wenn du sowieso in dieselbe Richtung gehst, dann komme ich mit«, antwortete ich, und so gingen wir zusammen. Hello ist schon sechzehn und kann von allen möglichen Dingen gut erzählen.

Heute Morgen hat er wieder auf mich gewartet, und in Zukunft wird es wohl so bleiben.

Anne

Mittwoch, 1. Juli 1942

Liebe Kitty!

Bis heute hatte ich wirklich keine Zeit zum Schreiben. Donnerstag war ich den ganzen Nachmittag bei Bekannten, Freitag hatten wir Besuch, und so ging es weiter bis heute.

Hello und ich haben uns in dieser Woche gut kennen gelernt, er hat mir viel von sich erzählt. Er stammt aus Gelsenkirchen und ist hier in den Niederlanden bei seinen Großeltern. Seine Eltern sind in Belgien. Für ihn gibt es keine Möglichkeit, auch dorthin zu kommen. Hello hat ein Mädchen, Ursula. Ich kenne sie, sie ist ein Muster an Sanftmut und Langeweile. Nachdem er mich getroffen hat, hat Hello entdeckt, dass er an Ursuls Seite einschläft. Ich bin also eine Art Wachhaltemittel! Ein Mensch weiß nie, wozu er noch einmal gebraucht wird.

Samstag hat Jacque bei mir geschlafen. Mittags war sie bei Hanneli, und ich habe mich tot gelangweilt.

Hello sollte abends zu mir kommen, aber gegen sechs rief er an. Ich war am Telefon, da sagte er: »Hier ist Helmuth Silberberg. Kann ich bitte mit Anne sprechen?«

»Ja, Hello, hier ist Anne.«

»Tag, Anne. Wie geht es dir?«

»Gut, danke.«

»Ich muss dir zu meinem Bedauern sagen, dass ich heute Abend nicht zu dir kommen kann, aber ich würde dich gerne kurz sprechen. Ist es in Ordnung, wenn ich in zehn Minuten vor deiner Tür bin?«

»Ja, in Ordnung. Tschüs!«

Hörer aufgelegt. Ich habe mich rasch umgezogen und mir meine Haare noch ein bisschen zurechtgemacht. Und dann hing ich nervös am Fenster. Endlich kam er. Wunder über Wunder bin ich nicht sofort die Treppe hinuntergesaust, sondern habe ruhig abgewartet, bis er geklingelt hat. Ich ging hinunter. Er fiel gleich mit der Tür ins Haus.

»Hör mal, Anne, meine Großmutter findet dich noch zu jung, um regelmäßigen Umgang mit dir zu haben. Sie meint, ich sollte zu Löwenbachs gehen. Aber du weißt vielleicht, dass ich nicht mehr mit Ursul gehe.«

»Nein, wieso? Habt ihr Streit gehabt?«

»Nein, im Gegenteil. Ich habe Ursul gesagt, dass wir doch nicht so gut miteinander auskommen und deshalb nicht mehr zusammen gehen sollten, aber dass sie auch weiterhin bei uns sehr willkommen wäre und ich hoffentlich bei ihnen auch. Ich dachte nämlich, dass sie mit anderen Jungen ginge, und habe sie auch danach behandelt. Aber das war überhaupt nicht wahr. Und nun sagte mein Onkel, ich müsste Ursul um Entschuldigung bitten. Aber das wollte ich natürlich nicht, und darum habe ich Schluss gemacht. Doch das war nur einer von vielen Gründen.

Meine Großmutter will nun, dass ich zu Ursul gehe und nicht

zu dir. Aber der Meinung bin ich nicht und habe es auch nicht vor. Alte Leute haben manchmal sehr altmodische Ansichten, aber danach kann ich mich nicht richten. Ich habe meine Großeltern zwar nötig, aber sie mich auch, in gewisser Weise. Mittwochs abends habe ich immer frei, weil meine Großeltern glauben, ich gehe zum Schnitzen, aber ich gehe zum Treffen der Zionistischen Partei. Das darf ich eigentlich nicht, weil meine Großeltern sehr gegen den Zionismus sind. Ich bin zwar auch nicht fanatisch, aber ich interessiere mich dafür. In der letzten Zeit ist dort allerdings so ein Durcheinander, dass ich vorhabe auszutreten. Deshalb gehe ich nächsten Mittwoch zum letzten Mal hin. Also habe ich mittwochs abends, samstags abends und sonntags nachmittags und so weiter Zeit.«

»Aber wenn deine Großeltern das nicht wollen, solltest du es nicht hinter ihrem Rücken tun.«

»Liebe lässt sich nun mal nicht zwingen.«

Dann kamen wir an der Buchhandlung Blankevoort vorbei, und da stand Peter Schiff mit zwei anderen Jungen. Es war seit langem das erste Mal, dass er mich grüßte, und ich freute mich wirklich sehr darüber.

Montagabend war Hello bei uns zu Hause, um Vater und Mutter kennen zu lernen. Ich hatte Torte und Süßigkeiten geholt. Tee und Kekse, alles gab's. Aber weder Hello noch ich hatten Lust, ruhig nebeneinander auf den Stühlen zu sitzen. Wir sind spazieren gegangen, und er lieferte mich erst um zehn nach acht zu Hause ab. Vater war sehr böse, fand das keine Art, dass ich zu spät heimkam. Ich musste versprechen, in Zukunft schon um zehn vor acht drinnen zu sein. Am kommenden Samstag bin ich bei Hello eingeladen.

Wilma hat mir erzählt, dass Hello neulich abends bei ihr war und sie ihn fragte: »Wen findest du netter, Ursul oder Anne?« Da hat er gesagt: »Das geht dich nichts an.«

Aber als er wegging (sie hatten den ganzen Abend nicht mehr miteinander gesprochen), sagte er: »Anne! Tschüs, und niemandem sagen!« Schwupp, war er zur Tür draußen.

Man merkt, dass Hello in mich verliebt ist, und ich finde es zur Abwechslung ganz schön. Margot würde sagen, Hello ist ein annehmbarer Junge, und das finde ich auch. Sogar mehr als das. Mutter lobt ihn auch über die Maßen. »Ein hübscher, höflicher und netter Junge.« Ich bin froh, dass er der Familie so gut gefällt, nur meinen Freundinnen nicht, die findet er sehr kindlich, und da hat er Recht. Jacque zieht mich immer mit ihm auf. Ich bin wirklich nicht verliebt, o nein, aber ich darf doch wohl Freunde haben. Niemand findet was dabei.

Mutter will immer wissen, wen ich später heiraten möchte. Aber sie rät bestimmt nie, dass es Peter Schiff ist, weil ich es, ohne mit der Wimper zu zucken, immer ableugne. Ich habe Peter so gern, wie ich noch nie jemanden gern gehabt habe. Und ich rede mir immer ein, dass Peter, nur um seine Gefühle für mich zu verbergen, mit anderen Mädchen geht. Vielleicht denkt er jetzt auch, dass Hello und ich ineinander verliebt sind. Aber das ist nicht wahr. Er ist nur ein Freund von mir, oder, wie Mutter es ausdrückt, ein Kavalier.

Deine Anne

Sonntag, 5. Juli 1942

Beste Kitty!
Die Versetzungsfeier am Freitag ist nach Wunsch verlaufen, mein Zeugnis ist gar nicht so schlecht. Ich habe ein Ungenügend in Algebra, zwei Sechsen*, zwei Achten und sonst alles Siebenen. Zu Hause haben sie sich gefreut. Aber meine Eltern sind in Notenangelegenheiten sowieso anders als andere Eltern. Sie haben sich nie etwas aus guten oder schlechten Zeugnissen gemacht und achten nur darauf, ob ich gesund bin, nicht zu frech und Spaß habe. Wenn diese drei Dinge in Ordnung sind, kommt alles andere von selbst.

* Zehn ist die beste Note, fünf bedeutet knapp ungenügend; A.d.Ü.

Ich bin das Gegenteil, ich möchte nicht schlecht sein. Ich bin unter Vorbehalt ins Lyzeum aufgenommen worden, ich hätte eigentlich noch die siebte Klasse in der Montessorischule bleiben sollen. Aber als alle jüdischen Kinder in jüdische Schulen mussten, hat Herr Elte mich und Lies Goslar nach einigem Hin und Her unter Vorbehalt aufgenommen. Lies ist auch versetzt worden, aber mit einer schweren Nachprüfung in Geometrie.

Arme Lies, sie kann zu Hause fast nie richtig arbeiten. In ihrem Zimmer spielt den ganzen Tag ihre kleine Schwester, ein verwöhntes Baby von fast zwei Jahren. Wenn Gabi ihren Willen nicht bekommt, schreit sie, und wenn Lies sich dann nicht mit ihr beschäftigt, schreit Frau Goslar. Auf so eine Art kann Lies unmöglich richtig arbeiten, da helfen auch die zahllosen Nachhilfestunden nicht, die sie immer wieder bekommt. Bei Goslars ist das aber auch ein Haushalt! Die Eltern von Frau Goslar wohnen nebenan, essen aber bei der Familie. Dann gibt es noch ein Dienstmädchen, das Baby, Herrn Goslar, der immer zerstreut und abwesend ist, und Frau Goslar, immer nervös und gereizt, die wieder guter Hoffnung ist. In dieser Lotterwirtschaft ist Lies mit ihren beiden linken Händen so gut wie verloren.

Meine Schwester Margot hat auch ihr Zeugnis bekommen, ausgezeichnet, wie immer. Wenn es in der Schule cum laude gäbe, wäre sie sicher mit Auszeichnung versetzt worden. So ein kluges Köpfchen!

Vater ist in der letzten Zeit viel zu Hause, im Geschäft hat er nichts mehr verloren. Ein unangenehmes Gefühl muss das sein, wenn man sich so überflüssig fühlt. Herr Kleiman hat Opekta übernommen und Herr Kugler »Gies und Co.«, die Firma für (Ersatz-)Kräuter, die erst 1941 gegründet worden ist. Als wir vor ein paar Tagen um unseren Platz spazierten, fing Vater an, über Untertauchen zu sprechen. Er meinte, dass es sehr schwer für uns sein wird, ganz und gar abgeschnitten von der Welt zu leben. Ich fragte, warum er jetzt schon darüber sprach.

»Du weißt«, sagte er, »dass wir schon seit mehr als einem Jahr Kleider, Lebensmittel und Möbel zu anderen Leuten bringen.

Wir wollen nicht, dass unser Besitz den Deutschen in die Hände fällt. Aber noch weniger wollen wir selbst geschnappt werden. Deshalb werden wir von uns aus weggehen und nicht warten, bis wir geholt werden.«

»Wann denn, Vater?« Der Ernst, mit dem Vater sprach, machte mir Angst.

»Mach dir keine Sorgen darüber, das regeln wir schon. Genieße dein unbeschwertes Leben, solange du es noch genießen kannst.«

Das war alles. Oh, lass die Erfüllung dieser Worte noch in weiter Ferne bleiben!

Gerade klingelt es, Hello kommt, ich höre auf!

Deine Anne

Mittwoch, 8. Juli 1942

Liebe Kitty!

Zwischen Sonntagmorgen und jetzt scheinen Jahre zu liegen. Es ist so viel geschehen, als hätte sich plötzlich die Welt umgedreht. Aber, Kitty, du merkst, dass ich noch lebe, und das ist die Hauptsache, sagt Vater. Ja, in der Tat, ich lebe noch, aber frage nicht, wo und wie. Ich denke, dass du mich heute überhaupt nicht verstehst, deshalb werde ich einfach anfangen, dir zu erzählen, was am Sonntag geschehen ist.

Um 3 Uhr (Hello war eben weggegangen und wollte später zurückkommen) klingelte jemand an der Tür. Ich hatte es nicht gehört, da ich faul in einem Liegestuhl auf der Veranda in der Sonne lag und las. Kurz darauf erschien Margot ganz aufgeregt an der Küchentür. »Für Vater ist ein Aufruf von der SS gekommen«, flüsterte sie. »Mutter ist schon zu Herrn van Daan gegangen.« (Van Daan ist ein guter Bekannter des Vaters und Teilhaber der Firma.)

Ich erschrak schrecklich. Ein Aufruf! Jeder weiß, was das bedeutet. Konzentrationslager und einsame Zellen sah ich vor mir auftauchen, und dahin sollten wir Vater ziehen lassen müssen?

»Er geht natürlich nicht«, erklärte Margot, als wir im Zimmer saßen und auf Mutter warteten. »Mutter ist zu van Daan gegangen und fragt, ob wir schon morgen in unser Versteck umziehen können. Van Daans gehen mit. Wir sind dann zu siebt.«

Stille. Wir konnten nicht mehr sprechen. Der Gedanke an Vater, der, nichts Böses ahnend, einen Besuch im jüdischen Altersheim machte, das Warten auf Mutter, die Hitze, die Anspannung ... das alles ließ uns schweigen.

Plötzlich klingelte es wieder. »Das ist Hello«, sagte ich. Margot hielt mich zurück. »Nicht aufmachen!«

Aber das war überflüssig. Wir hörten Mutter und Herrn van Daan unten mit Hello reden. Dann kamen sie herein und schlossen die Tür hinter sich. Bei jedem Klingeln sollten Margot oder ich nun leise hinuntergehen, um zu sehen, ob es Vater war. Andere Leute ließen wir nicht rein. Margot und ich wurden aus dem Zimmer geschickt, van Daan wollte mit Mutter allein sprechen.

Als Margot und ich in unserem Schlafzimmer saßen, erzählte sie, dass der Aufruf nicht Vater betraf, sondern sie. Ich erschrak erneut und begann zu weinen. Margot ist sechzehn. So junge Mädchen wollten sie wegschicken? Aber zum Glück würde sie nicht gehen, Mutter hatte es selbst gesagt. Und vermutlich hatte auch Vater das gemeint, als er mit mir über Verstecken gesprochen hatte.

Verstecken! Wo sollten wir uns verstecken? In der Stadt? Auf dem Land? In einem Haus, in einer Hütte? Wann? Wie? Wo? Das waren Fragen, die ich nicht stellen konnte und die mich doch nicht losließen.

Margot und ich fingen an, das Nötigste in unsere Schultaschen zu packen. Das Erste, was ich hineintat, war dieses gebundene Heft, danach Lockenwickler, Taschentücher, Schulbücher, einen Kamm, alte Briefe. Ich dachte ans Untertauchen und stopfte deshalb die unsinnigsten Sachen in die Tasche. Aber es tut mir nicht leid, ich mache mir mehr aus Erinnerungen als aus Kleidern.

Um fünf Uhr kam Vater endlich nach Hause. Wir riefen Herrn Kleiman an und fragten, ob er noch an diesem Abend kommen könnte. Van Daan ging weg und holte Miep. Sie kam, packte einige Schuhe, Kleider, Mäntel, Unterwäsche und Strümpfe in eine Tasche und versprach, abends noch einmal zu kommen. Danach war es still in unserer Wohnung. Keiner von uns vieren wollte essen. Es war noch warm, und alles war sehr sonderbar.

Das große Zimmer oben war an Herrn Goldschmidt vermietet, einen geschiedenen Mann in den Dreißigern. Anscheinend hatte er an diesem Abend nichts vor, er hing bis zehn Uhr bei uns rum und war nicht wegzukriegen.

Um elf Uhr kamen Miep und Jan Gies. Miep ist seit 1933 bei Vater im Geschäft und eine gute Freundin geworden, ebenso ihr frischgebackener Ehemann Jan. Wieder verschwanden Schuhe, Hosen, Bücher und Unterwäsche in Mieps Beutel und Jans tiefen Taschen. Um halb zwölf waren sie wieder gegangen.

Ich war todmüde, und obwohl ich wusste, dass es die letzte Nacht in meinem eigenen Bett sein würde, schlief ich sofort ein und wurde am nächsten Morgen um halb sechs von Mutter geweckt. Glücklicherweise war es nicht mehr so heiß wie am Sonntag; den ganzen Tag fiel ein warmer Regen. Wir zogen uns alle vier so dick an, als müssten wir in einem Eisschrank übernachten, und das nur, um noch ein paar Kleidungsstücke mehr mitzunehmen. Kein Jude in unserer Lage hätte gewagt, mit einem Koffer voller Kleider aus dem Haus zu gehen. Ich hatte zwei Hemden, drei Hosen, zwei Paar Strümpfe und ein Kleid an, darüber Rock, Mantel, Sommermantel, feste Schuhe, Mütze, Schal und noch viel mehr. Ich erstickte zu Hause schon fast, aber danach fragte niemand.

Margot stopfte ihre Schultasche voll mit Schulbüchern, holte ihr Rad und fuhr hinter Miep her in eine mir unbekannte Ferne. Ich wusste nämlich noch immer nicht, wo der geheimnisvolle Ort war, zu dem wir gehen würden.

Um halb acht schlossen auch wir die Tür hinter uns. Die Einzige, von der ich Abschied nehmen musste, war Moortje, meine kleine Katze, die ein gutes Heim bei den Nachbarn bekommen sollte, wie auf einem Briefchen an Herrn Goldschmidt stand.

Die aufgedeckten Betten, das Frühstückszeug auf dem Tisch, ein Pfund Fleisch für die Katze in der Küche, das alles erweckte den Eindruck, als wären wir Hals über Kopf weggegangen. Eindrücke konnten uns egal sein. Weg wollten wir, nur weg und sicher ankommen, sonst nichts.

Fortsetzung morgen.

Deine Anne

Donnerstag, 9. Juli 1942

Liebe Kitty!

So gingen wir dann im strömenden Regen, Vater, Mutter und ich, jeder mit einer Schul- und Einkaufstasche, bis obenhin voll gestopft mit den unterschiedlichsten Sachen. Die Arbeiter, die früh zu ihrer Arbeit gingen, schauten uns mitleidig nach. In ihren Gesichtern war deutlich das Bedauern zu lesen, dass sie uns keinerlei Fahrzeug anbieten konnten. Der auffallende gelbe Stern sprach für sich selbst.

Erst als wir auf der Straße waren, erzählten Vater und Mutter mir stückchenweise den ganzen Versteckplan. Schon monatelang hatten wir so viel Hausrat und Leibwäsche wie möglich aus dem Haus geschafft, und nun waren wir gerade so weit, dass wir am 16. Juli freiwillig untertauchen wollten. Durch diesen Aufruf war der Plan um zehn Tage vorverlegt, sodass wir uns mit weniger gut geordneten Räumen zufriedengeben mussten.

Das Versteck war in Vaters Bürogebäude. Für Außenstehende ist das ein bisschen schwer zu begreifen, darum werde ich es näher erklären. Vater hatte nicht viel Personal, Herrn Kugler, Herrn Kleiman und Miep, dann noch Bep Voskuijl, die 23-jährige Stenotypistin, die alle über unser Kommen informiert waren. Im Lager waren Herr Voskuijl, Beps Vater, und zwei Arbeiter, denen hatten wir nichts gesagt.

Das Gebäude sieht so aus: Im Parterre ist ein großes Magazin, das als Lager benutzt wird und wieder unterteilt ist in verschiedene Verschläge, zum Beispiel den Mahlraum, wo Zimt, Nelken und Pfeffersurrogat vermahlen werden, und den Vorratsraum. Neben der Lagertür befindet sich die normale Haustür, die durch eine Zwischentür zu einer Treppe führt. Oben an der Treppe erreicht man eine Tür mit Halbmattglas, auf der einmal mit schwarzen Buchstaben das Wort »Kontor« stand. Das ist das große vordere Büro, sehr groß, sehr hell, sehr voll. Tagsüber arbeiten da Bep, Miep und Herr Kleiman. Durch ein Durchgangszimmer mit Tresor, Garderobe und einem großen Vorratsschrank kommt man zu dem kleinen, ziemlich muffigen, dunklen Direktorenzimmer. Dort saßen früher Herr Kugler und Herr van Daan, nun nur noch Ersterer. Man kann auch vom Flur aus in Kuglers Zimmer gehen, durch eine Glastür, die zwar von innen, aber nicht ohne weiteres von außen zu öffnen ist. Von Kuglers Büro aus durch den langen, schmalen Flur, vorbei am Kohlenverschlag und vier Stufen hinauf, da ist das Prunkstück des ganzen Gebäudes, das Privatbüro. Vornehme, dunkle Möbel, Linoleum und Teppiche auf dem Boden, Radio, elegante Lampe, alles prima-prima. Daneben ist eine große, geräumige Küche mit Durchlauferhitzer und zwei Gaskochern. Dann noch ein Klo. Das ist der erste Stock. Vom unteren Flur führt eine normale Holztreppe nach oben. Dort ist ein kleiner Vorplatz, der Diele genannt wird. Rechts und links sind Türen, die linke führt zum Vorderhaus mit den Lagerräumen, dem Dachboden und dem Oberboden. Vom Vorderhaus aus führt auf der anderen Seite auch noch eine lange, übersteile, echt holländische Beinbrechtreppe zur zweiten Straßentür.

Rechts von der Diele liegt das »Hinterhaus«. Kein Mensch würde vermuten, dass hinter der einfachen, grau gestrichenen Tür so viele Zimmer versteckt sind. Vor der Tür ist eine Schwelle, und dann ist man drinnen. Direkt gegenüber der Eingangstür ist eine steile Treppe, links ein kleiner Flur und ein Raum, der Wohn- und Schlafzimmer der Familie Frank werden soll. Daneben ist noch ein kleineres Zimmer, das Schlaf- und Arbeitszimmer der beiden jungen Damen Frank. Rechts von der Treppe ist eine Kammer ohne Fenster mit einem Waschbecken und einem abgeschlossenen Klo und einer Tür in Margots und mein Zimmer. Wenn man die Treppe hinaufgeht und oben die Tür öffnet, ist man erstaunt, dass es in einem alten Grachtenhaus so einen hohen, hellen und geräumigen Raum gibt. In diesem Raum stehen ein Herd (das haben wir der Tatsache zu verdanken, dass hier früher Kuglers Laboratorium war) und ein Spülstein. Das ist also die Küche und gleichzeitig auch das Schlafzimmer des Ehepaares van Daan, allgemeines Wohnzimmer, Esszimmer und Arbeitszimmer. Ein sehr kleines Durchgangszimmerchen wird Peters Apartment werden. Dann, genau wie vorn, ein Dachboden und ein Oberboden. Siehst du, so habe ich dir unser ganzes schönes Hinterhaus vorgestellt!

Deine Anne

Freitag, 10. Juli 1942

Liebe Kitty!

Sehr wahrscheinlich habe ich dich mit meiner langatmigen Wohnungsbeschreibung ziemlich gelangweilt, aber ich finde es notwendig, dass du weißt, wo ich gelandet bin. Wie ich gelandet bin, wirst du aus den folgenden Briefen schon erfahren.

Nun die Fortsetzung meiner Geschichte, denn ich bin noch nicht fertig, das weißt du. Nachdem wir in der Prinsengracht 263 angekommen waren, führte uns Miep gleich durch den langen Flur und über die hölzerne Treppe direkt nach oben ins Hinterhaus. Sie schloss die Tür hinter uns, und wir waren allein. Margot war mit dem Rad viel schneller gewesen und hatte schon auf uns gewartet.

Unser Wohnzimmer und alle anderen Zimmer waren so voller Zeug, dass man es nicht beschreiben kann! Alle Kartons, die im Lauf der vergangenen Monate ins Büro geschickt worden waren, standen auf dem Boden und auf den Betten. Das kleine

Zimmer war bis an die Decke mit Bettzeug vollgestopft. Wenn wir abends in ordentlich gemachten Betten schlafen wollten, mussten wir uns sofort dranmachen und den Kram aufräumen. Mutter und Margot waren nicht in der Lage, einen Finger zu rühren. Sie lagen auf den kahlen Betten, waren müde und schlapp und was weiß ich noch alles. Aber Vater und ich, die beiden Aufräumer der Familie, wollten sofort anfangen.

Wir räumten den ganzen Tag hindurch Schachteln aus und Schränke ein, hämmerten und werkten, bis wir abends todmüde in die sauberen Betten fielen. Den ganzen Tag haben wir kein warmes Essen bekommen, aber das störte uns nicht. Mutter und Margot waren zu müde und zu überspannt, um zu essen, Vater und ich hatten zu viel Arbeit. Dienstagmorgens fingen wir dort an, wo wir am Montag aufgehört hatten. Bep und Miep kauften mit unseren Lebensmittelmarken ein, Vater reparierte die unzureichende Verdunklung, wir schrubbten den Küchenboden und waren wieder von morgens bis abends beschäftigt. Zeit, um über die große Veränderung nachzudenken, die in mein Leben gekommen war, hatte ich bis Mittwoch kaum. Dann fand ich zum ersten Mal seit unserer Ankunft im Hinterhaus Gelegenheit, dir die Ereignisse mitzuteilen und mir gleichzeitig darüber klarzuwerden, was nun eigentlich mit mir passiert war und was noch passieren würde.

Deine Anne

Samstag, 11. Juli 1942

Liebe Kitty!
Vater, Mutter und Margot können sich noch immer nicht an das Geräusch der Westerturmglocke gewöhnen, die jede Viertelstunde angibt, wie spät es ist. Ich schon, mir hat es sofort gefallen, und besonders nachts ist es so etwas Vertrautes. Es wird dich vermutlich interessieren, wie es mir als Untergetauchter gefällt. Nun, ich kann dir nur sagen, dass ich es selbst noch nicht genau weiß. Ich glaube, ich werde mich in diesem Haus

nie daheim fühlen, aber damit will ich überhaupt nicht sagen, dass ich es hier unangenehm finde. Ich fühle mich eher wie in einer sehr eigenartigen Pension, in der ich Ferien mache. Eine ziemlich verrückte Auffassung von Untertauchen, aber es ist nun mal nicht anders. Das Hinterhaus ist ein ideales Versteck. Obwohl es feucht und ein bisschen schief ist, wird man wohl in ganz Amsterdam, ja vielleicht in ganz Holland, kein so bequem eingerichtetes Versteck finden.

Unser Zimmer war mit seinen nackten Wänden bis jetzt noch sehr kahl. Dank Vater, der meine ganze Postkarten- und Filmstarsammlung schon vorher mitgenommen hatte, habe ich mit Leimtopf und Pinsel die ganze Wand bestrichen und aus dem Zimmer ein einziges Bild gemacht. Es sieht viel fröhlicher aus. Wenn die van Daans kommen, werden wir aus dem Holz, das auf dem Dachboden liegt, ein paar Schränkchen und anderen netten Krimskrams machen.

Margot und Mutter haben sich wieder ein bisschen erholt. Gestern wollte Mutter zum ersten Mal Erbsensuppe kochen, aber als sie zum Schwätzen unten war, vergaß sie die Suppe. Die brannte so an, dass die Erbsen kohlschwarz und nicht mehr vom Topf loszukriegen waren.

Gestern Abend sind wir alle vier hinunter ins Privatbüro gegangen und haben den englischen Sender angestellt. Ich hatte solche Angst, dass es jemand hören könnte, dass ich Vater buchstäblich anflehte, wieder mit nach oben zu gehen. Mutter verstand meine Angst und ging mit. Auch sonst haben wir große Angst, dass die Nachbarn uns hören oder sehen könnten. Gleich am ersten Tag haben wir Vorhänge genäht. Eigentlich darf man nicht von Vorhängen sprechen, denn es sind nur Lappen, vollkommen unterschiedlich in Form, Qualität und Muster, die Vater und ich sehr unfachmännisch schief aneinander genäht haben. Mit Reißnägeln wurden diese Prunkstücke vor den Fenstern befestigt, um vor Ablauf unserer Untertauchzeit nie mehr herunterzukommen.

Rechts neben uns ist das Haus einer Firma aus Zaandam,

links eine Möbeltischlerei. Diese Leute sind also nach der Arbeitszeit nicht in den Gebäuden, aber trotzdem könnten Geräusche durchdringen. Wir haben Margot deshalb auch verboten, nachts zu husten, obwohl sie eine schwere Erkältung erwischt hat, und geben ihr große Mengen Codein zu schlucken.

Ich freue mich sehr auf die Ankunft der van Daans, die auf Dienstag festgelegt ist. Es wird viel gemütlicher und auch weniger still sein. Diese Stille ist es nämlich, die mich abends und nachts so nervös macht, und ich würde viel darum geben, wenn jemand von unseren Beschützern hier schlafen würde.

Sonst ist es hier überhaupt nicht so schlimm, denn wir können selbst kochen und unten in Papis Büro Radio hören. Herr Kleiman, Miep und Bep haben uns sehr geholfen. Wir haben sogar schon Rhabarber, Erdbeeren und Kirschen gehabt, und ich glaube nicht, dass wir uns hier vorläufig langweilen werden. Zu lesen haben wir auch, und wir kaufen noch einen Haufen Spiele. Aus dem Fenster schauen oder hinausgehen dürfen wir natürlich nie. Tagsüber müssen wir auch immer sehr leise gehen und leise sprechen, denn im Lager dürfen sie uns nicht hören.

Gestern hatten wir viel Arbeit, wir mussten für das Büro zwei Körbe Kirschen entkernen, Herr Kugler wollte sie einmachen. Aus den Kirschenkisten machen wir Bücherregale.

Gerade werde ich gerufen!

Deine Anne

28. September 1942 (Nachtrag)

Es beklemmt mich doch mehr, als ich sagen kann, dass wir niemals hinaus dürfen, und ich habe große Angst, dass wir entdeckt und dann erschossen werden. Das ist natürlich eine weniger angenehme Aussicht.

Sonntag, 12. Juli 1942

Heute vor einem Monat waren sie alle so nett zu mir, weil ich Geburtstag hatte, aber nun fühle ich jeden Tag mehr, wie ich mich von Mutter und Margot entfremde. Ich habe heute hart gearbeitet, und alle haben mich ungeheuer gelobt, doch fünf Minuten später schimpften sie schon wieder mit mir.

Man kann deutlich den Unterschied sehen, wie sie mit Margot umgehen und mit mir. Margot hat zum Beispiel den Staubsauger kaputtgemacht, und deshalb hatten wir den ganzen Tag kein Licht. Mutter sagte: »Aber Margot, man sieht, dass du keine Arbeit gewöhnt bist, sonst hättest du gewusst, dass man einen Staubsauger nicht an der Schnur herauszieht.« Margot sagte irgendwas, und damit war die Geschichte erledigt.

Aber heute Mittag wollte ich etwas von Mutters Einkaufsliste abschreiben, weil ihre Schrift so undeutlich ist. Sie wollte das nicht und hielt mir sofort wieder eine gepfefferte Standpauke, in die sich die ganze Familie einmischte.

Ich passe nicht zu ihnen, das merke ich vor allem in der letzten Zeit sehr deutlich. Sie sind so gefühlvoll miteinander, und das will ich lieber sein, wenn ich allein bin. Sie sagen, wie gemütlich wir vier es doch haben und dass wir so harmonisch zusammenpassen. Dass ich es ganz anders empfinde, daran denken sie keinen Augenblick.

Nur Papa versteht mich manchmal, ist aber meistens auf der Seite von Mutter und Margot. Ich kann es auch nicht ausstehen, wenn sie vor Fremden erzählen, dass ich geheult habe oder wie vernünftig ich bin, oder dass sie von Moortje anfangen. Das kann ich überhaupt nicht ertragen. Moortje ist mein weicher und schwacher Punkt. Ich vermisse sie jede Minute, und niemand weiß, wie oft ich an sie denke.

Ich bekomme dann immer Tränen in die Augen. Moortje ist so lieb, und ich habe sie so gern, und ich mache schon Traumpläne, dass sie wieder zurückkommt.

Ich träume hier so schön. Aber die Wirklichkeit ist, dass wir hier sitzen müssen, bis der Krieg vorbei ist. Wir dürfen nie hinausgehen, und Besuch können wir nur von Miep, ihrem Mann Jan, Bep, Herrn Kugler und Herrn und Frau Kleiman bekommen, aber diese kommt nicht, sie findet es zu gefährlich.

28. September 1942 (Nachtrag)

Papi ist immer so lieb. Er versteht mich vollkommen, und ich würde gern mal vertraulich mit ihm reden, ohne dass ich sofort in Tränen ausbreche. Aber das scheint an meinem Alter zu liegen. Ich würde am liebsten immerfort schreiben, aber das wird viel zu langweilig.

Bis jetzt habe ich fast ausschließlich Gedanken in mein Buch geschrieben, aber zu hübschen Geschichten, die ich später mal vorlesen kann, ist es nie gekommen. Aber ich werde in Zukunft nicht oder weniger sentimental sein und mich mehr an die Wirklichkeit halten.

Freitag, 14. August 1942

Beste Kitty!

Einen Monat lang habe ich dich im Stich gelassen, aber es passiert auch wirklich nicht so viel, um dir jeden Tag etwas Schönes zu erzählen. Van Daans sind am 13. Juli angekommen. Wir dachten, sie kämen erst am 14., aber weil die Deutschen immer mehr Aufrufe verschickten, fanden sie es sicherer, lieber einen Tag zu früh als einen Tag zu spät umzuziehen.

Morgens um halb zehn (wir saßen noch beim Frühstück) kam Peter van Daan, ein ziemlich langweiliger und schüchterner Lulatsch, noch nicht sechzehn, von dessen Gesellschaft nicht viel zu erwarten ist. Frau und Herr van Daan kamen eine halbe Stunde später.

Frau van Daan hatte zu unserem großen Vergnügen einen Nachttopf in ihrer Hutschachtel. »Ohne Nachttopf fühle ich mich nirgends daheim«, erklärte sie, und der Topf bekam auch gleich seinen festen Platz unter der Bettcouch. Herr van Daan brachte keinen Topf mit, sondern hatte einen zusammenklappbaren Teetisch unter dem Arm.

Wir aßen am ersten Tag unseres Zusammenseins gemütlich miteinander, und nach drei Tagen hatten wir alle sieben das Gefühl, dass wir eine große Familie geworden waren. Selbstverständlich wussten die van Daans noch viel zu erzählen, sie hatten eine Woche länger in der Welt draußen verbracht. Unter anderem interessierte uns sehr, was mit unserer Wohnung und mit Herrn Goldschmidt passiert war.

Herr van Daan erzählte: »Montagmorgen um neun Uhr rief Goldschmidt an und fragte, ob ich mal schnell vorbeikommen könnte. Ich ging sofort hin und fand ihn in großer Aufregung vor. Er gab mir den Zettel zu lesen, den Sie zurückgelassen hatten, und wollte die Katze laut Anweisung zu den Nachbarn bringen, was ich sehr gut fand. Er hatte Angst vor einer Hausdurchsuchung, deshalb gingen wir durch alle Zimmer, deckten den Tisch ab und räumten ein bisschen auf. Plötzlich entdeckte ich auf Frau Franks Schreibtisch einen Zettel, auf dem eine Adresse in Maastricht stand. Obwohl ich wusste, dass Frau Frank ihn absichtlich hingelegt hatte, tat ich sehr erstaunt und erschrocken und bat Herrn Goldschmidt dringend, dieses Unglückspapierchen zu verbrennen. Die ganze Zeit blieb ich dabei, dass ich nichts von Ihrem Verschwinden wüsste. Aber nachdem ich den Zettel gesehen hatte, bekam ich eine gute Idee. ›Herr Goldschmidt‹, sagte ich, ›jetzt fällt mir auf einmal ein, was diese Adresse bedeuten kann. Ich erinnere mich genau, dass vor ungefähr einem halben Jahr ein hoher Offizier im Büro war, der sich als ein Jugendfreund von Herrn Frank erwies und versprach, ihm zu helfen, wenn es nötig sein würde, und der tatsächlich in Maastricht stationiert war. Ich nehme an, er hat Wort gehalten und die Franks auf irgendeine Art nach Belgien und von dort in die Schweiz gebracht. Erzählen Sie das auch den Bekannten, die vielleicht nach den Franks fragen. Maastricht brauchen Sie dann natürlich nicht zu erwähnen.‹ Und damit ging ich weg. Die meisten Bekannten wissen es jetzt schon, denn ich habe meinerseits schon von verschiedenen Seiten diese Erklärung gehört.«

Wir fanden die Geschichte sehr witzig, lachten aber noch mehr über die Einbildungskraft der Leute. So hatte eine Familie vom Merwedeplein uns alle vier morgens auf dem Fahrrad vorbeikommen sehen, und eine andere Frau wusste sicher, dass wir mitten in der Nacht auf ein Militärauto geladen worden waren.

Deine Anne

Freitag, 21. August 1942

Beste Kitty!

Unser Versteck ist nun erst ein richtiges Versteck geworden. Herr Kugler fand es nämlich besser, vor unsere Zugangstür einen Schrank zu stellen (weil viele Hausdurchsuchungen gemacht werden, um versteckte Fahrräder zu finden), aber natürlich einen Schrank, der drehbar ist und wie eine Tür aufgeht. Herr Voskuijl hat das Ding geschreinert. (Wir haben ihn inzwischen über die sieben Untergetauchten informiert, und er ist die Hilfsbereitschaft selbst.)

Wenn wir nach unten gehen wollen, müssen wir uns jetzt immer erst bücken und dann einen Sprung machen. Nach drei Tagen liefen wir alle mit Beulen an der Stirn herum, weil jeder sich an der niedrigen Tür stieß. Peter hat dann ein Tuch mit Holzwolle davor genagelt. Mal sehen, ob es hilft!

Lernen tue ich nicht viel, bis September mache ich Ferien. Danach will Vater mir Unterricht geben, doch erst müssen wir die neuen Schulbücher kaufen.

Viel Veränderung kommt in unser Leben hier nicht. Heute sind Peters Haare gewaschen worden, aber das ist nicht so etwas Besonderes. Herr van Daan und ich sind dauernd zerstritten. Mama tut immer, als ob ich ein Baby wäre, und das kann ich nicht ausstehen. Peter finde ich noch immer nicht netter. Er ist ein langweiliger Junge, faulenzt den ganzen Tag auf seinem Bett, tischlert mal ein bisschen und geht dann wieder dösen. Was für ein Dummkopf!

Mama hat mir heute Morgen wieder eine elende Predigt gehalten. Wir sind immer genau gegenteiliger Meinung. Papa ist ein Schatz, auch wenn er mal fünf Minuten böse auf mich ist.

Draußen ist schönes, warmes Wetter, und trotz allem nutzen wir das so weit wie möglich aus, indem wir uns auf dem Dachboden auf das Harmonikabett legen.

Deine Anne

21. September 1942 (Nachtrag)

Herr van Daan ist in der letzten Zeit katzenfreundlich zu mir, ich lasse es mir ruhig gefallen.

Mittwoch, 2. September 1942

Liebe Kitty!

Herr und Frau van Daan haben heftigen Streit gehabt. So etwas habe ich noch nie erlebt, da Vater und Mutter nicht daran denken würden, einander derartig anzuschreien. Der Anlass war so geringfügig, dass es nicht mal der Mühe wert war, ein einziges Wort darüber zu verlieren. Na ja, jeder nach seinem Geschmack.

Für Peter ist es natürlich unangenehm, er steht doch dazwischen. Aber er wird von niemand mehr ernst genommen, weil er schrecklich zimperlich und faul ist. Gestern war er ganz beunruhigt, weil er statt einer roten eine blaue Zunge bekommen hatte. Diese seltsame Erscheinung verschwand aber genauso schnell, wie sie gekommen war. Heute läuft er mit einem dicken Schal um den Hals herum, weil der steif ist. Ferner klagt der Herr über Hexenschuss. Schmerzen zwischen Herz, Niere und Lunge sind ihm auch nicht fremd. Er ist ein echter Hypochonder! (So heißt das doch, oder?)

Mutter und Frau van Daan vertragen sich nicht sehr gut. Anlässe für Unannehmlichkeiten gibt's genug. Als kleines Beispiel will ich dir erzählen, dass Frau van Daan jetzt aus dem gemeinsamen Wäscheschrank ihre Laken bis auf drei herausgeholt hat. Sie nimmt natürlich an, dass Mutters Wäsche für die ganze Familie verwendet werden kann. Sie wird schwer enttäuscht sein, wenn sie merkt, dass Mutter ihrem guten Beispiel gefolgt ist.

Außerdem hat sie eine Stinkwut, dass nicht unser Tischgeschirr im Gebrauch ist, sondern das ihre. Immer versucht sie herauszubekommen, wo wir unsere Teller hingetan haben. Sie sind näher als sie denkt, sie stehen in Kartons auf dem Dachboden hinter einem ganzen Haufen Reklamematerial von Opekta. Solange wir uns verstecken, sind die Teller unerreichbar, und das ist auch gut so! Mir passieren dauernd Missgeschicke. Gestern habe ich einen Suppenteller von Frau van Daans Geschirr kaputtgeschmissen.

»Oh«, rief sie wütend, »sei doch ein bisschen vorsichtiger! Das ist das Einzige, was ich noch habe.«

(Bitte berücksichtige, Kitty, dass die beiden Damen hier ein fürchterliches Niederländisch sprechen. Über die Herren wage ich nichts zu sagen, sie wären sehr beleidigt. Wenn du diese Haspelei hören könntest, würdest du laut lachen. Wir beachten es gar nicht mehr, verbessern nützt doch nichts. Ich werde aber, wenn ich über Mutter oder Frau van Daan schreibe, nicht ihre Originalsprache wiedergeben, sondern ordentliches Niederländisch.)

Letzte Woche hatten wir eine kleine Unterbrechung in unserem so eintönigen Leben, und das lag an einem Buch über Frauen und an Peter. Du musst nämlich wissen, dass Margot und Peter fast alle Bücher lesen dürfen, die Herr Kleiman für uns leiht. Aber dieses besondere Buch über ein Frauenthema wollten die Erwachsenen lieber nicht aus den Händen geben. Das stachelte Peters Neugier an. Was für verbotene Dinge würden wohl in dem Buch stehen? Heimlich nahm er es seiner Mutter weg, als sie unten am Reden war, und lief mit seiner Beute zum Oberboden. Zwei Tage ging das gut. Frau van Daan wusste längst, was er tat, verriet aber nichts, bis Herr van Daan dahinterkam. Er wurde böse, nahm Peter das Buch weg und dachte, dass die Sache damit erledigt wäre. Er hatte aber nicht mit der Neugier seines Sohnes gerechnet, der durch das energische Auftreten seines Vaters keineswegs aus der Fassung gebracht war. Er sann auf Möglichkeiten, dieses mehr als interessante Buch doch zu Ende zu lesen.

Frau van Daan hatte inzwischen Mutter gefragt, was sie von dieser Sache halte. Mutter fand das Buch nicht gut für Margot, aber in den meisten anderen sah sie nichts Schlimmes.

»Zwischen Margot und Peter ist ein großer Unterschied«, sagte Mutter. »Erstens ist Margot ein Mädchen, und Mädchen sind immer reifer als Jungen, zweitens hat Margot schon mehr ernste Bücher gelesen und sucht nicht nach Dingen, die für sie nicht mehr verboten sind, und drittens ist sie viel weiter entwickelt und verständiger, was auch ihre vier Jahre Oberschule mit sich bringen.«

Frau van Daan stimmte dem zu, fand es aber doch prinzipiell falsch, Jugendliche Erwachsenenbücher lesen zu lassen.

Inzwischen hatte Peter den richtigen Zeitpunkt gefunden, an dem niemand auf das Buch oder auf ihn achtete. Abends um halb acht, als die ganze Familie unten im Privatbüro Radio hörte, nahm er seinen Schatz mit hinauf zum Oberboden. Um halb neun hätte er wieder unten sein müssen, aber weil das Buch so spannend war, vergaß er die Zeit und kam gerade die Dachbodentreppe herunter, als sein Vater ins Zimmer kam. Was folgte, ist klar. Ein Klaps, ein Schlag, ein Ruck, das Buch lag auf dem Tisch, und Peter war auf dem Oberboden.

So standen die Dinge, als die Familie zum Essen kam. Peter blieb oben, niemand kümmerte sich um ihn, er sollte ohne Essen ins Bett. Wir setzten unsere Mahlzeit fort und plauderten fröhlich, als auf einmal ein durchdringendes Pfeifen zu uns drang. Wir legten die Gabeln hin und schauten uns mit bleichen und erschrockenen Gesichtern an. Dann hörten wir Peters Stimme, die durch das Ofenrohr rief: »Ich komme doch nicht hinunter!«

Herr van Daan sprang auf, seine Serviette fiel zu Boden, und mit einem feuerroten Kopf schrie er: »Jetzt ist es aber genug.«

Vater nahm ihn am Arm, da er Schlimmes befürchtete, und zusammen gingen die beiden Herren zum Dachboden. Nach viel Sträuben und Trampeln landete Peter in seinem Zimmer. Die Tür ging zu, und wir aßen weiter.

Frau van Daan wollte ein Butterbrot für ihr Sohnemännchen übrig lassen, aber Herr van Daan war unerbittlich. »Wenn er nicht sofort um Entschuldigung bittet, muss er auf dem Dachboden schlafen.«

Wir protestierten und fanden, ohne Essen zu bleiben sei schon Strafe genug. Und wenn er sich erkälten würde, könnte noch nicht mal ein Doktor vorbeikommen.

Peter bat nicht um Entschuldigung, er war schon wieder auf dem Oberboden. Herr van Daan kümmerte sich nicht mehr darum, bemerkte aber morgens, dass Peters Bett doch benutzt worden war. Um sieben Uhr war Peter schon wieder auf dem Dachboden, wurde aber durch Vaters freundschaftliche Worte dazu gebracht, herunterzukommen.

Drei Tage mürrische Gesichter, hartnäckiges Schweigen, und alles lief wieder in gewohnten Gleisen.

Deine Anne

Montag, 21. September 1942

Liebe Kitty!

Heute werde ich dir kurz die allgemeinen Neuigkeiten vom Hinterhaus erzählen. Über meiner Bettcouch ist ein Licht angebracht worden, damit ich nur an der Schnur zu ziehen brauche, wenn nachts geschossen wird. Im Augenblick geht das aber nicht, da unser Fenster Tag und Nacht spaltbreit geöffnet ist.

Die männlichen van Daans haben einen komfortablen, gebeizten Vorratsschrank geschreinert, mit richtigem Fliegengitter. Dieses glorreiche Ding stand bis jetzt in Peters Zimmer, ist nun aber wegen der größeren Frische auf den Dachboden gestellt worden. Jetzt gibt es stattdessen ein Brett. Ich habe Peter geraten, den Tisch dort hinzustellen, mit einer hübschen Decke, und das eine Schränkchen an die Wand zu hängen, wo jetzt der Tisch ist. Dann könnte es noch ein gemütliches Kämmerchen werden, auch wenn ich nicht gern da schlafen wollte.

Frau van Daan ist unausstehlich. Ständig bekomme ich von oben Standpauken, weil ich zu viel schwätze. Ich mache mir aus ihren Worten aber nichts! Mit Madame ist immer was anderes. Jetzt will sie die Töpfe nicht abwaschen. Wenn noch ein Restchen drin ist, tut sie das nicht in eine Glasschale, sondern lässt es lieber im Topf verderben. Und wenn Margot dann mittags beim Spülen viele Töpfe hat, sagt Madame auch noch: »Och, Margotchen, Margotchen, du hast aber viel zu tun!«

Herr Kleiman bringt jede zweite Woche ein paar Mädchenbücher für mich mit. Ich bin begeistert von der Joop-ter-Heul-Serie. Cissy van Marxfeldt gefällt mir im Allgemeinen besonders gut. »Eine Sommertorheit« habe ich schon viermal gelesen und muss noch immer über die komischen Situationen lachen.

Mit Vater bin ich jetzt damit beschäftigt, einen Stammbaum seiner Familie zu machen, und dabei erzählt er etwas von jedem.

Das Lernen hat angefangen. Ich mache viel für Französisch und pauke jeden Tag fünf unregelmäßige Verben. Aber ich habe bitter viel von dem, was ich in der Schule gelernt habe, vergessen. Peter hat seufzend seine Englischaufgaben wieder aufgenommen. Gerade sind einige Schulbücher angekommen. Einen umfangreichen Vorrat an Heften, Bleistiften, Radiergummis, Etiketten usw. habe ich von zu Hause mitgebracht. Pim (das ist Vaters Kosename) erhebt Anspruch auf Unterricht in Niederländisch. Ich finde das prima, sozusagen als Gegenleistung für seine Hilfe in Französisch und anderen Fächern. Aber die Schnitzer, die er macht, sind unglaublich!

Ich höre manchmal den Sender Oranje. Kürzlich sprach Prinz Bernhard. Ungefähr im Januar wird wieder ein Kind bei ihnen geboren werden, sagte er. Ich finde das schön. Hier verstehen sie nicht, dass ich so oranje-treu gesinnt bin.

Vor einigen Tagen sprachen wir darüber, dass ich noch viel lernen müsste, mit der Folge, dass ich mich am nächsten Tag gleich hart an die Arbeit gemacht habe. Ich habe wirklich keine Lust, mit vierzehn oder fünfzehn Jahren noch in der ersten Klasse* zu sitzen. Es kam auch zur Sprache, dass ich fast nichts lesen darf. Mutter liest gerade »Heren, knechten en vrouwen«, das darf ich natürlich noch nicht lesen (Margot schon!), ich muss erst noch etwas weiter entwickelt sein, so wie meine begabte Schwester. Wir sprachen auch darüber, dass ich über Philosophie, Psychologie und Physiologie (diese Wörter habe ich erst mal nachgeschlagen) tatsächlich nichts weiß. Vielleicht bin ich im nächsten Jahr klüger!

Ich bin zu der erschreckenden Erkenntnis gekommen, dass ich nur ein Kleid mit langen Ärmeln und drei Strickjacken für den Winter habe. Vater hat erlaubt, dass ich mir einen Pullover aus weißer Schafwolle stricke. Die Wolle ist nicht sehr schön, die Wärme wird den Mangel wettmachen müssen. Wir haben noch einige Kleider bei anderen Leuten, aber die kann man erst nach dem Krieg zurückholen, falls sie dann noch da sind. Als ich neulich etwas über Frau van Daan an dich schrieb, kam sie gerade ins Zimmer. Klapp, Buch zu.

»Na, Anne, darf ich nicht mal schauen?«

»Nein, Frau van Daan.«

»Nur die letzte Seite?«

»Nein, auch die nicht, Frau van Daan.«

Ich bekam einen Mordsschreck, denn gerade auf dieser Seite war sie schlecht weggekommen.

So passiert jeden Tag was, aber ich bin zu faul und zu müde, um alles aufzuschreiben.

Deine Anne

* Gemeint ist die erste Klasse einer weiterführenden Schule nach sechs Klassen Grundschule; A.d.Ü.

Freitag, 25. September 1942

Liebe Kitty!

Vater hat einen alten Bekannten, einen Herrn Dreher, einen Mann von siebzig, sehr schwerhörig, krank und arm. An seiner Seite als lästiges Anhängsel eine Frau, die siebenundzwanzig Jahre jünger ist, auch arm, aber vollgehängt mit echten und unechten Armbändern und Ringen, die noch aus früheren goldenen Zeiten übrig sind. Dieser Herr Dreher hat Vater schon ziemlich viel Mühe bereitet, und ich bewunderte Vater immer wegen der Engelsgeduld, mit der er dem bedauernswerten alten Herrchen am Telefon Rede und Antwort stand. Als wir noch zu Hause waren, hat Mutter oft vorgeschlagen, Vater sollte doch ein Grammophon vor das Telefon stellen, das alle drei Minuten »Ja, Herr Dreher« und »Nein, Herr Dreher« sagt, denn der alte Mann verstand sowieso nichts von Vaters ausführlichen Antworten.

Heute rief nun Herr Dreher im Büro an und fragte Herrn Kugler, ob er nicht kurz vorbeikommen könnte. Herr Kugler hatte keine Lust und wollte Miep schicken. Miep sagte telefonisch ab. Frau Dreher rief danach dreimal an. Und weil Miep angeblich ja den ganzen Nachmittag nicht da war, musste sie am Telefon Beps Stimme nachmachen. Unten im Büro und auch hier oben haben alle schrecklich gelacht. Jedes Mal, wenn jetzt das Telefon klingelt, sagt Bep: »Das ist Frau Dreher!« Woraufhin Miep sofort anfängt zu lachen und unhöflich kichernd den Leuten Auskunft gibt.

Wirklich, so eine verrückte Firma gibt es nicht noch einmal! Die Direktoren machen zusammen mit den Büromädchen den größten Spaß!

Ich gehe manchmal abends zu den van Daans, um mich ein bisschen zu unterhalten. Dann essen wir Mottenkekse mit Sirup (die Keksdose stand in einem Kleiderschrank, der eingemottet ist) und amüsieren uns. Neulich ging das Gespräch um Peter. Ich habe erzählt, dass Peter mir so oft über die Wange streichelt und ich das nicht mag. Auf echte Elternart fragten sie, ob ich Peter nicht ein bisschen gernhaben könnte, er hätte mich be-

Judith Hermann
Nichts als Gespenster
Band 15798

Neue, wunderbare Geschichten von Judith Hermann. Enthusiastische Kritiken, über 250.000 verkaufte Exemplare und Übersetzungen in 17 Sprachen ließen ihr Debüt »Sommerhaus, später« zu einem der größten literarischen Erfolge der letzten zehn Jahre werden. Judith Hermann fand, so Hellmuth Karasek, den »Sound einer neuen Generation«. In »Nichts als Gespenster« entfaltet Judith Hermann den ihr eigenen »unwiderstehlichen Sog« und »unergründlichen Bann« (Neue Zürcher Zeitung) intensiver noch als zuvor. »Nichts als Gespenster« – große deutsche Gegenwartsliteratur.

»Unaufdringlich und bewundernswert stilsicher
erzeugt Judith Hermann einen Sound,
nach dem man süchtig werden kann.«
Franziska Wolffheim, Brigitte

»Ihre Stärke ist die Präzision einer
von Selbstdeutungen freien Prosa, die den Strom
der Gefühle, Assoziationen und Erinnerungen
ohne Bevormundung auf den Leser wirken lässt.«
Nikolaus von Festenberg, Der Spiegel

Fischer Taschenbuch Verlag

fi 15798 / 1

Freitag, 25. September 1942

Liebe Kitty!

Vater hat einen alten Bekannten, einen Herrn Dreher, einen Mann von siebzig, sehr schwerhörig, krank und arm. An seiner Seite als lästiges Anhängsel eine Frau, die siebenundzwanzig Jahre jünger ist, auch arm, aber vollgehängt mit echten und unechten Armbändern und Ringen, die noch aus früheren goldenen Zeiten übrig sind. Dieser Herr Dreher hat Vater schon ziemlich viel Mühe bereitet, und ich bewunderte Vater immer wegen der Engelsgeduld, mit der er dem bedauernswerten alten Herrchen am Telefon Rede und Antwort stand. Als wir noch zu Hause waren, hat Mutter oft vorgeschlagen, Vater sollte doch ein Grammophon vor das Telefon stellen, das alle drei Minuten »Ja, Herr Dreher« und »Nein, Herr Dreher« sagt, denn der alte Mann verstand sowieso nichts von Vaters ausführlichen Antworten.

Heute rief nun Herr Dreher im Büro an und fragte Herrn Kugler, ob er nicht kurz vorbeikommen könnte. Herr Kugler hatte keine Lust und wollte Miep schicken. Miep sagte telefonisch ab. Frau Dreher rief danach dreimal an. Und weil Miep angeblich ja den ganzen Nachmittag nicht da war, musste sie am Telefon Beps Stimme nachmachen. Unten im Büro und auch hier oben haben alle schrecklich gelacht. Jedes Mal, wenn jetzt das Telefon klingelt, sagt Bep: »Das ist Frau Dreher!« Woraufhin Miep sofort anfängt zu lachen und unhöflich kichernd den Leuten Auskunft gibt.

Wirklich, so eine verrückte Firma gibt es nicht noch einmal! Die Direktoren machen zusammen mit den Büromädchen den größten Spaß!

Ich gehe manchmal abends zu den van Daans, um mich ein bisschen zu unterhalten. Dann essen wir Mottenkekse mit Sirup (die Keksdose stand in einem Kleiderschrank, der eingemottet ist) und amüsieren uns. Neulich ging das Gespräch um Peter. Ich habe erzählt, dass Peter mir so oft über die Wange streichelt und ich das nicht mag. Auf echte Elternart fragten sie, ob ich Peter nicht ein bisschen gernhaben könnte, er hätte mich bestimmt sehr gern. Ich dachte »Oje!«, und sagte »O nee!« Stell dir das vor! Dann sagte ich, dass Peter sich ein bisschen linkisch anstellt. Ich nehme an, er ist schüchtern. Das ist mit allen Jungen so, die noch nicht oft Umgang mit Mädchen gehabt haben.

Ich muss wirklich sagen, dass die Versteckkommission Hinterhaus (Abteilung Herren) sehr erfinderisch ist. Hör nur, was sie sich jetzt wieder ausgedacht haben! Sie wollen Herrn Broks, Vertreter der Opekta-Gesellschaft und illegaler Sachen-Verstecker, eine Nachricht von uns zukommen lassen! Sie tippen an einen Opekta-Kunden in Zeeuws-Vlaanderen einen Brief mit einer Anfrage, und zwar so, dass der Mann einen Zettel ausfüllen und mit dem beigelegten Umschlag zurückschicken muss. Die Adresse auf dem Umschlag schreibt Vater mit der Hand. Wenn dieser Umschlag zurückkommt, wird der Brief des Kunden herausgeholt und ein handgeschriebenes Lebenszeichen von Vater hineingesteckt. So wird Broks den Brief lesen, ohne misstrauisch zu werden. Sie haben ausgerechnet Zeeland gewählt, weil es dicht an der belgischen Grenze liegt und der Brief also einfach über die Grenze geschmuggelt worden sein kann. Außerdem darf dort niemand ohne besondere Genehmigung hin, und ein gewöhnlicher Vertreter wie Broks wird diese Genehmigung nicht bekommen.

Vater hat gestern Abend wieder einmal ein Theater aufgeführt. Ihm war schlecht vor Müdigkeit, und er torkelte ins Bett. Dort hatte er kalte Füße, und ich habe ihm meine Bettschuhe angezogen. Fünf Minuten später lagen sie doch wieder neben seinem Bett. Dann wollte er kein Licht haben und hat sich mit dem Kopf unter die Decke gelegt. Als das Licht ausgemacht wurde, kam er sehr vorsichtig zum Vorschein. Es war zu komisch. Dann sprachen wir darüber, dass Peter Margot »eine Tante« nennt, und auf einmal kam Papas Stimme aus der Tiefe: »Eine Kaffeetante.«

Mouschi, die Katze, wird immer lieber zu mir, aber ich habe immer noch ein bisschen Angst.

Deine Anne

Sonntag, 27. September 1942

Liebe Kitty!

Heute habe ich wieder eine so genannte »Diskussion« mit Mutter gehabt. Das Schlimme ist, ich breche immer sofort in Tränen aus, ich kann es nicht ändern. Papa ist immer lieb zu mir, und er versteht mich auch viel besser. Ach, ich kann Mutter in solchen Momenten nicht ausstehen, und ich bin für sie auch eine Fremde. Das sieht man gleich, sie weiß noch nicht mal, wie ich über die normalsten Dinge denke.

Wir sprachen über Dienstmädchen, dass man sie Haushaltshilfe nennen sollte und dass das nach dem Krieg sicher verlangt werden wird. Ich sah das nicht sofort ein. Und da sagte sie, dass ich so oft über »später« spreche und mich dann als große Dame aufspiele. Aber das ist überhaupt nicht wahr. Ich darf mir doch wirklich mal kleine Luftschlösser bauen, das ist doch nicht schlimm, das braucht man doch nicht so ernst zu nehmen. Papi verteidigt mich wenigstens, ohne ihn würde ich es hier bestimmt nicht aushalten.

Auch mit Margot verstehe ich mich nicht sehr gut. Obwohl es in unserer Familie nie so einen Ausbruch wie oben gibt, ist es doch längst nicht immer gemütlich. Ich habe eine ganz andere Natur als Margot und Mutter, sie sind so fremd für mich. Ich verstehe mich mit meinen Freundinnen besser als mit meiner eigenen Mutter. Das ist schade, gell!

Frau van Daan ist wieder eine Laus über die Leber gekrochen. Sie ist sehr launisch und schließt immer mehr von ihren Privatsachen weg. Schade, dass Mutter nicht jeden Van-Daan-Schwund mit einem Frank-Schwund beantwortet.

Manche Leute scheinen ein besonderes Vergnügen daran zu finden, nicht nur ihre eigenen Kinder zu erziehen, sondern auch die ihrer Bekannten, so sind auch die van Daans. An Margot ist nicht viel zu erziehen, sie ist von Natur aus die Gut-, Lieb- und Klugheit selbst. Aber ich trage ihren Anteil an Untugenden ausreichend mit. Mehr als einmal fliegen beim Essen ermahnende Worte und freche Antworten hin und her. Vater und Mutter

Wer, kannst du dir wohl denken. Als aber alle behaupteten, es wären sicher Straßenjungen oder die Post gewesen, beruhigte ich mich.

Die Tage werden hier sehr still. Levinsohn, ein kleiner jüdischer Apotheker und Chemiker, arbeitet für Kugler in der Küche. Er kennt das ganze Haus sehr gut, und darum haben wir ständig Angst, dass es ihm einfallen könnte, auch mal das frühere Labor zu besichtigen. Wir sind so still wie Babymäuschen. Wer hätte vor drei Monaten angenommen, dass die Quecksilber-Anne stundenlang ruhig sitzen müsste und auch kann?

Am 29. September hatte Frau van Daan Geburtstag. Obwohl nicht groß gefeiert wurde, bekam sie doch Blumen und kleine Geschenke, und es gab gutes Essen. Rote Nelken von dem Herrn Gemahl scheinen bei der Familie Tradition zu sein.

Um noch kurz bei Frau van Daan zu bleiben: Eine Quelle ständigen Ärgers sind für mich ihre Flirtversuche mit Vater. Sie streicht ihm über Wange und Haare, zieht ihr Röckchen sehr hoch hinauf, sagt Dinge, die sie für witzig hält, und versucht so, Pims Aufmerksamkeit auf sich zu ziehen. Glücklicherweise findet Pim sie nicht schön und auch nicht nett und geht daher auf die Flirtereien nicht ein. Aber ich bin ziemlich eifersüchtig ausgefallen, wie du weißt, also kann ich das nicht haben. Mutter tut das doch auch nicht bei Herrn van Daan. Das habe ich ihr auch ins Gesicht gesagt.

Peter kann ab und zu recht witzig sein. Eine Vorliebe, die alle zum Lachen bringt, hat er jedenfalls mit mir gemeinsam, und zwar Verkleiden. Er in einem sehr engen Kleid seiner Mutter, ich in seinem Anzug, so erschienen wir, mit Hut und Mütze geschmückt. Die Erwachsenen bogen sich vor Lachen, und wir hatten nicht weniger Spaß.

Bep hat im Warenhaus neue Röcke für Margot und mich gekauft. Der Stoff ist schlecht, wie Jute, aus der Kartoffelsäcke gemacht werden. So ein Ding, das die Läden früher nicht zu verkaufen gewagt hätten, kostet jetzt 7,75 respektive 24 Gulden.

Noch etwas Schönes haben wir in Aussicht: Bep hat für Margot, Peter und mich schriftlichen Steno-Unterricht bestellt. Du wirst schon sehen, was für perfekte Stenographen wir nächstes Jahr sein werden. Ich finde es jedenfalls sehr wichtig, so eine Geheimschrift zu lernen.

Ich habe schreckliche Schmerzen in meinem Zeigefinger (von der linken Hand) und kann deshalb nicht bügeln, was für ein Glück!

Herr van Daan wollte lieber, dass ich mich neben ihn an den Tisch setze, denn Margot isst nicht mehr genug, meint er. Nun, ich finde so eine Veränderung auch ganz schön. Im Garten läuft immer ein kleines, schwarzes Kätzchen herum. Das erinnert mich so an mein Moortje, oh, dieser Schatz! Mama hat ständig was auszusetzen, vor allem bei Tisch, auch deshalb ist die Veränderung ganz schön. Jetzt hat Margot den Ärger damit, oder besser gesagt, keinen Ärger damit, denn über sie macht Mama nicht solche stacheligen Bemerkungen, über das vorbildliche Kind! Mit dem vorbildlichen Kind piesacke ich sie jetzt immer, das kann sie nicht ausstehen. Vielleicht gewöhnt sie es sich ab, es wird auch höchste Zeit.

Zum Schluss dieser Kuddelmuddelmitteilungen noch einen besonders komischen Witz, der von Herrn van Daan stammt:

Was macht 999 mal klick und einmal klack?

Ein Tausendfüßler mit einem Klumpfuß!

Tschüs, deine Anne

Samstag, 3. Oktober 1942

Beste Kitty!

Gestern haben sie mich geneckt, weil ich mit Herrn van Daan zusammen auf dem Bett gelegen habe. »So früh schon, ein Skandal!«, und lauter solche Ausdrücke. Blöd natürlich. Ich würde nie mit Herrn van Daan schlafen wollen, in der allgemeinen Bedeutung natürlich.

Gestern gab es wieder einen Zusammenstoß, und Mutter hat sich schrecklich aufgespielt. Sie hat Papa alle meine Sünden erzählt und heftig angefangen zu weinen. Ich natürlich auch, und ich hatte sowieso schon schreckliche Kopfschmerzen. Ich habe Papi endlich gesagt, dass ich »ihn« viel lieber habe als Mutter. Daraufhin hat er gesagt, dass das schon wieder vorbeigehen würde, aber das glaube ich nicht. Mutter kann ich nun mal nicht ausstehen, und ich muss mich mit Gewalt zwingen, sie nicht immer anzuschnauzen und ruhig zu bleiben. Ich könnte ihr glatt ins Gesicht schlagen. Ich weiß nicht, wie es kommt, dass ich eine so schreckliche Abneigung gegen sie habe. Papa hat gesagt, ich müsste ihr mal von selbst anbieten, ihr zu helfen, wenn sie sich nicht wohl fühlt oder Kopfschmerzen hat. Aber das tue ich nicht, weil ich sie nicht liebe, und dann fühle ich das nicht. Ich kann mir auch gut vorstellen, dass Mutter mal stirbt. Aber dass Papa mal stirbt, das könnte ich, glaube ich, nicht aushalten. Das ist sehr gemein von mir, aber so fühle ich es. Ich hoffe, dass Mutter dieses und alles andere niemals lesen wird.

Ich lese gerade »Evas Jugend« von Nico van Suchtelen. Den Unterschied zwischen Mädchenbüchern und diesem finde ich nicht so arg groß. Eva denkt, dass Kinder wie Äpfel an einem Baum wachsen und der Storch sie dort abpflückt, wenn sie reif sind, und sie den Müttern bringt. Aber die Katze ihrer Freundin hatte Junge bekommen, die kamen aus der Katze. Nun dachte Eva, dass die Katze, genau wie ein Huhn, Eier legt und sie ausbrütet. Auch Mütter, die ein Kind bekommen, würden ein paar Tage zuvor ins Schlafzimmer gehen und ein Ei legen, um es dann auszubrüten. Wenn das Kind dann da ist, sind die Mütter noch etwas schwach vom langen Hocken. Eva wollte nun auch ein Kind haben. Sie nahm einen Wollschal und legte ihn auf den Boden, da hinein sollte das Ei fallen. Dann kauerte sie sich hin, drückte und fing an zu gackern, aber es kam kein Ei. Endlich, nach sehr langem Sitzen, kam etwas heraus, aber kein Ei, sondern eine Wurst. Eva schämte sich sehr. Sie dachte, dass sie krank wäre. Witzig, nicht wahr? In »Evas Jugend« steht auch was darüber, dass Frauen ihre Körper auf der Straße verkaufen und dafür einen Haufen Geld verlangen. Ich würde mich totschämen vor so einem Mann. Außerdem steht drin, dass Eva ihre Periode bekommen hat. Danach sehne ich mich so sehr, dann bin ich wenigstens erwachsen. Papa mault schon wieder und droht, dass er mir mein Tagebuch wegnehmen wird. Oh, was für ein Schreck! Ich werde es in Zukunft verstecken!

Anne Frank

Nachweise

Die in Anführungen stehenden Titel sind von der Herausgeberin frei gewählt.

ZSUZSA BÁNK (* 24. Oktober 1965) Lydia
Aus: dies.: *Heißester Sommer. Erzählungen.* S. Fischer, Frankfurt am Main 2005.

SILVIA BOVENSCHEN (* 5. März 1946) »Meine Freundin Sarah Schumann«
Aus: dies.: *Sarahs Gesetz.* Fischer Taschenbuch, Frankfurt am Main 2015.

JULIA FRANCK (* 20. Februar 1970) Mir nichts, dir nichts
Aus: dies: *Bauchlandung.* Fischer Taschenbuch, Frankfurt am Main 2012.

ANNE FRANK (12. Juni 1929 – Februar 1945)
»Freundin in meiner Phantasie«
Aus: dies.: *Tagebuch.* Fassung von Otto H. Frank und Mirjam Pressler. Aus dem Niederländischen von Mirjam Pressler. S. Fischer, Frankfurt am Main 1991.

ELKE HEIDENREICH (* 15. Februar 1943) Freundin
Aus: dies.: *Alles kein Zufall. Kurze Geschichten.* Fischer Taschenbuch, Frankfurt am Main 2018.

Die Liebe
Aus: dies.: *Kolonien der Liebe.* Erzählungen. Rowohlt, Reinbek bei Hamburg 1992.

JUDITH HERMANN (* 15. Mai 1970) Ruth
Aus: dies.: *Nichts als Gespenster. Erzählungen.* Fischer Taschenbuch, Frankfurt am Main 2006.

ALICE MUNRO (* 10. Juli 1931) Kinderspiel
Aus: dies.: *Zu viel Glück. Zehn Erzählungen.* Aus dem Englischen von Heidi Zerning. Fischer Taschenbuch, Frankfurt am Main 2013.

RONJA VON RÖNNE (* 16. Januar 1993) Meine beste Freundin heißt Käse
Aus. Dies.: *Heute ist leider schlecht. Beschwerden ans Leben.* Fischer Taschenbuch, Frankfurt am Main 2017.

Vita Sackville-West (9. März 1892–2. Juni 1962) »Geliebtes Wesen«
Aus: *»Geliebtes Wesen…«. Briefe von Vita Sackville-West an Virginia Woolf.* Hg. v. Louise DeSalvo und Mitchell A. Leaska. S. Fischer, Frankfurt am Main 1995.

Judith Hermann
Nichts als Gespenster
Band 15798

Neue, wunderbare Geschichten von Judith Hermann. Enthusiastische Kritiken, über 250.000 verkaufte Exemplare und Übersetzungen in 17 Sprachen ließen ihr Debüt »Sommerhaus, später« zu einem der größten literarischen Erfolge der letzten zehn Jahre werden. Judith Hermann fand, so Hellmuth Karasek, den »Sound einer neuen Generation«. In »Nichts als Gespenster« entfaltet Judith Hermann den ihr eigenen »unwiderstehlichen Sog« und »unergründlichen Bann« (Neue Zürcher Zeitung) intensiver noch als zuvor. »Nichts als Gespenster« – große deutsche Gegenwartsliteratur.

»Unaufdringlich und bewundernswert stilsicher
erzeugt Judith Hermann einen Sound,
nach dem man süchtig werden kann.«
Franziska Wolffheim, Brigitte

»Ihre Stärke ist die Präzision einer
von Selbstdeutungen freien Prosa, die den Strom
der Gefühle, Assoziationen und Erinnerungen
ohne Bevormundung auf den Leser wirken lässt.«
Nikolaus von Festenberg, Der Spiegel

Fischer Taschenbuch Verlag

fi 15798 / 1